本好きの下剋上

司書になるためには手段を選んでいられません

第一部 兵士の娘Ⅱ

香月美夜
miya kazuki

TOブックス

東門
街道
マインの家
マインの家
ルッツの家
マイン工房
南門
採集に行く森

神殿
北門
ギルド長の家
ギルベルタ商会
商業ギルド
魔石を買い取ってくれる店
中央広場
西門
市場
職人通り
エーレンフェスト

第一部

兵士の娘Ⅱ

イラスト：椎名　優　You Shiina
デザイン：ヴェイア　Veia
マップ制作：藤城　陽　Yoh Fujishiro

第一部

兵士の娘 Ⅱ

プロローグ

「トゥーリ、カルフェ芋を剥いてちょうだい」

「はぁい」

母親のエーファに頼まれて、トゥーリは椅子に座ってナイフを取り出した。昼食の準備の手伝いだ。カルフェ芋の皮をするすると剥きながら、マインが出て行った玄関の扉を見遣る。

マインは父親の同僚にルッツを紹介するらしい。三の鐘の待ち合わせに間に合うようにすごく早くから家を出て行ったけれど、トゥーリには紹介が成功するとは思えない。

「ずいぶん張り切ってたけど、どう考えても無理でしょ？　止めなくて良かったの、母さん？」

「ルッツが旅商人になるなんて無理だと思うけど、本人が現実を知らなきゃ意味がないし、マインが頑張っているんだから、それでいいじゃない」

エーファも同じように芋を剥きながら、最初からマインに何とかできるとは思っていない、と明言して肩を竦めた。完全にマインの失敗を確信している表情だ。

ルッツを父親の同僚に紹介する、という行為が、仕事の見習いになるための紹介だということをマインが知ったのは一昨日のことだった。慌てたようにマインは準備をして、ルッツの身なりを整えるために昨日は森へ行っていた。ルッツの髪が驚くほど艶々の金髪になっていたけれど、見習いとして雇われるのに大事なのは紹介する者の信用で、見た目ではない。

マインの信用でルッツを雇ってくれるような人がいるとは、トゥーリには思えない。ただ、ここ最近の頑張っているマインを見ていると、不思議な気分になる。一年前のマインはあんな頑張り屋ではなかった。

「……最近のマインはマインじゃないみたい。すぐに倒れて熱を出すところは変わらないのに、ずるいって泣かなくなった。まぁ、今でも、できない、できない、でも、自分でやるって、泣いたり怒ったりはするんだけど」

トゥーリばっかり元気で外に遊びに行けるなんてずるい、と恨めしそうに泣いてばかりいた妹の姿がここ最近全く見られなくなった。マインは相変わらず熱を出してばかりだけれど、自分でやりたいことを見つけて、挑戦しては失敗して、落ち込んでいる。

「あら、子供の成長なんてそんなものよ。世話をされて当然だった赤ちゃんが、世話をされるのを嫌がって、自分でやりたくなるの。でも、すぐに上手になんてできないから、イヤイヤって癇癪《かんしゃく》を起こすのよ。トゥーリは三歳になる前だったわ」

エーファが昔を思い出すように目を細めてそう言った。トゥーリは自分の昔のことなど覚えていない。自分でやりたがって、失敗して、癇癪を起こしていたという話を出されて、ちょっとだけ恥ずかしい気分になった。

けれど、エーファの話の中の自分と今のマインと比べてみて、あれ？　と首を傾げる。

「三歳になる前って言ったよね？　そう考えると、マインの成長って遅くない？」

「遅いわね。でも、体の成長から考えると、こんなものじゃない？　やっと少し元気になってきて、成長できる余裕ができたのよ。トゥーリも面倒に思うかもしれないけど、命に危険がない分はマインのやりたいようにさせてあげてちょうだい。そのうち、自分でできることが増えたり、自分にできる範囲がわかってきたりして、無茶なことはしなくなるから」

「……そういえば、洗礼式の後でわたしの代わりにお手伝いをするようになるまで、水汲みも採集も普通にできるつもりだったもんね。全然できなかったって、落ち込んでたけど」

エーファに指摘されてトゥーリはここしばらくのマインの行動を思い返してみた。

マインの要求することは相変わらず意味不明なものが多いけれど、自分で着替えもできるようになってきたし、自分で用を足して片付けることもできるようになった。いきなり癇癪を起こすようになった頃から考えると、トゥーリの負担は確かに減っている。

採集に関しても、初めて自分の足で森に行った時は、ルッツを巻き込んでこっそりネンドバンを作って、フェイ達に壊されて、目の色を虹色に変えて怒っていた。けれど、あれからは森に行っても特に問題を起こしていない。体力も腕力もないので、採集できる量は少ないけれど、森に行き始めたばかりの三歳児だと思えば、こんなものかな、と思える。

「ホントにできること、増えてるね。このまま元気になってくれればいいけど」

「今日もきっと失敗して落ち込んで帰ってくるわよ。そうしたら、トゥーリも慰めてあげてちょうだい。マインなりに頑張った結果なんだから」

エーファはそう言って、剥き終わったカルフェ芋を抱えて立ち上がった。トゥーリも剥いた皮を集め、昼食の支度を手伝うために立ち上がる。

旅商人になりたいというルッツを紹介に行ったはずのマインが、条件付きとはいえ、商人見習いへの道を切り開いてくるとは、この時のトゥーリは爪の先ほども考えていなかった。

和紙への道

和紙を作る。和紙が作れる状況がやってきた。それも、自分が作るのではなく、ルッツがやってくれるのだ。就職活動の一環として。なんて素敵。

商人との会合を終えて、家へと帰る道をわたしは跳ねるような足取りで歩いていく。

……今なら、フィギュアスケートの回転ジャンプが一回転か一回転半くらい飛べそう。

「うふふん。ふふん」

「マイン、機嫌が良いのは、いいけどさ……あんまり興奮しすぎるなよ。また、熱出すぞ？」

「興奮せずにいられないよ。だって、紙を作るんだよ？　作れるんだよ？　紙が作れたら、本も作れるんだよ。いやっふぅ！」

本が目前に迫っているとわかっていて、どうして興奮せずにいられようか。ぴょんぴょこ跳ねながら歩くわたしに、ルッツは頭を抱えて溜息を吐いた。

「……マイン、作るのはいいけどさ。どうやって作るんだ？　オレは全然知らないからな。道具とか必要ないのか？　大丈夫なのか？」

溜息混じりにこぼされたルッツの冷静すぎる疑問に、浮ついていた空気が霧散した。

一気に現実に戻ったわたしは、自分の現状に青くなる。和紙の作り方の手順は知っている。道具の名前は何とか覚えてる。廃れていく職人と道具関係の本で読んだ。でも、和紙作りに使う道具の作り方までは、細かくは覚えてない。道具がないと、紙を作れるはずがない。

……うわ、まずは道具作りかぁ。あぁぁ、相変わらずわたしの知識、いまいち使えない。

「おい、マイン。急におとなしくなったけど、ここまできて、できないなんて言わないよな？」

ルッツにものすごく不安そうな顔をされて、わたしは慌てて首を振った。

「そんなこと言わない。わたし、紙の作り方は知ってる。ずっと欲しいと思ってた。でも、木を切る力がなくて、井戸から水を汲めなくて、まだ火が使えなくて、繊維を潰せないわたしにはできなかったの。わたしの我儘のために、紙を作ってなんて言えないし……」

「オレが手伝うって言ったんだから、言ってみればよかったのに……」

ルッツがちょっと悔しそうに唇を尖らせた。そんなルッツの気持ちは嬉しいけれど、紙を作るのはかなりの重労働だ。採集の合間に土を掘るのを手伝ってもらったり、木を切るのを手伝ってもらったりするのとはわけが違う。

「あのね、わたし、ルッツに作り方を教えることしかできないよ。自分でもできそうなことをやって、ルッツに手伝ってもらってた今までと違って、紙は最初から最後まで、ほとんど全部ルッツが一人で作ることになっちゃう。それでも、やる？」

「当たり前だ。マインが考えて、オレが作る。そういう約束だろ？」

ルッツは即座に頷いたけれど確認は必要だ。もしかしたら、その場の雰囲気に呑まれただけかもしれないなんて、思ってしまったので。

「それでね、ルッツ。道具作るところから始めなきゃいけないけど、頑張れる？」

「……マインも一緒にやるんだろ？」

「もちろん。できる限りはやるよ」

そう言いながら、わたしは、むーんと考え込んだ。道具を作るにも、どんな道具が必要かを洗い出さなくてはならない。ついでに、代用できそうな物がないか、家の中を探ってみなければ。母さんに怒られても、先立つ物がない以上、できるだけ代用品を探すしかないのだ。

「わたしは必要な道具を書きだして、代わりに使えそうな物がないか探してみる。なかったら、作るしかないんだけど……。ルッツは紙の原料になる木を探してみてほしいの」

「木なんて森に行けばいくらでもあるだろ？」

「そうだけど、どの木が紙作りに適してるか、わたしにはわからないんだもん」

こうぞ、みつまた、がんぴ辺りが和紙に適した木材だと知っているけれど、この世界でどの木が紙作りに適しているのかはわからない。

「えーとね、紙を作るのに使いやすい木は、繊維が長くて、強いこと。繊維に粘《ねば》り気《け》があって、繊維同士がからみやすいこと。繊維がたくさん取れること……なんだけど、繊維が長くて強い木かどうかって、どうやって見分けたら良いかわからないんだよね」

しかも、こうぞの一年目の木が向いているらしい。二年目以降になると、繊維が硬くなり、節ができてくるので使いにくくなる、と読んだことがある。そんな知識だけがあっても、わたしには木を見たところで一年目か二年目かなんて見分けがつかない。わたし、マジ使えない。

「……そんな難しいこと言われても、オレだってわからないぜ」

「とりあえず柔らかい木と堅い木があると思うんだけど、柔らかくて若い木がいるんだよね」

「年数がたつと堅くなるもんな」

わたしにとってはどれも堅くて切れない木だが、森での採集に慣れたルッツには、切りやすい切りにくい、堅い柔らかいの違いがわかるらしい。

「まぁ、竹を使ったり、笹で作った紙だってあるから、向き不向きがあっても、一応植物なら紙にできるはずだけど、少しでも作りやすい方が良いでしょ？　それに、商品にするなら尚更使いやすい木を選ばなきゃ」

商品として紙を作るならば、木の栽培についても考えておかなければ、すぐに原料がなくなってしまうだろう。「できれば、栽培ができて、原料の入手がかんたんにできれば、なお良いんだけど、栽培しやすいかどうかなんて、わからないよね？」

「いや、簡単に育つ木と育たない木は違う。簡単に育つ木はあるよ」

「そうなの⁉」

外に出ていない自分の経験値の低さに歯噛みする。わたしが森に出られるようになってようやく一月《ひとつき》。未だ木を切ったことがないわたしでは、木を選ぶことなんてできない。

「木を選ぶのはルッツに任せるね。いくつもの種類の木で挑戦して、向き不向きを調べていくつもりだから、柔らかそうな木をいくつか考えてみて。あと『トロロ』を探してほしい」

「なんだ、それ？」

「紙作りで繊維をくっつける糊《のり》に使う物なんだけど、この辺りにあるかどうかはわからない。どろっとねばっとしている液が出てくる木とか……実でもいいけど、心当たりない？」

ルッツもすぐには思い当たらないようで、しばらく考え込んだ。

「うーん……。森に詳しいヤツに聞いてみる」

「じゃあ、わたしは手順を思い出して、必要な道具を書きだすよ。それから、作り方を考える」

これからすることを挙げているうちに、家の前に着いていた。

「着いたぞ。じゃあ、これから一緒に頑張ろうな」

やる気に満ちたルッツの緑の目が輝いている。うん、とわたしも大きく頷いて家に入った。


「おかえり。気を落とさないで、マイン。誰かの役に立てる時がきっと来るよ」

「え？　トゥーリ、何？」

「また次に頑張ればいいの。ね？」

家に入ると同時に、母さんとトゥーリに慰められた。

「失敗してないよ。条件付きだけど、採用してもらったもん」

「えぇ⁉」

二人に今日の経緯を話すと、ものすごく驚かれた。お祝いしなきゃ、と言い出した二人に背を向けて、わたしは石板を取りだす。和紙を作る工程を思い返しながら、必要な道具を書きだしていかなくてはならない。

「わたし、次の準備しなきゃいけないから」

「仕事見習いになるための試験だもん。頑張らなきゃね」

応援してくれるトゥーリに頷いて、石筆を構えると、紙作りの工程を思い浮かべる。

まず最初に、原料となる木や植物の刈り取りをしなければならない。鉈《なた》のような物はルッツも持っていたし、木はいつも切っている。道具は特に必要ないだろう。はい、次。

こうぞの場合は黒皮を剥ぐために蒸していた。蒸し器がいる。台所にあれば貸してもらおう。わたしは早速台所を探してみたが、なかった。今までウチで蒸し料理は出たことがなかった。蒸し器がなくても不思議ではない。石板に蒸し器と鍋と書きこんだ。はい、次。

蒸した木を冷水にさらして、熱いうちに皮を剥ぎとらなければならない。蒸すのも剥ぐのも川の近くで行わなければならないが、ナイフがあれば、他は特に必要なさそうだ。はい、次。

よく乾燥させるのも、一日以上川にさらして白皮を剥ぐのも、特別な道具は必要ない。ナイフがあればなんとかなるだろう。はい、次。

白皮を灰で煮て、柔らかくして、余分な物をとる。つまり、灰と鍋がいる。鍋は蒸す時に使うので使い回せるが、灰の準備が厳しい。母さんがくれるとは思えないし、蒸した時にできた灰だけで足りるかどうかがわからない。石板に灰と書きこんだ。はい、次。

煮込んだ白皮を川で一日以上さらして、灰を流して、天日に干して、白くする。その後、繊維の傷や節を取り除く。この辺りは大体手作業だ。特に道具は必要ない。はい、次。

繊維が綿のようになるまで叩きまくる。ここで繊維を叩くための棍棒みたいな角棒が必要になる。

これは木や薪から作れるだろうか。石板に角材と書きこんでおいた。はい、次。

叩いた繊維と水とトロロをよく混ぜる。全部を混ぜるための桶や盥《たらい》などの器がいる。それから、簀桁《すけた》で紙を漉《す》く。紙を漉くための木枠のような簀桁。この簀桁が一番の難物になりそうだ。石板に盥と簀桁と書きこむ。はい、次。

桁《けた》から簀《す》を外して、簀に濾過《ろか》された紙を紙床《しと》に移す。紙床はできた紙を置くための台である。そして、一日分の紙を紙床に重ね一昼夜ほど自然に水を切る。石板に紙床と書きこんだ。はい、次。

その後、ゆっくりと重石などで圧力をかけ、さらに水をしぼる。一昼夜プレスしたままの状態にしておけば、トロロのねばりけが完全になくなるらしい。重石は何でもいいのだろうか。確か油を搾る時の圧搾用の重石がウチにあったけど、ルッツは使えるのだろうか。とりあえず、重石と書きこむ。

プレスし終わった物を紙床から一枚ずつ丁寧にはがし、板に貼り付ける。平らな板と書きこんだ。天日で乾燥させて、板からはがしてできあがり。

「うーん、こうして考えると結構色んな物がいるなぁ……」

必要な物は蒸し器、鍋、角材、灰、盥、簀桁、紙床、重石、平らな板。そして、原料、トロロ。写真やイラストで見たことはあるし、過程はだいたい覚えていても、実際に自分が作ったことがないので、細かなことがわからない。たとえば、木の繊維とトロロと水の割合とか。

でも、いつだったか、村作りをしていたアイドルらしくないアイドルがテレビ番組で紙を作っていた。アイドルにできて、わたしにできないはずがない。

……昔見たテレビ番組を思い出せ。頑張れ、わたしの記憶力！　でも、あのアイドル、道具は借りてたよね？　道具は作ってなかったよね？　しかも、指導者がいたよね？　うぐぅ。

知識だけあっても、わたしが実際作った紙なんて、家庭科の授業で牛乳パックを使って再生紙の葉書を作ったくらいだ。何もしたことがないよりはマシだと思いたいが、非常に頼りない。

とにかく、葉書くらいのサイズから挑戦してみようと思う。道具も小さい方が作りやすいだろうし、木の種類を確かめるなら大きいサイズより小さいサイズで作った方がいいはずだ。


「じゃあ、ルッツ。最初に蒸し器を作ってみようか」

中華料理に使うような丸いせいろを作ろうとすれば難しいけれど、木で四角形のせいろを作る分にはそれほど難しくはないはずだ。石板にこんな物と絵を描きながら、ルッツに見せる。

「作り方自体は簡単だからできると思うけどさ、釘ってあるのか？」

「えっ⁉　木に切れ込みを入れて、組み合わせていくとか……できない？」

「なんだ、それ？」

道具を作ろうとして困ったこと。道具を作るための道具がない。木は切ればあるけれど、釘がない。ここでは釘も子供が使いたいと思ったところで簡単に使えるような値段ではないのだ。

そして、木を切るための道具はあっても、細かい細工をするための道具はない。父さんの道具を借りて、ほぞを作って組み合わせていく江戸指物の技術をわたしがちょちょいと使えたらよかったけれど、そんな職人技、知識として知っていても使えるわけがない。ついでに、説明だけでルッツにできるようなものなら、職人技とは言わない。

釘は日常生活に使うので、金物を使う鍛冶《かじ》工房に行けば売ってないわけではないが、困ったことに先立つ物がない。いきなり八方塞がりだ。

「どうするんだよ、マイン？」

「う、オットーさんに相談してみる。お手伝いで釘が手に入るかもしれないから……」

ひとまず、わたしの労働力を買ってくれるところに行くしかないだろう。


次の日。わたしは門に行って、オットーに尋ねてみた。

「オットーさん、質問があるんですけど、釘の値段ってどのくらいですか？　安い業者とかご存じなら、紹介してほしいんですけど」

「……なんで釘？　使えないだろ、マインちゃん」

そう。わたしにはトンカチを使う筋力がない。石筆やインクならともかく、わたしが釘を欲しがる理由がわからない、と不思議そうに首を傾げられて、わたしは溜息混じりに答えた。

「紙を作るのに必要な道具を作りたいんですけど、道具を作るための道具がないんですよ」

「あはははははは……」

遠慮なく机を叩きながら笑われた。確かに、ベンノに「春までに作る」と啖呵《たんか》を切った直後に、「道具が作れない」では、笑い話にしかならないだろうけれど、こちらは切実なのだ。

むぅっ、とわたしが睨むと、笑いすぎて目尻に浮かんだ涙を拭いながら、オットーがニッコリと笑みを浮かべた。爽やかに見えるけれど、商人のちょっと黒い笑顔だ。思わず警戒態勢をとったわたしに気付いたオットーがにんまりと笑う。

「髪の艶を出す物の作り方を教えてくれたら、釘を融通してあげるよ？」

それでは価値が全然釣り合っていない。もし、オットーからベンノに情報が流れたら、ベンノに対してわたしが切れる有効なカードを一枚失くすことになる。あまりにも損が大きい。

「……釘だけで、作り方は出せません。先日のベンノさんの反応から考えても、かなり利益の出る商品になりそうですから」

「へぇ、よく見てたね」

少しばかり感心したように呟くオットーに、まぁ、と曖昧に答えながら、わたしは必死で考える。オットーという頼みの綱を失ったら、わたしには他にすがれる綱がないのだ。

……なんでオットーさんは簡易ちゃんリンシャンが必要なの？

オットーはベンノと違って商人ではない。だったら、商品として売り出したいわけではないと思う。ベンノに貸しを作りたい、ならあるかもしれない。

……オットーさんは比較的小綺麗だけど、自分で使いたいってほど外見を気にするタイプでもないし、どちらかというと使いたがるのは女性……嫁!?　嫁か!?

オットー最愛の嫁が話を聞いて欲しがった、なら説明がつく気がする。

「……オットーさん、作り方は無理ですけど、現物同士の引き換えならいいですよ」

オットーが軽く眉を上げた。興味を示している様子から、情報にはこだわらないかもしれない。

わたしは少しばかりの勝機を見据えて、もう一歩踏み出す。

「えーと、そうですね。コリンナさんに使い方も教えて、つやつやのつるつるに仕上げてみせます。現物だけもらっても使い方がわからなきゃ、どうしようもないですからね」

「いいだろう。取引成立だ」

考える素振りも見せず、オットーは頷いた。オットーにはコリンナの名前を出すのが一番効果ありそうだと思ったけれど、まさかここまで簡単に事が運ぶとは。

「じゃあ、次の休日にウチにおいで。その時に交換しようか」

「わかりました」

次の休日にオットーの家に簡易ちゃんリンシャンを持っていって、即席美容師さん（シャンプーのみ）になることが決定してしまった。どうにか釘が手に入りそうでホッとしたけど、このままではわたしの分の簡易ちゃんリンシャンがなくなってしまう。

それに、作り足しておかないと簡易ちゃんリンシャンは消耗品なので、これから先もオットーから何かと交換に要求される可能性は高い。


「ルッツ、釘は手に入る目途がついたよ」

「マジで？　すげぇじゃん、マイン」

「うん、代わりに『簡易ちゃんリンシャン』を渡すことになったんだけど……もう、あんまりないんだよね。今日、作るの、手伝ってくれる？」

「あぁ、いいぜ」

せっかくなので、簡易ちゃんリンシャンを少し多めに作って、これから先の資金調達源として活用できないだろうか。

「もうちょっとしたら、メリルが採れるんだけど、今の季節ならリオの実が一番向いてるの」

森でリオの実を採って、わたしの家で潰して油を搾ってもらう。ルッツもまだ圧搾用の重石は使えないので、ハンマーで叩いている。わたしは搾った油にハーブを次々と放り込んでいく。

「ふーん、結構簡単にできるんだな？」

「そう。大事なのは、油の種類とハーブの組み合わせ。だからね、できあがった物と交換して自分が欲しい資材や資金を調達するのは良いけど、作り方だけは絶対に教えちゃダメだよ」

「なんで？」

「簡単だから一度作り方を教えたら、自分で作れるじゃない。二度と交換してもらえなくなるでしょ？」

「そうか。わかった」

わたしはできあがった簡易ちゃんリンシャンを小さめの器に入れてルッツに渡す。渡されたルッツは首を傾げて、怪訝な顔になった。

「オレ、別にいらねぇけど？　物や金を調達するのはマインだから、マインが持ってろよ」

「ルッツが働いた分だし、カルラおばさんの機嫌をとればいいよ。質問、しつこいんでしょ？」

面接前にルッツの髪を綺麗にした時、「母さんがしつこく聞いてきて参った」と言っていた。あれからわたしはカルラと顔を合わせていないので、質問はルッツに向かっているはずだ。

「おぉ、助かる。ありがとな、マイン」

喜色をにじませて受け取ったルッツに、わたしはオットーの笑顔を真似してニッコリと笑う。

「カルラおばさんの勢いに押されても、絶対に作り方を漏らしちゃダメ。現物を渡しても、情報は渡さない練習ね。商人になるなら、秘密にしなきゃいけないことはいっぱいあるんだから」

「……もっと簡単なところから練習したいぞ、オレ」

げんなりとしたルッツにくすりと笑う。

……それにしても、釘の一つでこんなに悩むことになるとは思わなかったよ。和紙への道、かなり遠そう。

オットー宅からのお招き

数日後、オットーを通して正式にコリンナから招待状が届いた。

「いくら何でも洗礼前の子供に招待状を出すなんておかしいでしょ？　普通は親宛てに出す物じゃないんですか？　出欠の確認は親にしなければならないと思うんですけど」

わたしがそう言うと、オットーは軽く眉を上げて、首を振った。

「まともに字を読めるのが、一家で君だけじゃないか。それに、この招待は断れないよ。もし、断ったら、君の母親とお姉さんは仕事を干される可能性もあるからね」

「え⁉　ど、どういうことですか⁉」

コリンナは実家が裕福な商会で、本人も有能なため、裁縫協会のお偉いさんらしい。色々と説明された結果、針子見習いのトゥーリが平社員かアルバイトみたいな立場で、染色の仕事をしている母さんが係長みたいな立場だとすれば、コリンナは役員みたいな立場だと理解した。

……身分社会、怖い。上の人に招待されたら、お断りはできないんだね。うん、覚えた。

ちなみに、これがコリンナの招待ではなく、オットーからの招待ならば、兵士の上下関係から、父さんの権限で断ることが可能らしい。なかなか難しい。

「それに、ちょうど良いから、この機会に招待状の勉強もしてもらおうと思ったのさ」

「なるほど。お世話になります」

オットーと一緒に薄い板の招待状を見ながら、わたしは返事の書き方を勉強した。


「コリンナ様からの招待状ですって⁉　え？　マインが⁉　どうして⁉」

「オットーさんから聞いて、『簡易ちゃんリンシャン』を使ってみたくなったんだって」

「まぁ！　なんてこと⁉」

家に持って帰った正式な招待状を見た母さんがパニックを起こした。あまりの母さんの慌てぶりに「断った方がよかった？」と聞いてみたら、くわっ、と目を剥いて怒られた。

「断るなんてとんでもないわ！　粗相のないようにするのよ！」

「はい！　気を付けます」

オットーに聞いていた通り、招待状というよりは召喚命令に近いものらしい。

母さんは慌ててわたしのエプロンを新調し始めた。コリンナのところに行くのに、いつもの服では失礼にあたるそうだ。作りながら、金持ちからの招待に粗相があってはならないから、とわたしに思いつく限りの注意をする。コリンナに簡易ちゃんリンシャンの使い方を教えるだけのつもりが、何だかすごい騒ぎになってきた。

「いいなぁ、マインだけ……。作ったのはわたしなのに」

「トゥーリも一緒に行っていい、母さん？」

「ダメよ！　お招きもないのに」

簡易ちゃんリンシャンを考えたのはわたしだが、今まで作ってきたのはトゥーリだ。行く資格はあると思うけれど、招待されていない人を勝手に連れていくのはここでも失礼にあたるようで、トゥーリがいくら羨ましがってもお留守番だそうだ。


オットーとは前回の会合と同じ三の鐘に中央広場で待ち合わせである。わたしはいつもの服の上に、母さんが作ってくれた新しいエプロンをつけて、父さんと一緒に中央広場まで向かった。小さな壺に入った簡易ちゃんリンシャンと櫛がいつものトートバッグに入っている。

わたし達が中央広場の噴水の近くに着いた時には、オットーがすでに待っていた。

「班長、心配しなくても責任を持ってお預かりします。じゃあ、行こうか、マインちゃん」

「うん。いってきます、父さん」

心配そうにいつまでもこっちを見ている父さんに手を振って別れた後、オットーは城壁に向かって歩き始めた。城壁に近い場所にオットーの家はあるらしい。貴族のいる城壁に近いほど、家賃は高くなるので、オットーの家はいわゆる高級住宅地にあることになる。

「オットーさん、兵士なのに、城壁の近くに住んでるの？」

「俺の給料じゃあ無理だったよ。コリンナの実家の上階に部屋が準備されたんだよ。可愛い妹を手放したがらない義理の兄がここに住め、って言ってね」

そういえば、オットーは婿養子のようなものだと聞いた気がする。確かに、嫁の実家の援助がなければ、下っ端兵士の給料でこんなところには住めないだろう。市民権を買うのに、全財産をはたいたと言っていたし、もしかしたら、結婚当初は文無し状態で嫁の関係者も頭を抱えたのではないだろうか。

街の北へと移動するほど、周囲の人の様子が、わたしの生活圏と少しずつ変わってきた。服の継《つ》ぎ接《は》ぎがなくなっていき、ひらひらとした布を多用するデザインになっていく。

一階に並ぶ店の様子も変わっていった。店そのものが大きくなり、従業員が増え、出入りする客も多くなる。大通りを行き来する馬車が増え、荷車を引くロバの姿が減っていく。

わたしが歩いて行ける範囲の同じ街の中でここまでハッキリと階級の違いがあるのが衝撃的だった。身分差のある社会についても本で読んで、知識として何となく知っていたが、実際目の当たりにするのと想像していたのとでは全然違う。目を瞬きながらわたしは周囲を観察した。

「ここの三階だ」

「三階⁉」

オットーの家は七階建ての建物の三階にあった。一階は店舗で、その上の二階は大体店の持ち主の家族が住んでいる。三～六階が貸し出され、七階は店の住み込みの見習いや従業員の部屋になっていることが多い。通りに近く、井戸に近い階ほど家賃が高くなるのだ。ウチはどちらかというと門に近い場所の五階ということで、収入状況を察してほしい。

嫁の実家の上に部屋が準備されたということは、嫁はこの大きな店のお嬢様ということだ。

……よく結婚を許されたね。ビックリだよ。旅商人と商会のお嬢様では、かなり身分違いな気がするんだけれど、この世界ではどうなんだろう？

「ただいま、コリンナ。マインちゃんを連れて来たよ」

「いらっしゃい、マインちゃん。よく来てくれたわね。わたしはコリンナ。オットーの妻です」

「初めまして、コリンナさん。マインです。オットーさんにはいつもお世話になっています」

初めて見るコリンナは、ビックリするほど可愛らしくて、愛らしい女性だった。

月の光を集めたような淡いクリーム色の髪がふんわりとまとめられていて、ほっそりとした首筋を強調している。瞳も銀色のようなグレイで、全体に色彩が淡くて、儚げに見える。それなのに、巨乳。出るところがグッと出て、腰回りはキュッとくびれている。

……オットーさんの面食い！

応接室に通され、わたしは壁にかかったパッチワークのタペストリーや飾られたコリンナの作品に感嘆の溜息を吐いた。ここで生活するようになって、装飾品のある家庭を初めて見たのだ。

依頼人と仕事の話をするための部屋であることは、大量の服や端切れを使って作られた飾りからわかる。センスよく色とりどりの布で飾られた部屋は、何だかホッとする雰囲気だ。

ただ、それでも、裕福な商人の家として、わたしが想像していたより、はるかに質素だった。テーブルも椅子も、何か彫られたり、艶々に磨かれたりしている家具ではなく、木目がそのままのシンプルなものだ。確か、北欧の方の家具がシンプルなのも、飽きずに長く使うためだから、冬は雪に閉ざされるこの辺りも、そういう意図で家具を作っているのかもしれない。

「マインちゃん、わざわざ来てくれてありがとう。髪を綺麗にしてくれる、ってオットーから聞いて、とても楽しみにしていたのよ」

ハーブティを淹れながら、かけてくれる優しい声からもコリンナは育ちの良いお嬢様という雰囲気がにじみ出ていた。おっとりとした雰囲気が庇護欲をそそる癒し系だ。

「わたしもコリンナさんのお話を聞いて、会えるのをとても楽しみにしていたんです。綺麗で可愛いだけじゃなくて、この部屋のセンスも、並べられた服も聞いていた以上でした」

「……本当に躾の行き届いたお嬢さんね。それに、聞いていた通りの綺麗な髪。わたしもこんなふうになれるかしら?」

うっとりとした様子で、コリンナがわたしの髪を撫でる。商品価値をより高く見せるために、昨日の夜、簡易ちゃんリンシャンを使い始めたら、母さんとトゥーリの二人がかりで磨かれたのだ。今日のわたしの髪はいつも以上につるつるだ。

「早速、綺麗にしますか？」

トートバッグから壺を出すと、コリンナの顔が輝いた。素直な感情表現が可愛らしい人で、オットーが溺愛するのも頷ける。

「髪を洗う準備が必要なんです。桶に水と、髪を拭くための布をお願いできますか？」

力仕事は男の仕事とばかりにオットーに動いてもらい、水浴びの準備をしてもらう。その間に、コリンナには濡れても良い服に着替えてもらった。わたしは、オットーが準備する横で、小さな壺を並べたり、櫛を取り出したりしていく。

「へぇ、これか。これをどうするんだ？」

興味津々の目でオットーが壺を振ったり、中を覗きこんだり、匂いを嗅いだりする。オットーがここにいたら、洗いだしてからも、色々と手を出したり、口を出したり、コリンナと二人の世界に入ったりして、非常に面倒なことになりそうな予感がひしひしとした。

「準備が終わったら、オットーさんは別の部屋で待っててください。女性のオシャレの過程を見るなんて野暮なことはしないでくださいね」

「そうね、オットーは別の部屋で待っていてちょうだい」

コリンナと二人がかりで、居座る気満々だったオットーを寝室から追い出す。部屋の前でうろうろしている足音が聞こえているが、無視して壺を手にとった。

そして、わたしはコリンナの前で、よくわかるように説明しながら桶に注いでいく。

「これ、『簡易ちゃんリンシャン』って言うんですけど、桶に半分くらいの水を入れて、このくらい入れてください。これに髪を浸して洗っていきます。髪、解いてもらっていいですか？」

コリンナが解いた髪を恐るといったふうに桶に浸けていく。どうやら、前に水浴びをしてからそれほど時間がたっていないのか、コリンナの髪は予想していたほど汚れていない。

わたしは頭皮が綺麗になるように、何度も何度も液をかけながら、洗っていく。

「この辺りは特に念入りに洗ってくださいね」

「……人に洗ってもらうのって、気持ちいいのね。初めて知ったわ」

「オットーさんなら、頼めば洗ってくれると思いますよ？」

むしろ、頼まなくても手を出しそうな気がする、と呟くと、コリンナが小さく笑った。

「あら、オシャレの過程を見せるのは野暮じゃないの？」

「……目の前で二人の世界に入られたら困ると思っただけです」

「まぁ！　ふふっ、こんな幼い子にまでそんなふうに言われるなんて、オットーは普段一体どんなことを言っているのかしら？」

いつも洗いっこしているトゥーリより大きいので洗いにくいが、コリンナさんの満足具合でオットーから貰える釘の数が変わってくるに違いない。わたしは腕によりをかけて丁寧に洗う。

「……ねぇ、マインちゃん。一つ聞いても良いかしら？」

コリンナの声が少し硬く聞こえて、簡易ちゃんリンシャンの作り方でも聞かれるのか、と思わずわたしは身構える。

「オットーは門ではどんなふう？」

予想外の質問で、「へ？」と首を傾げるわたしに、コリンナが表情を曇らせて、呟いた。

「わたしのせいで商人の仕事を諦めることになったから、気になって……」

「あぁ、そんなの気にする必要ありませんよ。門で存分に商人していますよ」

忙しいと言いつつ、決算期の仕事を全部一人で抱え込んだり、備品を納品にくる商人とやり合ったり、門番の仕事を最大限に生かして情報収集をしたり、オットーの行動原理は商人のものだ。

「え？……門で、商人をしているの？　兵士なのに？」

「はい。特に、納品に来た業者とやり合ったり、注文する時に値切ったりしている時のオットーさんは、とても商人らしい黒い笑顔で生き生きしてます」

「ふふっ、マインちゃんにはオットーが商人に見えるのね。そう、そうなの。……心のつかえがとれたような気がするわ」

コリンナの髪は布で拭えば拭うほどクリーム色の髪が艶を帯びて、丁寧に櫛を入れると真珠のような光沢を帯びていく。ルッツの金髪を洗った時も思ったけれど、綺麗で羨ましい。

「櫛はできれば、木製の物を使ってください。使えば使うほど、木が液を吸収して、艶が出やすくなりますから」

「わかったわ。……本当にすごく綺麗になるのね」

するりと自分の髪に触れながら、コリンナが感心したように呟いた。

「コリンナさんは元々の色が綺麗だし、お手入れされていたようなので、ほんの少しで見違えるほど艶が出ましたね。五～七日に一度くらいこれで洗うといいですよ」

まだ残りが入っている壺を示しながら、頻度《ひんど》の説明をすると、コリンナが首を傾げた。

「これ、いただいてしまってもいいの？　そんな、悪いわ。何か代わりに……」

「大丈夫です。オットーさんから対価として釘をもらうことになっているんです」

「……釘？　え？　値切られていない？　大丈夫なの？」

多少値切られていても、作り方を教えたわけではないし、欲しかった釘は手に入るし、これから先にコリンナが簡易ちゃんリンシャンの追加を欲しがるたびに、別の物を要求するつもりなので、わたしとしては特に問題はない。

「あの、マインちゃん。服が少し濡れてしまったから、着替えたいの。オットーと待っていてもらっていいかしら？」

コリンナが着替えるというので、わたしが寝室を出ようとドアを開ければ、オットーが部屋の前で飢えた熊が獲物の出現を待つように、うろうろとしていた。

「コリンナ⁉」

「わたしは服が濡れたので着替えます。オットー、マインちゃんのおもてなし、よろしくね」

ドアからほんの少しだけ顔を出すようにして、ニコリと笑ってコリンナはそう言う。まだ完全に乾ききっていない、しっとりとした濡れ髪が、濡れた服の上をするりと滑り、恥ずかしそうな言動が妙な色気を感じさせていた。

「こんな状態を見せちゃってごめんなさい。急いで着替えるから」

コリンナはわたしを寝室から出すと、そそくさとドアを閉める。わたしがちらりとオットーの様子を窺うと、閉まったドアを見つめたまま惚けていた。わたしなんて全く目に入っていないオットーの様子に心の中でガッツポーズを決める。今回は間違いなくわたしの勝ちだ。

「うふふん。ねぇ、オットーさん。コリンナさん、すごく綺麗になったと思いませんか？　惚れ直したでしょ？　クリーム色の髪が宝石みたいに輝いて……」

「っ！　コリンナ！」

「ちょっと、コリンナさんは着替え中ですって！」

一度息を呑んで動きだしたかと思えば、いきなり部屋に突進しようとするオットーを、わたしは慌てて止めた。もちろん、わたしの力では止まらない。

「オットー、着替え中のわたしの姿をマインちゃんに晒すおつもり？」

ドアの向こうからの静かな問いかけに、オットーは電池が切れたようにぴたりと止まった。しばらくの沈黙の後、くるりと振り返ったオットーが、恐ろしいほど綺麗な笑顔でニコリと笑ってわたしの肩をガシッとつかむ。

「なぁ、マインちゃん。急用を思い出さないか？」

……惚れ直した妻といちゃいちゃしたいので、さっさと帰れということですね。わかります。

「いただける釘の数によっては思い出すかもしれません」

わたしは台所のテーブルの上に置かれた釘の袋をちらりと見ながらニッコリと笑った。

オットーは釘の袋とわたしを見比べて、真剣に悩み始めた。商人としての計算と妻への愛が天秤に掛けられて揺れているのが、目に見えるようだ。

「全部もらったら、父さんにもうまく言い訳できる気がします」

そう言った途端、責任を持って預かる、と父さんに言っていたオットーが、釘を全部押しつけるようにして笑った。予想通りの展開に、わたしは大人しくお暇《いとま》することにした。

……想定以上にたくさんの釘が手に入ったので、まぁ、いいや。後は勝手にしてください。


大量の釘が入った袋を抱えて、わたしは帰り道を一人でえっちらおっちら歩きだした。釘が重い。一本なら軽いのに、量が増えると重い。少し歩いただけで腕がプルプルする。

……ダメだ。休憩がいる。腕が痛い。

このままでは家までたどり着けない。中央広場の噴水のところで、わたしは一度座って休憩することにした。プラプラと手を振ったり、揉んだりしていると、どこかからの帰りらしいルッツが、すたすたと目の前を横切っていく。

「あれ？　ルッツ？　どうしたの？」

「マイン!?　マインこそ、こんなところで何をしているんだ？　え？　一人!?」

わたしの行動範囲は基本的に門と森だ。最短距離しか歩かないので、中央広場を通ることはない。森へ行くにも監視が必要なわたしが一人で行動していることに、ルッツが目を剥いた。

「わたしはオットーさんのところからの帰り。こんなに釘が手に入ったんだよ。重いし、結構遠いから休憩中だったの」

「持ってやるから貸せ。なんでちゃんと送ってもらわないんだよ？」

ぶつぶつと文句を言いつつ、ルッツが釘の袋を持ってくれる。わたしが腕を痛める重さの袋も、ルッツには大した重さではないようだ。

わたしはルッツと一緒に歩いて家に帰りながら、今日の行動を報告しあう。

ルッツは森に詳しい人や材木を扱う人に、紙にしやすい木やトロロになりそうな物を聞きに行ってきたらしい。和紙を作るならトロロアオイを使うけれど、こちらでねばねばした液というと、エディルの実か、スラーモ虫の体液が一番に浮かぶそうだ。

……う、うぅ、虫の体液よりは、木の実がいいなぁ。季節を通してとれるのは虫だろうけど。

「釘が手に入ったし、これで蒸し器が作れるね」

「ん？　大きさはどうするんだ？　鍋に合わせるって言ってなかったか？　鍋はおばさんが使っても良いって言ったのか？」

木を蒸すための蒸し器は、最初はそれほど大きくなくても良いが、できれば鍋に大きさを合わせたい。しかし、鍋はどの家庭も料理で使う分しかない。貸してほしい、と言っても、多分母さんは貸してはくれないと思う。

「……まだ言ってない。むしろ、食べ物以外入れないで！　って怒られたことならある」

魚の干物を入れようとしただけで怒った母さんが、木を蒸したり、煮たりする紙作りのためになんて、鍋を貸してくれるはずがない。

「ダメじゃん。どうするんだよ？　さすがにオレ、鍋は作れねぇからな」

鍋は高い。ものすごく高い。壊れても修理しながら、ずっと使う物だ。わたし達が欲しいと思っても簡単に手に入らないし、金属の加工なので自分で作ることも難しい。

「……先に簀桁《すけた》を作ろうか。それなら、大体のサイズを決めてるから、作れるよ」

「ハァ、作れるやつから作るしかないよな」

ベンノの呼び出し

森で採集をしつつ、ルッツと一緒に簀桁《すけた》を作り始めた。桁《けた》は木の枠だから、木と釘で比較的簡単に作れる。木を同じ長さに真っ直ぐ切るのが一番難しいくらいで、作り方自体はそれほど難しくない。特に今回は大きい和紙を作るのではなく、葉書サイズにするのだから、簀《す》を支えるための桟《さん》さえ付けなくても平気だと思う。家庭科の授業で使った小さい桁を参考に作ってみたいと思う。

わたしはルッツに石板に完成形を一度描いて見せた後、必要な部品を書きだしていった。ルッツはそれを見ながら、木を切っていく。

「えーと、こんな感じで作ってもらうから、ピッタリになるように真っ直ぐに切らなきゃダメなの。最終的には削って合わせるでもいいいんだけど。……できる？」

「思ったより面倒だぞ。真っ直ぐって……」

内側が葉書サイズくらいの長方形になるように、木を切って、長方形の枠を二つ作った。上桁と下桁の二つの木枠ができたら、紙を漉いている時に上桁が動かないように固定するための固定板を取りつける。そして、上桁には手で持てるように取っ手部分を付けた。

「できたね！　ルッツ、良い感じだよ！」

「こんなんで良いのか？」

「うん！　この上下の桁の間に簀を挟んで、この取っ手をこう持って、こうやって揺らしながら繊維を均一にするから、形は大丈夫」

怪訝そうに「形は？」とわたしの言葉を聞き咎めたルッツに、わたしは桁を重ねた状態を横にして、少しガタガタで隙間が見えている状態を指差した。

「できれば上下の桁を重ねた時に隙間ができないように、ちょっとずつ磨くとか削るとかして、ピッタリになれば、完成」

「ピッタリ!?　さすがに親父か兄貴達に頼まねぇと道具がねぇよ……」

「……道具、借りれそう？」

「わかんねぇ……」

旅商人は諦めたものの、両親が希望する建築関係や木工関係の仕事を蹴って、自分で商人の見習い先を決めてしまったルッツには今、家族からの風当たりが強いらしい。とても道具を貸してほしいとか、力を貸してほしいなんて言える状況ではないそうだ。

商人なんて金のことしか考えていない、冷血な人でなしで、自分の息子がそんなものになりたがるのは許せないというのが、ルッツの父親の言葉。母親のカルラは、旅商人を諦めて、街の中で仕事を探したのだから、もう一つ諦められないか、と言ってくるようだ。

どんなに家族の風当たりが厳しくても、せっかく自分で道を切り開いたのだから、諦めることはしたくないとルッツ本人が言う以上、わたしにできることは少ない。ルッツの家族に会った時にルッツの頑張りをそれとなく伝えたり、料理レシピで胃袋をつかんだりするくらいだ。

……大して力になれないんだよね、わたし。

桁は形ができたので、最悪、使ってみてダメなら削ることにしてもいい。問題は、簀の方だ。習字の筆をくるくる巻いていたような簀を自分で作らなくてはならない。大きさを揃えた竹ひごと糸がいる。それも、丈夫な糸が。わたし達の自由になるような糸はないし、竹から竹ひごを作るのも難しそうだ。葉書サイズとはいえ、作るのは非常に大変だろうと簡単に予想がつく。

「今日は桁が作れたから、明日からは竹を削って、竹ひご作りから始めよう。でも、丸みを帯びた竹ひごって、簡単に作れるのかな？　ある程度太さや大きさが揃っていたら、四角でもいいかな？どうだろう？」

「作って、使ってみないとわからない、としか言えないよなぁ……」

まだナイフがあまり上手に使えないわたしは大した戦力にならないが、数が必要なのでちまちま作っていくしかない。本日の目標だった桁作りが上手く行ったのが、幸いだった。

「マインちゃん、それから、ルッツ。ちょっとこっちに来てくれないか？」

帰りに門でオットーに、ルッツと二人で呼ばれた。わたしだけなら、門でお手伝いしている関係で珍しくないが、ルッツが呼ばれることは今まで全くなかったはずだ。

「オレも？」

「そう。二人に、これ。招待状」

オットーからコリンナの招待状と同じような板を手渡された。勉強の成果を出して、わたしは即座に宛名と差出人を確認する。ベンノからわたしとルッツへ宛てた招待状だった。

紙ができるまで会うことはないと思っていたのに、まだ見習いでもないわたし達にいきなり招待状が届く意味がわからない。

「明日って、ずいぶん急な呼び出しですね。何だろう？……もしかして、現物を作るまでもなく不合格、とか？」

別の、もっと義理を優先させなければならない人に頼まれて、見習いが決まったからもういい、とか、わたしが漏らした情報の端々から想像して、商品を作る目途がついたからわたし達はお払い箱とか、最悪の事態ばかりが頭の中をぐるぐると回る。

「違う、違う！　それはない！」

慌てたように否定したオットーをわたしはじろりと睨む。何か知っているはずだ。

「オットーさん、一体何を知っているんですか？」

「あ～、コリンナの髪を見たベンノに、根掘り葉掘り聞かれて、俺が知っている分はペロッと喋ったから、それに関する用件だ」

「じゃあ、オットーさんのせいじゃないですか！　なんでペロッと喋っちゃうんですか⁉」

「コリンナが綺麗になったことを自慢するのは、夫として当然だろ？」

……わざわざ自慢しに行ったのは、釘を全部持っていった仕返しですか？

オットーに文句を言ったところで招待状が届いたのは事実だし、ベンノのところに見習いとして入りたいなら、これは断ってはいけない召喚命令だ。

「名目はお昼ご飯に招待だから、豪華なお昼が食べられるかもよ、ルッツ」

「おぉ！　行く！　絶対に行くぜ！」

ルッツがいきなり行く気全開になった。常にお腹を減らしている貧民に豪華なご飯をちらつかせれば、一発だ。実はわたしもお金持ちのご飯にはちょっと興味がある。

招待状には四の鐘が鳴ってからギルベルタ商会とあるが、場所がわからない。

「……ギルベルタ商会ってどこにあるんですか？　わたし達、知らないですよ？」

「ギルベルタ商会はベンノの店で、俺の家の一階だ」

オットーの家は嫁であるコリンナの実家の上階で、年の離れた兄が可愛い妹を心配して準備した部屋だったはずだ。つまり、コリンナはベンノの妹で、オットーとベンノの関係は……。

「……義理の兄弟だったんですか？」

ニヤッとオットーが笑った。義理の兄弟ならば、オットーに話したことがベンノに筒抜けだったとしても、おかしくない。もう何も言う気になれなかった。

次の日、わたしとルッツはできるだけ綺麗な服を着て、ベンノの店へと向かった。中央広場を過ぎると、どんどん高級な雰囲気になっていく。ルッツも中央広場から城壁に向かっては来たことがないようで、辺りをきょろきょろと見回していた。

「すげぇな、何か……」

「うん、同じ街なのに全然違うよね。オットーさんの家に行く時、わたしもビックリしたもん」

「これだけ街が違うってことは、昼飯もウチとは全然違って豪華なんだろうな。楽しみだ」

無邪気な笑顔で楽しみにしているルッツに、わたしは軽く溜息を吐いて、忠告しておく。

「ルッツ、食べ方には気を付けた方がいいよ。食べ方の確認、絶対されると思うんだよね」

「ハァ⁉ 食べ方？ 何だよ、それ？ そんなの知らねぇぞ⁉」

わたしも知らない。正確にはわたしのマナーがここで通用するのかどうかがわからない。対応策としては一つだけだ。

「姿勢に気を付けながら、がっつかずに、ベンノさんをお手本にして食べるようにすれば、それほど間違ったことにはならないと思う」

「……くっそぉ、緊張してきた」

これから先に何が待ち構えているのかわからない不安に、何となく手を繋いで歩く。

わたし達がギルベルタ商会に着いたのは、まだ四の鐘が鳴る前のことだった。四の鐘が鳴ってから、とあったので、店の近くで時間を潰さなければならない。

「どうするんだよ？」

「この辺りからでいいから、お店を見たいな。ベンノさんの店が何を取り扱っているのか、従業員がどれくらいいるか、見習いがどんな仕事をしているか、全然知らないんだよね」

「……それもそうだな」

就職先の情報を集めるのは、わたしにとって常識だが、ここにはインターネットも情報誌もない。口コミの噂を探るか、自分の目で確かめるか、どちらかの方法でなければ、情報を得ることができない。

本来は親の仕事ぶりから業界の仕事を知り、紹介してくれる人からの話を聞いて、自分が行く仕事場の情報を得る。しかし、ベンノとオットーが義兄弟であることを隠しているようでは、オットーからの情報が本当に流れてくるかどうかわからない。旅商人の話を聞くために行った時の、ベンノのことも「旅商人の時の知り合い」だった。不合格にする気満々だったせいか、仕事内容一つ説明してくれなかった。自分の目で確認できる機会があるなら、有効活用したい。

「並んでいる商品は少ないね」

「市場に比べると入っていく客も少ないぜ。本当に儲かっているのかな？」

「儲かっているとは思うよ。店がすごく清潔だし、従業員の恰好や動きが綺麗だもん。教育がしっかりしていて、見栄えがいいから、お金持ちとかお貴族様とか、そういう人を相手に商売しているんじゃないかな」

店の前に立っている番人のような人でさえ、わたし達より立派な服を着ている。見栄えを気にする客を相手に商売をしている証拠だ。世界が違いすぎて、わたしやルッツが働くには、乗り越えなければならない壁が多そうだ。

カラーンカラーン……。

お昼を知らせる四の鐘が鳴り響く。それと同時に店が閉められ始めた。完全に閉められて人がいなくなると、どうすればいいのかわからなくなってしまう。店の中に引っ込もうとした番人の一人に、わたしは招待状を見せながら急いで声をかけた。

「すみませんっ！　わたし達、ベンノさんからこのような招待をいただいているのですが、どうすればいいか教えていただいてよろしいですか？」

「慌てなくてもいい。話は聞いているが、店を閉めるまで少し待ってくれないか」

昼の休みには店を閉め、昼番を一人残して、従業員が全員お昼ご飯を食べるために出て行くそうだ。店を閉めている時に飛びださなくても、昼番に声をかければよかったらしい。

ササッと店が閉められ、一斉に従業員が昼食のために散った後、わたし達は昼番のお兄さんに導かれて、店の奥へと連れて行かれる。

「旦那様、お客様です」

「あぁ、入ってもらえ」

わたし達が通されたのは、商談に使われていると一目でわかる部屋だった。応接用のテーブルと椅子があり、奥の方の棚には見慣れない物が色々と並んでいる。ベンノが座っている執務机の後ろには積み重なった木の板や羊皮紙の並んだ棚があった。

……あれ、もしかして、本棚⁉

本がないので資料棚という方が正しいだろうけれど、文字の書かれた物が詰まっている棚がある。

目の前にいるベンノが立ち上がったことで、わたしはふらふらとそちらに向かいそうになる足を何とか踏ん張って、その場に留まった。

「突然呼び出してすまなかった。どうしても話をしておかねばならないと思ってな」

「何でしょう？」

「まずは食事にしようか？　話はその後だ」

初めて見た本棚らしき物に視線を奪われながら、わたしはベンノに勧められた席に着く。ルッツも少し緊張した顔でわたしの隣に座った。

「すぐに運ばせる」

ベンノが机の上にあったベルを三回鳴らすと、部屋の奥のドアが開いて、食事をのせたお盆を持った女性が入ってきた。どうやら扉の向こうには階段があり、二階と繋がっているようだ。

「ようこそ。マインさんとルッツさん。どうぞ召し上がってくださいな」

一瞬、ベンノの奥さんかと思ったが、何も紹介されなかったので、従業員とか下働きの女性かもしれない。わたしは「ありがとうございます」とだけ返事をして、並べられた食器を見た。

取り皿とフォークとスプーンがあるだけで、カトラリーの数はウチで使う分と大差なく、ナイフはベンノの前にだけあった。食事は全て主であるベンノが取り分ける決まりになっているようで、サラダや肉が皿に盛られ、スープが置かれる。

「さぁ、どうぞ」

ルッツは、彼なりに頑張っていたが、食べ始めたら、わたしの忠告なんて頭から吹っ飛んでしまったようだ。結構がっつりかきこむように食べている。商人見習いとして働き始める前に、ルッツもマナーを覚えた方がいいかもしれない。

わたしはフォークを手に取り、ベンノを見ながら食事をしたが、それほど変わったマナーもないようだ。そう思っていたが、何故かわたしの方がベンノに注視されている。何か間違っているかな？　もしかして、細かいところが違って気になるのかな？　とびくびくしながら食べた。そんなに下品でもなく食べたつもりだけれど、何が気になったのかわからない。

とりあえず、今回の食事でわたしが身を以て覚えたマナーは、少し残すことでお腹がいっぱいになったということを示すというものだ。残したら失礼かと思って、頑張って食べたのに、継ぎ足された時には、思わず口元を押さえてしまいそうになった。

わたしはお金持ちの料理に少し期待していたけれど、量が多いだけで、料理方法自体は同じなのだろう。味はいまいち期待外れだった。正直なところ、最近では出汁を取るようになったウチの方がおいしい。量こそ命！　のルッツはとても満足したようだけれど。

「お腹も満足したようだし、話をしようか」

ベンノさんは匂いが違うけれどコーヒーのような濃い色の飲み物を、わたし達はハーブティを飲みながら、話が始まる。

「まず、聞かせてもらいたい。何故、オットーを頼った？」

ベンノの表情と口調に苛立ちと怒りが見えて、ルッツは身を竦め、わたしは首を傾げた。

「すみません。よく意味がわかりません。オットーさんにはいつも頼りっぱなしですが、いつの、何のお話でしょうか？」

「釘を融通したとオットーから聞いた。それも、髪の艶を出す液と引き換えにしたそうだな？」

「はい。……何か問題があったんでしょうか？　わたしの周囲で釘を融通してくれそうな人がオットーさんしかいなかったんですけど」

オットーに融通してもらって、ベンノが怒る意味がわからない。簡易ちゃんリンシャンを渡したのがまずかったのだろうか。全く理解できなくて、首を傾げるばかりのわたし達に、ベンノは大きく溜息を吐いた。

「商人としての常識で言うならば、君は、俺にまず相談するべきだった」

「ベンノさんに、ですか？」

重々しく「そうだ」と頷くベンノを見て、ここの商人の常識ではそれが正しいことなのだろうとはわかったけれど、いまいち納得できない。

「でも、わたし達、まだ見習いでも何でもないんですよね？　紙を作ることが試験のようなものだから、ベンノさんに相談するのは筋違いかと思っていました」

「違う。紙ができれば、ここの見習いとなり、この店で取り扱う商品となるのだから、君が一番に相談する相手は俺だ。オットーではない」

まだ見習いにはなっていないとはいえ、条件付き採用を約束されたのだから、上司のようなものだと考えればいいだろう。わたしは紙作りを試験の一つだと思っていたけれど、仕事の延長だと考えよう。そうすると、今回の件は、見習い未満が仕事に関係のあることで、上司ではなく、部外者に相談に行ったという状況になる。上司の面目が丸つぶれだ。

「すみません。理解しました。雇い主であるベンノさんの体面というか、面子に傷を付ける行為だったんですね。これから気を付けます」

わたしが理解と反省をしたことで、ベンノは何度か頷いた後、姿勢を正した。

「では、これからは商談だ。髪に艶を出す液の作り方と交換で、紙作りに必要な材料を調達してやろう。どうだ？」

「紙作りって、見習いになるための試験ですよね？　調達してもらっちゃっていいんですか？」

全部自分で揃えてこその試験だと思っていた。ベンノが材料を調達してくれるなら、紙を作るのはずいぶんと楽になるけれど、それで良いのだろうか。

「道具がなくて作れないのでは、実力を測れないし、先行投資もなしに新しい事業が始められるわけがない。だが、建前上はまだ無関係のヤツに、無料で援助することもできない。借金には担保がいるが、君達には担保になるものがないだろう？」

当たり前だが、貧乏人の子供であるわたしとルッツに担保になるようなものなどない。

「情報は後から返せる物じゃないので、担保にはなりませんよね？」

「だから、この場合は借金ではなく、売買とする。俺が作り方を買う。代わりに、紙を作るために必要な物は全て準備してやる。……悪い取引ではないだろう？」

「確かに悪い取引ではないです」

道具作りを依頼したり、原料を仕入れるために条件を付けたりすれば、紙の作り方が漏れるかもしれないけれど、鍋一つ準備できないわたしはこの援助は喉から手が出るほど欲しい。

「ルッツはどう思う？」

隣に無言で座っているルッツに声をかけた。紙作りは二人の共同作業だ。わたしの一存で決めるのはよくないと思ったのだが、ルッツは軽く目を伏せて、首を横に振る。

「……考えるのはマインの仕事だろ？　マインが思った通りでいい」

ルッツがそう言うなら、なるべく良い条件で話をまとめてしまおう。道具はもちろん、原料の仕入れまでベンノが請け負ってくれると言うのならば、紙を作ることだけに専念できる。

「必要な物というのは、道具だけですか？　それとも、原料も含んでいいんですか？」

「原料も含んで構わん。色々と試すつもりなんだろう？　ルッツが材木屋に聞いて回ったという情報がすでに入っている」

なるほど、商売人の横の繋がりは怖い。見慣れない子供がうろうろして、情報を集めていたら、すぐに情報が飛び交うようだ。

「その援助はいつまで続きますか？」

「洗礼式までだ。それまでは建前上、見習いにすることができないからな。お前たちが持ってきた物をこちらが買うという形になる。原料費と販売にかかる手数料を引いた残りがお前達の取り分になる。洗礼式が終わった後は、紙の売買はこの店で行い、純利益の一割をお前たちの給料に上乗せすることにする」

洗礼式までは問題ない。できあがった紙を持って行って、買ってもらう。多少手数料が割り増しされたところで、自分の利益は確保できるので問題ない。

しかし、洗礼後に少し不安を感じた。利益が給料に上乗せしてくれるのはいいが、もし、解雇された時は？　給料が払われなくなったら、利益も払われることもなくなる可能性がある。

ここの常識とわたし達の生活圏の常識に厚い壁があることは感じたはずだ。紙の製作が軌道に乗り、利益を生むことが明確になった後の自分達に対する保証はない。

「給料の上乗せより､紙を作る権利はわたしのもの。紙を売る権利はルッツのものにしてください」

「……どういう意味だ？」

「紙ができるようになって、現物が手に入ったらお払い箱、なんてことになったら困るんです。目先の利益より放り出されないための保証が欲しいです」

ふぅん、と顎を撫でるベンノの目がきらりと光る。

「まぁ、保身を考えるのは悪くない。子供の浅知恵で穴だらけだけどな」

「うぅ……勉強します」

こちらの常識がわからない状態なので、いくら知恵を絞ったところで、子供の浅知恵なのはどうしようもない。

「それで、紙に関する権利ばかりだが、髪に艶を出す液に関する権利は主張しないのか？」

「はい。『簡易ちゃんリンシャン』に関してはしません。それはベンノさんに売るものですから」

売ってしまう物に権利の主張なんてするつもりはない。わたしとしては、紙が流通すればそれに越したことはないし、家族に反対されても頑張っているルッツが商人見習いとして働ける保証を確保してあげたいだけだ。

「まぁ、いいだろう。紙に関する権利はお前達のものだ。ただし、売買はウチが行う。値段や利益の取り決めに関する権利はない。給料の上乗せもなし。それでいいんだな？」

「いいです。ただの保険ですから」

給料をもらって働ける場所を確保するのが、今は一番大事だ。利益なんて後でゆっくり稼げばいい。ベンノが目を付けていた簪《かんざし》を始め、料理レシピ、美容関係の商品だって、原料が手に入れば利益になりそうなものは、パッと考えただけでもいくつか思いつくのだから。

「なら、話は終わりだ。俺は昼からお貴族様のお屋敷回りに出る。夕方には戻るから、それまでにお前たちはここで発注書を書け。紙を作るのに必要な物を全て書きだすんだ」

仕事の早さは嬉しいけれど、発注書は門でもまだ書いたことがない。

「……書き方がわかりませんけど？」

「教師役は置いておく。夕方までにできたら、ご褒美に良いこと、教えてやる」

「良いこと？」

「本気で自分の権利を確保したい時やお貴族様相手の取引、利益が莫大になる大口取引にしか使わない契約方法がある。市場で売買するだけのお前たちは見たことがないはずだ。口約束ではなく、お前たちの権利を確保してやろう」

確かに、口約束じゃなく契約書にしてほしいとは思っていたけれど、ベンノから言い出すとは思っていなかった。

「……ベンノさんには口約束の方が都合はいいんじゃないですか？」

ベンノは首を振った後、ニヤリと笑った。

「きっちりと契約をするのはカンイチャンリンシャンに関する俺の利益を守るためだ。口約束のままで利益を生み始めてから、お前に権利を主張されても困る。契約によって完全に権利を放棄させる代わりに、お前の権利を認めてやろう」

「ありがとうございます」

まだ二回しか会ったことがない相手を信用しきれていないのはお互い様だ、と言いたいのだろう。契約書に残してくれるなら、お互いに安心できる。


昼休みを終えた従業員がぞろぞろと戻ってくる中、ベンノは一人の従業員を教師役に任命した。思わずセバスチャンと呼びたくなるような、執事っぽいやり手そうな男性だった。

「マルク、マインとルッツだ。俺が戻るまでに発注書の書き方を教えてやってくれ」

「かしこまりました、旦那様」

他の従業員達にも色々と指示を出しながら、ベンノは出かける準備をする。部屋を出る直前、くるりと振り返り、マルクに声をかけた。

「あぁ、そうだ。マルク、俺が戻ってくるまでに契約魔術の準備もしておいてくれ」

……契約魔術？　そう聞こえた気がするんですけど。　あれ？　ここってファンタジーな世界でしたっけ？

契約魔術

わたし達のテーブルを女性従業員に片付けさせたマルクが、色々な物をのせたお盆をもってきた。トレイと言った方が、セバスチャンっぽいマルクには合うかもしれないけれど、木を削って作られている平らな円は、お盆としか表現できない。

マルクはテーブルの上に、持ってきた物を並べていく。何枚か重ねられた板、インク壺、細い竹のような葦のような植物でできたペン、石板、石筆、布。全てを歪みなく、ピシッと置いて、マルクは顔を上げた。

「では、発注書の書き方を教えます」

マルクはわたしとルッツを見比べた後、ルッツに声をかけた。

「ルッツ、字は書けますか?」

「……オレ、自分の名前しか書けない」

粘土板を作っている時にわたしが教えた名前の書き方をルッツはしっかりと覚えていたらしい。

しかし、ここで使われるのは自分の名前だけではないだろうと、困ったように顔を伏せる。

それを聞いたマルクは、ふむ、と一つ頷いて、石板を取り上げて、ルッツの前に置いた。

「自分の名前が書けるのですか?　商人の子ではないと聞いていたのですが……驚きました。契約には問題ありません。ですが、文字は見習いになれば全員が覚えることです。マインが発注書を書く間に基本文字の練習をしましょう」

商人の子ではないルッツが自分の名前を書けるとは思っていなかったようで、契約までに覚えさせる段取りになっていたようだ。マルクは石板に基本文字を五つほど書いて、ルッツに練習させ始める。見習いの教育係だろうか。教え方や進め方が非常に手慣れているように見えた。

「マイン、貴女は書けますか？」

「わからない単語があるかもしれませんが、単語を教えてもらえれば書けます」

「では、発注書の書き方を教えましょう」

マルクがわたしの前に板を二つ並べた。全く何も書いていない板と、文字がすでに書かれた板だ。お手本だろう。わからない単語もあるが、七割方読める。

「これが発注書という文字です」

一番上に書かれた文字を指差して、マルクが言う。そして、発注書の書式を教えてもらった。発注主、発注品、品数など、教えてもらえば、それほど難しいものではない。

「マイン、発注する道具や材料はわかりますか？」

「はい、大丈夫です」

大きく頷いて発注書を書き始めたのだが、ガタガタしている板の上に書くのが思ったよりも難しい。使い慣れないペンが更に書きにくくて、嫌になる。このペンなら、わたしが作った煤鉛筆の方がよほど書きやすいと思う。煤鉛筆はちょっと擦《こす》ったら字が崩れて真っ黒になって、読めなくなるけれど。

「うぅ、石筆と違って書きにくいですね」

「初めてにしては、よく書けている方ですよ」

褒められているので、わたしは調子に乗って頑張る。カリカリと書いていると、マルクが発注書を見て、やや眉をひそめた。

「マイン、鍋とありますが、大きさは？」

「えーと……ウチの二番目に大きいくらいの鍋がいいかなって思っていたんだけど……」

マルクが更に眉根を寄せた。その説明ではわかりません、と顔に書いてある。

……うん、そうだよね。ウチの鍋なんて言われてもわからないよね？　でも、鍋の大きさを表す単位がわからないんだよ。センチじゃないと思うんだけど、なんて説明すればいいの？

「ねぇ、ルッツ。ルッツが水を入れて運べる鍋の大きさってどれくらい？」

「あ？　うーん、これくらい」

ルッツが自分の腕で丸を作る。この世界の子供に説明を丸投げして正解……げふんげふん、一番使うことになるルッツに意見を聞いて正解だったようで、マルクが即座にメジャーのような長さを測る道具を取り出して、さっとルッツが作った丸を測った。

「深さは？」

「ルッツ、どれくらい？」

「これくらい」

またもや、マルクがさっと測る。身の回りにメジャーなんてなかったし、今までは大体の目分量で何とかなっていた。正確な長さを知る必要がなかった。しかし、自分達で作るならともかく、他のところに発注するなら曖昧では話にならない。

わたしは頭を抱えて、小さく呻いた後、マルクに向かって手を上げた。

「……マルクさん、発注書を書く前に長さの単位を教えてください。それと、今日、帰ってから長さを測らないと発注できない物もあるので、その長さを測る道具、借りてもいいですか？」

「メジャーですね。もちろんです。必要な道具として発注しておきましょう」

すでに作ってしまった桁《けた》の長さを測らなければ、簀《す》が作れない。

試作品を作る段階では葉書くらいのサイズで、木の種類や混ぜる割合など色々と試すつもりだ。そして、最善が決まったら、もっと大きい紙を作る。そうすると、当然、道具も大きい物が必要となる。メジャーは必須だ。

マルクからメジャーを借りて、測り方を教えてもらいながら、わたしは発注書を書いていく。蒸し器、鍋、角材、灰、盥、簀桁、紙床、重石、平たい板。そして、原料、トロロ。

できるだけ早く紙作りを始めたいので、全てを書こうと思ったが、鍋が来ないと蒸し器の大きさはわからない。そうすると蒸し器を作るのに必要となる木の大きさもわからない。角材はこれくらいで、こうやって使って、とマルクに説明して、大きさや重さを決めていく。灰も一度紙を作ってみなければ、必要な量がわからない。ひとまず小さい袋一つ分を注文してみる。

何を注文するにも、どう説明すればいいのかわからなくて、頭を抱えた。

「うぅ、簀《す》に関しては、すでにできている桁《けた》を持っていって、直接職人さんと話したいです」

「そうですね。この簀という物については、その方がいいかもしれません。石板に描かれた図を見ても、よく理解できないので」

マルクもお手上げだった簀以外の物については、何とか発注書を書くことができた。

わたしが発注書と格闘している間、ルッツも頑張って字を練習していた。座って長時間書くことには慣れていないはずなのに、ビックリするほど長い間集中力を見せた。門にやってくる兵士見習いとは全然違う。やはり自分にとって必要だと思うものに関しては、集中力も変わってくるのだろう。しかし、集中しすぎたのか、どことなくルッツが無表情になっている。

「では、時間もあるようなので、計算も覚えましょう。ここでは計算器を使って、計算します」

少しの休憩をはさんだ後、ルッツは計算器の使い方を教えてもらうことになった。ここの計算器の使い方を知らないわたしも隣で一緒に聞く。そろばんに似ているなと思いながら、計算器をいじっているとマルクが不思議そうに首を傾げた。

「マインは計算をするのでしょう？　旦那様からそう伺っていますが？」

「わたし、実は、計算器が使えないんです」

「では、どのように計算をするのですか？」

「石板を使ってます」

石筆で筆算をして、マルクに出された計算問題を解いていく。計算器もなく大きな数の計算をするのが信じられないと言われ、何故かわたしがマルクに筆算の仕方を教えることになった。

「計算器が使えれば、『筆算』を覚える必要はないですよ？」

「計算器がない時には必要です。それに、計算器の使い方は知っていますが、どうしてその数字が出てくるかは知りませんでした。実に興味深い」

小学生向けの算数講座でマルクが満足している姿を見ると不思議な感じがする。自分にとっては当たり前のことが当たり前ではない。改めて、日本の義務教育のすごさを思い知った。

……こういうのって、下手に広げない方がいいんだっけ？

知識の共有はした方がいいと個人的には思うけれど、それがここの常識と噛み合うのかがわからない。もしかしたら、余計な事をしてしまったかもしれない。

「そろそろ旦那様が戻られる時刻です。契約魔術の準備をしますね」

「契約魔術って何ですか？」

初めて聞いたファンタジーっぽい言葉に胸が高鳴るのを止めることができない。わたしにとっては、本の中にしか出てこないような不潔で不便な昔の世界だったのに、まさか魔術なんてものがあるファンタジーな世界だったとは。

……もしかして、わたしも魔法が使えるかも？

うきうきしながら、マルクの答えを待っていると、くすりと笑われた。

「魔力は知っての通り、貴族だけが持つ力です」

「……貴族だけ？」

「えぇ、そうです。普段は目にしませんから、我々にはよくわからない力ですけれど」

魔法がある世界にドキドキわくわくした気分は一瞬で打ち砕かれた。

……貴族だけが持つ力って、何それ。本ばかりか魔力まで持っているなんて、お貴族様め。

「契約魔術はもともと横暴な貴族に対して拘束力を持たせるためのものでした。そのため、魔力のこもった特殊なインクと紙が必要になります。これで契約すると魔力による縛りができます。強力で契約者の同意なしに解約できない契約になります」

「へぇ、便利ですね」

魔力で縛られて勝手に破棄できない契約は、自分より強い相手にはとても役に立つと思う。

「便利ですが、紙やインクが魔術具でとても高価で珍しいので、よほどの利益が見込める契約でなければ使われません」

どうやら、簡易ちゃんリンシャンにはよほどの利益が見込まれているらしい。確かに、日常で使う消耗品は強い。なくなったら、次が必要になるし、一度つやつやさらさらの髪を知ってしまえば、なかった時代に戻れる女性は少ない。特にお金があって、見栄えを気にする女性なら尚更だ。

安売りしすぎたかもしれない、なんて考えが頭をよぎったが、欲張ったら碌《ろく》なことにならない。

わたし達に必要だったのは、安心と安定と先立つものだ。それで満足しておこう。


「すまない。待たせたな。発注書は書き終わったか？」

ベンノが早足で部屋に入ってきた。わたし達を待たせているのを気にしてくれていたようだ。

「今書ける分は書けました」

わたしが積み重なった板を示すと、ベンノが「ずいぶんあるな」と呟いた。

……まだ測れていないものがあるから、もっと増えるけれど、よろしくね。

「ルッツはどうだ？」

ベンノの言葉に、マルクが胸に手を当てて答える。

「最初から自分の名前は書けたので、それ以外の勉強に時間を費やしていました。彼はなかなか覚えがいいです」

マルクに褒められても、ルッツは何かを考えているような顔で小さく頷いただけだった。

半日ずっと勉強したので、かなり疲れたのだろう。慣れないことは本当に疲れるから。

「マルクからも説明があったと思うが、これが契約魔術に使われる契約用紙と特殊なインクだ。貴族の御用達と認められた商人だけに与えられる物だ」

ベンノが取り出したのは、変わったデザインのインク壺だった。中身は一見普通のインクに見えるが、全く違う物らしい。興味津々で見つめるわたしの前で、契約用紙が広げられる。

「……そんな高価そうで、希少な物、使って大丈夫なんですか？」

「契約に価値があると思わなければ使わないから気にするな」

……気にするなって言われても、気になるよ。

ベンノはインク壺にペンをつけて、すらすらと契約内容を書いていく。インクが黒ではなく青いインクだ。書き慣れていると一目でわかる流暢な字が綴られていく様子をじっと見つめる。

《マインは簡易ちゃんリンシャンに関する権利を全てベンノに譲ること。代わりに、洗礼式までの間、マインとルッツが作る紙の製作にかかる費用は全てベンノが出すこと。紙を作る権利をマインが、紙を売る権利をルッツが持つこと。しかし、値段や利益に関する権利は二人とも有しないこと》

そんなことが書かれている契約書をわたしは端から端までよく読んだ。何か変なことが書かれていないかの確認のためという名目で、インクの匂いを胸いっぱいに吸いこむ。

……あぁ、早く紙を作って、本が作りたいなぁ。

「マイン。……何か問題があったか？」

ベンノの怪訝そうな声にハッと我に返った。ベンノの訝しげな目とルッツの呆れた目がわたしに向かっている。ルッツにはインクの匂いにうっとりしていたのがバレている気がする。

「へわっ⁉　大丈夫です！　話しあった通りのことが書かれているので、これで問題ないです」

「……オレもそれでいい」

ルッツの言葉にベンノは頷いて、ペンをインクにつけた。契約書の最後にベンノが名前を書く。その後、くるりと回したペンを差し出され、ちらりとルッツと視線を交わした後、わたしが先にペンを受け取った。

自分が知っている紙より少し柔らかい羊皮紙を指先でそっと撫でて、感触を堪能しながら、ペンを構えた。そっとインク壺に入れて、インクをつけて、ペン先に少し引っ掛かりを感じながら、ベンノの下に自分の名前を書く。板に書いた発注書と違って、とても書きやすい。

……ほぅ、やっぱり板じゃなくて、紙に書く感覚はいいなぁ。

「はい、ルッツ」

唇を引き結んだルッツが緊張したようにペンを受け取って、インクをつけて名前を書く。まだ書き慣れていないのが一目でわかる字だが、間違うことなくちゃんと書けている。

「書けたな……」

そう言ったベンノが突然ナイフを取り出して、自分の指を傷つけた。

「ひゃあっ⁉　ベンノさん⁉」

ぎょっとしているわたしとルッツの前で、ぷくりと盛り上がった血を別の指でなじませるようにしてベンノが自分の名前に被せるように血判を押す。ぎゅっと押しつけた赤い血を吸いこんだ瞬間、青いインクが黒に変わった。

「じゃあ、次は……」

……こんな怖い魔法、嫌だよっ！

ベンノがわたしに視線を向けてきたが、わたしは思わず首を振った。ベンノのナイフと指から滴る赤い滴に怖気づいているわたしを見て、ルッツが溜息と共にナイフを取り出す。

「手ぇ出せ、マイン」

「うひぃっ！」

思わず自分の手を後ろに引っ込める。自分で自分の指に傷をつけるのも怖いけれど、誰かにしてもらうのも怖い。痛いのは嫌だ。

「契約するって決めたのは誰だ？　どうせ、自分でできないんだろ？　してやるから手ぇ出せ」

「わ、わかった……」

覚悟を決めて、ぎゅっと目を閉じたまま、恐る恐る手を前に出すと、ルッツがわたしの左手の小指をスッと切った。ジンと熱くて痛い感覚と共に血がにじんで滴ってくる。

「その血を親指につけて押すんだ」

「ぅうっ……えいっ」

泣きそうになりながら、わたしが親指に血をつけて自分の名前のところにぐっと押しつけると、ベンノと同じようにインクの色が変わった。マルクがわたしの小指を止血して、布を巻いてくれている間に、ルッツはさっさと自分の指を切って同じように血判を押す。

……どうして躊躇いもなく切れるの⁉　怖くないの⁉

ルッツが手を離すと同時にインクの部分が光って、燃えるようにインクの部分から穴が開いて広がっていき、契約用紙その物が消えていく。目の前で起こっているのに、まるでＣＧで構成された映画でも見ているようだ。

……ぅわぉ、ファンタジー。まさかここがこんなファンタジーな世界だったとは！

常識外の契約方法に呆然としながら、わたしは契約書が消えてしまうのを見ていたが、はたと我に返った。契約書の控えはどうするのだろうか。契約書は燃えて消えてしまった。

「これで契約は完了だ。契約違反の度合いによっては命に係わるから、違反するなよ」

「命⁉」

恐ろしい言葉にビクッと飛び上がったが、ベンノはびくつくわたしをニヤニヤと愉しそうに見下ろすだけだ。

「違反しなきゃいいんだよ。でも、これで嬢ちゃんが望んだ保証は得られたぞ？」

「……ありがとうございます。お世話になりました」

結局、契約書に控えなんてものはなかった。


契約魔術を終えてベンノの店を出ると、かなり日が傾いていて、赤みを帯びた金色の太陽がゆっくりと沈んでいくのが見える。昼間とはまた違った顔を見せる夕暮れの街を、来た時と同じようにわたしはルッツと二人で歩き始めた。

「思ったより遅くなったね。急いで帰ろう」

周囲の人達も忙しなく帰宅しているようで、心もち足早に歩いているように見える。そんな人々の波に乗って、夕暮れの街の中をわたしはルッツと並んで歩く。

「今日は疲れたよね？」

「……あぁ」

書き足さなければならない発注書がいくつかあるけれど、今日、わたしが一生懸命に書いた発注書が処理されて、材料が届いたら、紙作りに専念できる。それに、契約魔術でわたしとルッツの権利も保証されたので、紙さえ完成すれば、店を放り出されることはなくなった。大変だったけれど、実りの多い一日だったと思う。

「後は紙だけ作れば、安泰だねぇ、ルッツ」

「……ん」

喧騒に掻き消されて聞こえないくらい隣を歩くルッツの口がひどく重い。普段は足が遅いわたしの気を紛らわせようと話をしてくれるルッツの反応が鈍いことが気になった。

……森に行くよりも疲れたかな？　文字を覚えたり、計算をしたりするのが嫌になった？

わたしは隣を歩くルッツを見た。夕日に照らされ、金髪が眩しいほどに赤く染まって見えるのに、ほんの少し見上げる位置にあるルッツの顔が影になって見えない。

「ねぇ、ルッツ。どうしたの？」

問いかけても、ルッツは何も答えない。何か言いかけたように少し開いた口はすぐに閉ざされ、ぎゅっと引き結ばれた。そのまま、何か考え込んでいるように、黙って歩き続ける。

いつもわたしのペースメーカーをしてくれているルッツの本来のスピードなのだろう。今は小走りにならなければ追いつけない。常とは違うルッツの姿に、嫌な予感がして心がざわつく。

「待って、ルッツ」

中央広場で足を止めたルッツがくるりと横を向いた。唇を引き結んで、真剣な眼で、ルッツがわたしを見据えている顔が半分くらい夕日に照らされて浮かび上がる。

覚悟をしたように開かれた口から、少しかすれた声が出てきた。

「お前さ……マインだよな？」

喉の奥がヒュッと鳴った。心臓を鷲掴みにされたようで、一瞬、体中の血が止まったように感じた。周囲のざわめきが耳鳴りに掻き消されて、バクンバクンと血の流れる音が耳の中で響くように大きく聞こえる。

「マインなら……なんで、あんな話ができるんだ?」

「あんな話?」

「今日の旦那との話だよ。オレには半分もわからなかった。オレの知らないことを、大人と対等に話せるマインなんて……変だ」

耳の奥で耳鳴りが続いている。ゴクリと唾を飲み込みながら、ルッツの言葉を聞いた。

「お前、本当にマインだよな?」

確認するようなルッツの声に、ヒリヒリとする喉を何とか動かす。わたしは何もわからないふうを装って、こてりと首を傾げた。

「それって……ルッツには、わたしがマイン以外に見えるってこと?」

「……悪い。変なことを言った。……大人と対等に話すマインに、ちょっと、ビックリしたんだ」

ルッツは何とか笑みらしきものを顔に浮かべて、歩き始めた。立ち止まっていたら変に思われる。少しずつ小さくなるルッツの背中を見て、わたしも足を動かし始めた。

……失敗、したなぁ。

今までは接する人が少なかった。腕力も体力もないわたしが役に立つこともほとんどなかった。門でオットーの仕事を手伝ってきたが、それだって、せいぜい他よりちょっと計算が得意な子供程度のものだったし、その場には普段わたしと接する子供がいなかった。

ルッツと一緒にしてきたのは、粘土を掘ったり、木を削ったりした程度だ。目的はともかく、していることは子供でもできること、子供がしてもおかしくないことばかりだった。

だが、今日はベンノの良いように振り回されないように、自分とルッツの位置を確保するために、頑張ってしまった。頑張りすぎてしまった。きっとルッツにとって、今日のわたしは病弱で守ってあげなければならない妹分のマインではなかったに違いない。

これから先、紙を作る過程で、大人とやり合うことが必然的に増えるはずだ。道具を集めるにも、作ってもらうにも提案や指示が必要になる。明らかに子供じゃない言動が増えるけれど、紙を手に入れるためには手段を選んでいられない。

ルッツの知っているマインからはどんどん離れていくことになるだろう。わたしがマインではないと、一緒に行動するルッツが確信を抱くのは、きっとそう遠くのことではない。

……ルッツが知ったらどう思うんだろう？　マインじゃないわたしをどうするんだろう？

ルッツの顔が見えない夕暮れの帰り道、わたしにはルッツの隣に並んで帰ることができなくなった。

ルッツの最重要任務

帰ってからもルッツの言葉がぐるぐると頭の中を回っていた。ルッツが言いにくそうに、でも、はっきりと言葉にしたということは、かなり不審に思われているはずだ。

……わたしがマインじゃないとわかったら、どうなる？

マインを返せとか、お前のせいでマインがいなくなったとか、混乱と怒りと恐怖の混じった罵詈雑言を浴びせられるのは確実だろう。ルッツがそれを家族にも言ったら、わたしのいる場所は消える。家から追い出されるくらいならまだしも、ここが魔女狩りをしているような宗教の世界の場合、悪魔憑きなんて思われて、拷問の末に殺されるかもしれない。本で読んだ魔女狩りの数々の拷問描写が脳裏をよぎって、ぞっとした。

……痛いのは嫌だ。怖いのも嫌だ。拷問なんてされるくらいなら、死んだ方がマシ。追い出されるのも、拷問も嫌だけれど、その前に自分の熱に食われてしまえば、熱に浮かされるだけの苦しさで死ねる。死のうと思えば、わたしは誰にも邪魔されることなく、簡単に命を投げ出せる術を持っている。

……最悪の場合は、拷問される前に死ねばいい。

短絡的だが、拷問よりは熱に浮かされて食われる方がよほど楽だ。そう考えたら、ちょっと呼吸が楽になった。それに、よくよく考えてみれば、熱に呑みこまれないように、この世界に踏みとどまったのは、ルッツに謝るためだった。ルッツとの約束を守らなければ、と思って、熱から逃げ出して来たのだ。ルッツには謝ったし、オットーと引き合わせて約束は果たしたし、一応、心残りはなくなったとも言える。

ベンノと会ったことで、紙作りが目前に見えてきたから、紙を作りたいし、本を作りたくなったけれど、この世界自体にはあまり執着はないのだから。

ルッツがマインじゃないわたしを気味悪がって避けるのは簡単だけれど、避けてしまったら、紙作りは成功しない。きちんと説明すれば、紙作りが成功して、商人見習いになれることが確定するまでは、ルッツもおとなしくしてくれる確率が高い。

紙ができるまでは何とかなるだろうし、死のうと思えばいつでも死ねる。そう腹をくくったら、かなり気が楽になった。結論らしい結論ではないけれど、自分の中で折り合いがついた。

わたしがどういう行動をとるにしても、ルッツの出方を見るしかないのだ。いつ死ぬ時が来てもいいように、後悔しなくていいように、紙作りに全力を尽くすしかない。


腹をくくったなんて、カッコいいことを言ってみても、ルッツに会うことに全く抵抗がないわけではない。次の日の朝、わたしは多少びくびくしながら、ルッツと顔を合わせた。

「今日はオレ、森に行くから。薪拾ってこないとダメなんだ」

ルッツの言葉にわたしは目を輝かせた。わたしは残りの発注書を出して、簡易ちゃんリンシャンの作り方を教えるためにベンノの店に行かなければならない。ルッツがいない間に、できるだけ多くの不審行動を終わらせて、バレるまでの時間を稼ぐ絶好のチャンスだ。

「わかった。わたしはベンノさんのところに行くよ。簀の発注書、出さなきゃいけないし、荷物が届く場所も相談しないとダメだから」

「……一人で行くのか？」

「うん。そうだけど？」

ルッツが一緒に行けないなら、一人で行くしかないし、今日も大人とのやり取りが主だから、身近な人はいない方が、わたしにとって都合がいい。

「……一人で行けるのか？」

「大丈夫だよ」

グッと拳を握りしめると、ルッツは何か言いたそうな顔になった。それでも、何も言わず、「じゃあな」と言って、森に向かって行った。

ベンノの店には一度行っている。オットーの家も合わせれば二度だ。一人で行くくらい何でもない。わたしも石板と石筆と発注書セットが入ったいつものトートバッグを持って、ベンノの店に向かって歩き始めた。

……よーし、じゃあ、今日一日でできるだけたくさんの用事を終わらせよう。

「おはようございます。あ、マルクさん。ベンノさん、いらっしゃいますか？　発注書、持ってきたんですけど」

業者の出入りが激しいのか、ひっきりなしに客が出入りしているベンノの店に入って、顔を知っているマルクのところへと駆け寄った。

「旦那様は忙しいので、私が承ります」

そう言って手を差し出すマルクにわたしはバッグから出した発注書セットを手渡す。書き込みが終わった発注書とインクとメジャーだ。

「この発注書、昨日も言っていたように、できれば作ってくれる方に直接お話したいんです。お話できる日を決めてもらっていいですか？」

「材木屋は午前中の方が時間に余裕があるので、今から行きましょうか？」

「お店、忙しそうですけど、大丈夫ですか？」

次々と入ってくる客をさばいている従業員を見回すと、マルクはオットーと同じような少しばかり黒いオーラを放つ笑顔で言い切った。

「私一人が少し席を外したところで、泣き言を言うような教育はしていません」

……今にも泣きそうな顔をしている従業員はいますけど？

「それに、旦那様にも言われた通り、貴女の依頼は特殊ですから。他に任せず私が対応するのが適当だと判断しました。お気になさらず」

「えーと、では、お世話になります」

マルクと一緒にベンノの店を出て歩き始める。目的地である材木屋は市場がある西門の方にあるらしい。川が近いので、大きな物は西門から運搬されてくるから、西門に近い場所に店を構えるのが材木屋にとっては便利なのだそうだ。

「ベンノさんにお願いしたいことがあったんですけど、忙しいようなのでマルクさんから伝えてもらってもいいですか？」

中央広場に向かって大通りをポテポテと歩きながら、店で話せなかった用件を話し始めた。

「発注した荷物を置いておく倉庫というか、作業場も貸していただきたいんです」

欲しい物を次々と発注したのは良いけれど、置き場所がない。まさか作業場がないと思っていなかったようで、マルクは深緑の目を瞬いた。

「今まではどうするおつもりだったのですか？」

「ウチとルッツの家に道具は分けておいて、森の川辺や井戸の周りに道具や材料を持ち寄って作業するつもりだったんですけど……」

当初は家の中や森にある物で何とか代用できないか考えるつもりだった。鍋も灰も母さん達に拝み倒して貸してもらうつもりだったし、木も森で切ってすぐに使うつもりだった。

注文してしまうと代用品を考える手間は省けるが、荷物が一気に増えるし、その日に使う物ばかりではないので、一旦置いておく場所が必要になる。しかし、余分な部屋がないウチやルッツの家では生活に関係ない物はそれほど置かせてもらえない。

「分散して置くにしても限度があるし、作業がしにくいんですよね。屋根のある作業場を貸してもらえるなら、それに越したことはないので、ダメでもともとと思って、相談してみました。これも初期投資に入りますか？」

わたしがそう言うと、マルクはこめかみを押さえて、信じられないと呟いた。

「予想以上に無茶をするつもりだったんですね」

「今までは大人の協力者がいなかったので」

大人の協力がないと、子供にできる範囲は本当に小さいのだ。簡易ちゃんリンシャンの作り方と引き換えに得られたベンノという協力者は最大限利用させていただく。この機会を逃したら、二度と紙を作ることなんてできそうにないのだから、こちらも遠慮なんてしていられない。

「ふむ、倉庫に関しては、私からも交渉してみましょう」

「ありがとうございます。マルクさんが味方なら、絶対に倉庫を貸してもらえる気がします」

前回のやり取りを見ていても、マルクはベンノの右腕とか、懐刀とか、そういう関係の人だと思う。マルクが交渉してくれれば、間違いない。きっと倉庫は借りられる。

「倉庫に何か条件はありますか？」

「えーと、森に行って作業することが多いので、南門に近いほど嬉しいです。後は発注した荷物を置いておける屋根のある場所なら、それで十分です」

「わかりました。……あぁ、そろそろ見えますよ。あの材木屋です」

マルクがそう言って前方を指差したが、わたしの身長では見えない。ぴょんこぴょんこ飛び跳ねてみても見えない。マルクの手をとって、わたしは足を速めた。

「じゃあ、急ぎましょう」

そして、意気揚々と材木屋に向かって、やや小走りになった瞬間、突然、膝がガクンとなって、一瞬息がつまって意識が暗転した。


気が付いたら、全く知らない場所にいた。ベッドが厚手の布で覆われているお陰で、藁布団のチクチクがほとんどしなくて寝心地がいい。シンプルだが、天井まで掃除が行き届いている部屋には全く見覚えがなかった。

「……ここ、どこ？」

起き上がって周りを見回すと、同じ部屋で針仕事をしているコリンナの姿があった。わたしの声が聞こえたようで、手を止めて駆け寄ってくる。

「マインちゃん、気が付いたのね？　突然倒れたと言って、ベンノ兄さんが運び込んできた時にはビックリしたわ。前にオットーから門まで来たら昼まで動けないって聞いたことがあったから、疲れからきた熱じゃないかと思って、寝かせておくことにしたんだけど」

「お、お世話おかけいたしました。本当に申し訳ないです」

ひぃぃぃっ、と息を呑みながら、わたしはベッドの上で土下座した。材木屋に向かう途中で、ぶっ倒れて、ベンノによってコリンナの家に運び込まれて、面倒をかけていたらしい。母さんやトゥーリに知られたら、叱られるなんてもんじゃない。

……あぁぁ、マルクさんにも土下座しなきゃ。普通に会話していたわたしがいきなりぶっ倒れるなんて、心臓が止まるほど驚いたに違いない。

倒れた原因が今ならわかる。まず、ルッツの発言に考え込んで寝不足だった。そして、ルッツがいないうちに交渉事を済ませようと、ちょっと張り切り過ぎた。そのうえ、紙作りが順調に行きそうなことに興奮していて、やる気に満ちていたため、自分の体調を考える心の余裕が全くなかった。ついでに、わたしの体調を心得ていて、無茶を止める身近な人がいなかった。

やる気だけはあっても、体が全くついてこない。わたしの体、マジでポンコツ。

「マインちゃんが気付いたって、ベンノ兄さんには連絡しておくわね。ご家族へも連絡したかったのだけれど、すぐに連絡がつかなかったみたいで……」

今日、ウチには誰もいないはずなので、連絡がつかなくても仕方ない。しかも、家族はルッツと行動していると思っている。まさか、わたしが一人でベンノの店に行って、ぶっ倒れているなんて思いもしないだろう。心配のあまり怒り狂う父さんの姿を想像しただけで怖いし、コリンナに迷惑をかけたと知った母さんの怒りは想像さえしたくない。

「あのぅ、コリンナさん。か、家族に内緒ってできませんか？」

「マインちゃん？」

「家族はルッツと行動していると思ってるから、ルッツが怒られたら……」

ルッツを盾に、何とか家族の怒りから逃れられないかと交渉してみたが、コリンナはにっこりと女神のような綺麗な微笑みを浮かべてこう言った。

「ダメよ。怒られてらっしゃい」

「のおおぉぉ……」

盛大に叱られる予想に打ちのめされていると、ベンノに連絡がついたようで、ドカドカという大きな足音と共にベンノが部屋に入ってきた。赤褐色の鋭い瞳がじろりとわたしを睨み、低い声で呼びかける。

「嬢ちゃん、俺の寿命が縮んだぞ」

「ふぁいっ！」

ベンノの剣幕に寿命が縮んだわたしは、条件反射のように、びしっと背筋を伸ばして、ベッドの上で正座する。そのまま、またしても額を布団に擦りつけた。

「大変申し訳ありませんでした」

「……なんだ、それは？」

「わたしの中で一番誠意を示す謝罪方法、『土下座』です」

ベンノはボスッとベッドに腰掛けて、ぐしゃぐしゃとミルクティのような色合いの髪を掻き回し、ハァ、と深い息を吐いた。

「オットーから一応体が弱いとは聞いていたが、ここまでとは思わなかったな」

「わたしもです」

ルッツがいない間に何とかしようと欲張りすぎた。このくらいなら大丈夫と無意識に考えた基準が麗乃《うらの》だった。虚弱なマインの体でこなしたら、倒れても当然だ。

「やる気だけではどうにもできない問題でした」

ベンノは「まぁ、いい」と呟いて、わたしを見た。

「今後は坊主と一緒に来るように。一人での行動は認めん」

「……はい」

ペースメーカーをしてくれるルッツがいないだけで、ぶっ倒れるなんて予想外だった。ちゃんと森まで歩けるようになっていたし、街の中なら大丈夫だろうと高をくくっていた。

「今日はもう帰れ。心配しまくっているマルクをつける」

「えぇっ!?　そんなの申し訳なさすぎます。マルクさんに『土下座』でお詫びしたら一人で帰りますからっ！」

ベンノの言葉に大きく目を見開いて、わたしはバタバタと手を振って辞退する。これ以上、マルクに迷惑をかけるようなことはできない。しかし、ベンノはひくっと頬を引きつらせて、わたしを睨む眼光を鋭くした。

「一人での行動は認めんと言ったのが、聞こえなかったのか？」

「……聞こえてました。わかりました。マルクさんに怒られながら帰ります。えーと、でも、せっかくベンノさんに会えたから『簡易ちゃんリンシャン』の作り方を……」

今日、ここに来た目的を果たしてしまおうと口を開いたら、恐ろしい形相をしたベンノに、ぐわしっと頭を片手で鷲掴みにされた。

「お・ま・え・は！」

「はいっ!?」

「今日は帰れ、と言っただろう！」

「ひゃんっ！」

頭をつかまれて、大きな声で怒鳴られて、びくぅっと体が震えた。反射的にぶわっと涙が飛び出した目でベンノを見上げながら、脳味噌の片隅では至極どうでもいい感想が浮かんだ。

……なるほど、これは確かに雷を落とされるって感じだ。

「今後、坊主を連れずに一人での入店は禁止だ！　記憶力があるなら、きっちり覚えろ！」

「覚えた！　覚えました！　いたたたたたっ！」

その後、歩いて帰るか、マルクが抱いて帰るかで、少しばかりの問答があったけれど、「わたしの心臓を止めたくなければ、おとなしくしていてください」とマルクに優しく脅され、「先程の謝罪は口先だけですか?」と駄目押しされれば、わたしが勝てるはずなんてなかった。

無駄な抵抗は諦めて、マルクに抱き上げられたまま、家まで運ばれる。そして、マルクに抱えられたわたしを見て、マルクから本日の行動を報告された家族は、案の定、怒った。長時間にわたるお説教の間に、本格的に熱を出して、わたしが二日寝込むくらい怒っていた。

熱が下がったらお詫びのための土下座行脚が必要かもしれない。そうトゥーリに話したら、「謝ることは大事だけど、マインはおとなしくしていた方がいいよ」と言われてしまった。

「そんなわけで、皆に迷惑かけて怒られたので、今日は一緒に行ってください」

熱が下がった翌日、わたしはルッツに事情説明をして、ギルベルタ商会に同行してくれるようにお願いする。ルッツは呆れかえった顔でわたしを見て、大きな大きな溜息を吐いた。

「だから、言ったろ? マイン一人で行けるのかって。全然大丈夫じゃなかったじゃないか」

「あ、あれって、そういう意味だったんだ? わたし、もう道は覚えてるから大丈夫って、思ってて……ルッツ?」

「ハハハハハハ……どこをどう考えたら、そんな意味になるんだよ? マインの心配は体力だけに決まってるだろ!?」

屈みこんで笑い始めたルッツにわたしが、むぅっと唇を尖らせると、ルッツが吹っ切れたような笑顔で見上げてきた。

「こんなにすぐにぶっ倒れるようじゃあ、マインにはオレが付いてないとダメだな」

「うん。ルッツがいなかったら、入店禁止ってベンノさんに言われた」

「ハハハ……入店禁止って、お前」

自分のダメダメ加減を思い知らされて、わたしが落ち込んでいるのに、何故かルッツは機嫌がいい。機嫌が悪いよりは良いけれど、何だか釈然としない。

……わたしはルッツの言葉に悩んで睡眠不足になったり、顔を合わせづらいと思ったりしてたのに、なんでルッツはいつも通りなの⁉

「さぁ、マイン。腫れっ面してないで、行こうぜ」

ご機嫌でお兄さん風を吹かせるルッツと並んで、わたしは店に向かって歩き始める。

「ルッツはあの日、森で何を採集したの？」

「薪と竹。竹を削って、どういう物がいるか、職人に見せるってマインが言っただろ？」

「そういえば、そうだった。忘れてた」

口で説明したり、石板に描いたりしてもわからなかった時のために、現物を用意するつもりだったのに、すっかり忘れていた。

「おいおい、しっかりしろよ」

「わたしの代わりにルッツがしっかりしているから大丈夫だよ」

メモ用紙もないところで全てを覚えていられるわけがない。麗乃時代のわたしはメモ魔だった。何でもかんでも忘れないように手帳にメモをしていた。メモをすれば忘れても大丈夫だったので、手帳に頼り切っていたわたしには、大した記憶力が備わっていない気がする。

二人で覚えていれば忘れることは少なくなるよ、とわたしがルッツに言うと、ルッツは泣きそうに顔を歪めた。

「……オレさ、本当はマインが文字を書いて、計算もできて、大人とわけのわからない話ができるのを見て、悔しかったんだ」

「え？」

「オレなんか必要ない。あの店でオレが役に立つことなんてないんじゃないかって……」

洗礼前の子供にいきなり役立てなんて、店の誰も言わないだろう。ルッツが自分の名前を書けて、真面目に勉強に取り組んだことで、かなり評価は上がっていた。ルッツはそれに気付いていなくて、わたしと自分を比べて落ち込んでいたということだ。

比べる必要はないよ、と慰めようとしたら、ルッツが今度は小さく笑いながら顔を上げた。

「でもさ、マインはすぐにぶっ倒れるし、頭は良いのに抜けてるし、腕力ないし、ちっこいし、よく考えたらできないことの方が多いんだよな。オレがいなかったら入店禁止とか……」

「ひどい、ルッツ！　わたしだって、たまには役に立つよ！」

あまりの言いように抗議したら、何故かルッツは腹を抱えて笑い始めた。しばらく笑った後、ルッツがポンとわたしの頭に手を置いて、ぐりぐりと撫で回す。

「この間はマインがマインじゃないみたいで、意地悪言った。悪かったな」

「……なんだ。意地悪、だったんだ」

気が抜けた。わたしはルッツの言葉をものすごく深刻にとらえていたのに、ルッツにとってはただの意地悪だった。微妙な緊張が残っていた体から、力が抜ける。

「……ルッツに嫌われたかと思ってたから、よかった……」

「嫌ってねぇよ。ほら、早く行こうぜ」

ルッツが差し出した手をとって、そのまま繋いで歩きだす。わたしにとっての日常が戻ってきた気がした。


「おはようございます」

店に入ると、わたし達を見つけたマルクが奥のベンノの部屋へと案内してくれる。ベンノがこめかみを押さえながら、相変わらず鋭い目でわたしを睨んだ。

「坊主、そこの無茶な嬢ちゃんのお守りは、最優先にしなければならないお前の仕事だ。お前にしかできない最重要任務だと思え。いいな？　街中を歩いて、前触れもなく、いきなり目の前でぶっ倒れられたら、心臓がいくつあっても足りん」

不機嫌そうなベンノからの命令にルッツは目を瞬いて、自分を指差した。

「……マインのお守りはオレにしかできない？」

「お前以外にこんな無茶な嬢ちゃんの面倒みられるヤツがいるか？　今までいたか？」

「いない」

「この店にいると思うか？」

「いない」

ベンノの言葉にルッツは即座に首を振った。顔が輝いて、薄い緑の瞳が何だか誇らしげに見えるのは気のせいではないと思う。

……ぬぅ、誇らしげなルッツのほっぺをぐにぐにしてやりたい。

「さて、坊主に聞きたい。今日、この嬢ちゃんは南門まで歩けそうか？」

「歩く速さに気を付ければ大丈夫だ。南門ならここより家にも近くなるから、気持ち悪くなってもすぐに帰れる」

いつものことだが、わたしの体調を家族やルッツの方が詳しく知っていることが情けない。少しずつ鍛えているつもりだが、どうにもスタミナがつかないのだ。

……子供ってぐんぐん成長するはずなんだけどな。

鍛えても成長率が良くない自分の体を見下ろしていると、ベンノが机の上のベルを一振りする。

ギッと扉が開いて、マルクが入ってきた。

「お呼びですか、旦那様？」

「歩く速さに気を付ければ行けるそうだ。案内してやってくれ」

「かしこまりました」

「え？　どこに行くんですか？　材木屋は西門ですよね？」

南門に向かわなくてはならないような用件はなかったはずだ。わたしが目を瞬くと、ベンノは軽く肩を竦めた。

「マルクから話は聞いた。南門に近い倉庫をお前達に貸してやる」

「いいんですか？　ありがとうございます」

わたしが飛び上がって礼を言うと、ベンノが軽く溜息を吐いた。

「お前のためじゃない。坊主のためだ。お前の面倒を見ながら、道具も運ばなきゃならんなんて、大変すぎるからな」

「えぇ!?　わたしだって、ちゃんと運びますよ!?　ちょっと腕力だってついてきたんですから」

わたしが自分の腕を叩いて主張したら、三人が異口同音に反論した。

「余計なことしなくていいから、おとなしくしてろ」

「力を使うことはオレがするから、倒れるようなことはするな」

「運ばなくていいので、体調管理をしてくださいね」

だが、断る。おとなしくなんてしていられない。わたしはトゥーリと約束しているのだ。できることからやっていく。できることを増やしていく、と。自分のことは自分でするし、今はできなくてもできるように頑張るのだ。

神妙な顔で頷きながら、決意していると、ルッツがぐにっとわたしの頬をつかんで、顔を覗きこんできた。

「マイン、その顔……ちゃんと聞いてるふりして、全く聞く気ないだろ？」

……バレた!?

びくっとしながら頬を押さえてルッツを見上げるわたしを見て、ベンノとマルクが視線を交わしあって頷きあう。

この日以降、ルッツは「マイン係」として、ベンノの店で重宝されるようになった。

材料&道具の発注

ベンノの部屋を出た後、わたしとルッツはマルクに案内され、南門に近い倉庫へと向かった。南門の辺りは職人通りになっていて、倉庫が比較的多いらしい。職人は水を使うことも多いので、井戸も住宅地よりは数が多い。

マルクが案内してくれたのも、井戸がすぐそばにある倉庫だった。それほど大きくはなく、六畳間くらいだ。もともと職人が材料を置くために使っていた倉庫らしく、壁際に板を打ち付けた棚がいくつか残っていた。中はざっと掃除がされているようで、少し埃っぽいが、大掃除の必要はなさそうだ。ぐるりと見回すと、すでに隅には鍋と何か袋が置かれている。

「発注した物が店に一度届いて、店の従業員がここに届けるようになっています。昨日は鍋と灰をここに運びました。あれがそうです。今日は大きめの盥と重石を運ぶことになっています。荷物が届くまでは、ここにいてください」

マルクの指差す方向にある黒い鍋を見て、ベンノの協力に心から感謝した。わたしとルッツだけでは絶対に手に入らなかった鍋がここにある。

「うわぁ、鍋だ！　ルッツ、この鍋なら運べそう？」

「あぁ、これくらいなら大丈夫だ。背負子にくくりつけることもできるからな」

「じゃあ、早速測ろう。蒸し器の大きさを決めなくちゃ」

トートバッグにはベンノのお店から借りている発注書セットが入っている。さっとメジャーを取り出すと、ルッツにひょいっと取り上げられた。

「……測るのはいいけど、一旦落ち着いてからな。興奮しすぎたら、また熱出すぞ」

「うっ……」

わたし達の一連のやり取りを見ていたマルクが苦笑する。

「こちらの倉庫で問題がないようでしたら、私は店に戻ります。明日の朝、材木屋に向かう予定なので、測る物や頼む物などの準備は必ずしておいてください。……そうですね、三の鐘で店を出るので、中央広場には少し後に着くと思います」

「はい、わかりました。何から何までお世話になります」

そして、マルクは首にかけられるように鎖の付いた鍵を取り出した。

「お二人にこちらの鍵を預けます。この倉庫の鍵です。戸締りは忘れずにすること。それから、ルッツ一人でもいいので、鍵を閉めた後は必ず鍵を店まで戻しに来てください。いいですね？」

ルッツがジャラリと重たい鍵を受け取ると、マルクはくるりと踵を返して帰ってしまった。

「ルッツ、何から始めようか？」

今まで使われていなかった倉庫の中には、椅子も腰掛けられるような箱もない。休憩できるような場所ではない。

「荷物を運びこむか。作った桁とか、竹とか、釘とか……」

「そうだね。今日中にやらなきゃいけないのは、蒸し器の大きさを決めて、木の大きさを書きだすことでしょ？　必要な材木を忘れていないか、今までの発注書を見て確認して……あとは、竹ひごの現物を作ることかな？」

「竹を切ったり削ったりするなら、道具もいるな」

今日中にやることを石板に書いて、倉庫の壁際に置いた。これで、忘れないはずだ。

ルッツと二人で家まで帰って、荷物を倉庫へと運び出す。土地勘のないわたしは、現在地が全くわからなかったが、ルッツはちゃんとわかっているようで、ひょいひょいと細い路地を曲がっていく。どうやら倉庫は南門とウチの間にあるようで、ここはどこだ？　と頭に疑問符を並べている間に家に着いた。体力のないわたしには嬉しいことに、かなり近い。

「じゃあ、荷物を籠に入れて、降りて来いよ」

「わかった」

ウチに置いてある荷物は、釘だけだ。ルッツの家族は建築関係や木工関係の仕事をしているので、釘を持ちこむと間違われたり、盗られたりする可能性が高いらしい。逆に、薪に間違われそうな桁や竹は、ウチに置いておくと燃やされる可能性が高いので、ルッツの家にある。

釘の入った袋とナイフを籠に入れて、ふと目についた雑巾とほうきも入れる。椅子になりそうな物がないので、せめて、掃除して、雑巾を広げて座れる場所を確保したい。

下に降りるとルッツはすでにいて、籠からは色々な木の作品のような物が飛び出していた。

「ルッツは何持ってきたの？」

「この間、ラルフが作ってた何かの失敗作。椅子代わりに使えるんじゃないかと思って」

「ふふっ、わたしも座れるように掃除用具持ってきた」

倉庫に戻って、棚の上に釘を置いたり、隅に竹を並べたりした後、わたしはメジャーを取り出した。二人で鍋の大きさを測って、蒸し器の大きさを決めると、必要な木の長さを石板に書きだしていく。

「これで大丈夫だな？」

「うん」

材木屋に頼まなければならない木はたくさんある。蒸し器の材料、繊維を叩くための角材、紙床にするための平たい大きめの板と台、紙を貼り付けて干すための比較的薄めの平たい板、竹ひごを作るための竹、それから、紙の原料となる木。

全ての発注書を確認しながら、堅い木がいいのか、柔らかい木がいいのか、よく乾燥された木がいいのか、若い木がいいのか、それぞれ欲しい木の特徴も考えておく。

「後は、竹ひごか」

「そう。削れる？　竹簡の時より細くて小さいんだけど」

「前は大きめに切ったからな。小さいのはどうだろう？」

ルッツ主導で竹から竹ひごを作る作業を始めた。スパーンと勢いよく豪快に割るのは真っ直ぐにできても、細く削るのがなかなか難しいようで苦戦しているのが見える。

「わたしもやってみる。細かい作業ならできるかも」

自分のナイフを取り出して、少し細めになった竹を削ろうと試みたが、挑戦した内の大半がポキッと途中で折れてしまった。何とか折れずに削れた物は凸凹《でこぼこ》がひどくとても使い物にならなかった。

「これ、すごく難しいね」

滑らかな竹ひごを桁の大きさに合わせて切って、長さを確定させる。この作業はできる人に任せたい。わたし達では時間と技術がなさすぎる。

「荷物を運んできました！」

作業しているうちに、ベンノの店の従業員が大きな盥やルッツが持てる重さの重石を運んできてくれた。鍋と一緒に並べて置いてもらう。

「マイン、荷物も来たし、今日は終わりにしようぜ」

従業員が帰ると同時にルッツが道具を片付け始める。そろそろお昼になる時間なので、まだわたしの体力的には問題はないはずだ。

「まだ大丈夫だよ？」

「明日が大変そうだから、今日は休んだ方がいい。お前、今日料理番だって言ってなかったか？」

「そうだった」

寝込んでいる間に料理番が回ってきたが、トゥーリが代わりにやってくれたので、今日はわたしの番だった。

「それに、オレも明日材木屋に行けるように明日の分の手伝いを終わらせておかないと。だから、マインは帰れ。マインを送って行ったら、オレが鍵を返しておく」

足手まといの自覚があるわたしは頷いて、すぐに荷物をまとめた。


次の日、三の鐘の少し後に中央広場でマルクと待ち合わせて、材木屋へ向かう。ベンノの店は開門する二の鐘の少し前から、業者が落ち着く三の鐘の間が一番忙しいらしい。

今日はルッツも一緒だったので、途中で倒れることもなく、無事に材木屋にたどり着いた。

丸太が積み重なったり、立てかけてあったりする光景は、日本でも見たことがある材木屋と少し似ていた。ただ、機械でする作業を全て手作業で行うので、筋骨たくましいマッチョが大量にうろうろしていて、大声を出しながら、数人で木を移動させたり、切ったりしている。非常に活気があった。活気がありすぎて怖いくらいだ。

「あぁ、親方。お久しぶりです」

「おぅ、アンタか。ベンノの坊主は元気そうだな？」

「そうですね。元気ですよ。本日の用件ですが、この二人が木を探していまして……」

ふさふさとした髭には少し白い物が混じってきているのに頭はつるつるの親方に、マルクが挨拶をして、わたし達が木を探していることを伝える。

「嬢ちゃんと坊主が？　一体何の木がいるんだ？」

年を感じさせない筋骨たくましい親方にぎょろりとした目で見下ろされたわたしは、うひっと小さく息を呑んだ。

「あの、蒸し器を作るための木が欲しいんですけど……」

「あぁん？　何の木が欲しいって？」

怪訝そうに聞き返されて、わたしは言葉に詰まった。今までルッツやマルクには通じていたはずなのに、親方には蒸し器が通じないのだろうか。それとも、木の種類を言わなければならないのだろうか。

「えーと、蒸気……違う、湯気に当たっても形が変わらないような、堅くて乾燥した木が欲しいです。教えてください」

「ほぉ？　堅くて乾燥した木、か。どういう木がいるのか一応わかっているようだな」

ふんふん、と頷きながら親方が三種類の木の名前を上げた。

「ズワンか、トゥラカか、ペディスリー辺りか。どれにする？」

「どれって言われても……ルッツ、わかる？」

候補を上げられても、わたしには全くわからない。くるりと振り返って、ルッツを見上げた。

「ん～？　扱いやすいのはズワンじゃないか？」

「では、ズワンにしましょう。サイズは決まっていますね？」

マルクの言葉に「はい」と返事をして、わたしはトートバッグから発注書を取り出した。一度マルクに見てもらって、不備がないか確認してもらう。

「問題はないようですね。では、ズワンをこの発注書の通りに切って、店に運んでください」

発注書を流し見た親方が「仕事だ」と言いながら、近くにいた若いマッチョに発注書を渡す。

「あの、それから、同じように水に濡れても形の変わらない、厚めの板が一枚と板を置くための台も欲しいんですけど」

「材料は売ってやれるが、台は家具屋で頼むか、自分で作りな。これもズワンでいいのか？」

わたしが「はい」と大きく頷いて、厚めの板の発注書を渡すと、親方はフンと鼻を鳴らしながら、発注書を見る。そんな親方にもう一枚発注書を渡す。

「ずいぶん多いな」

「まだまだあります。これは水に濡れてもいい少し薄い板が二枚で……」

「どれくらいの厚みだ？　あんまり薄いと堅くてもすぐに曲がるぞ？」

口元を曲げながらそう言われて、わたしは記憶を探る。紙を貼り付けていた板を思い浮かべて、ポンと手を打った。トートバッグから石板を取り出して、カツカツと絵を描いていく。

「えーと、こんな感じで後ろに補強用の枠を付けて曲がらないくらいの厚みでお願いします。わたしはともかく、ルッツが持てないと困るんだけど……」

「はん、これくらいの大きさが持てない奴は、男失格だ」

そんなムキムキの親方とルッツを比べるなんてできるわけがない。少し不安になってルッツを振り返ると、わたしが口を開くより早く、ルッツが嫌そうに顔をしかめた。

「オレ、男だから平気」

強がって後で苦労するのはルッツだけれど、ここで口出しするのも男のプライドに係わりそうなので、わたしは黙っておく。

「あと、棍棒や洗濯物を叩くような堅い角材。これもルッツが持って、振れる大きさや重さで」

「棍棒と洗濯棒じゃあ全然違うだろ？　何を叩くんだ？」

叩くということで、わたしの頭に思い浮かんだのが、その二つだったけれど、確かに武器としての棍棒と母さんが持っている洗濯物を叩く棒では、素材が全く違うだろう。

「木の繊維です。茹でて柔らかくなったのを綿みたいになるくらいに叩くの」

「何をするんだ？」

「それは教えちゃいけないんです」

口の前で指を交差させて、バツマークを作ると、親方はまたフンと鼻を鳴らした。

「堅さと重さのバランスが大事だな。どっちかっつーと、どんな台の上で打つんだ？　石か？　木か？　それによっても変わってくるぞ？」

さぁっと血の気が引いていく。叩くための台が必要なことはすっかり失念していた。

「……か、考えてませんでした。そ、そっか、叩くための台もいるんだ！　叩き台と棒とセットでお願いできますか？　今から発注書、書きます！」

「セットにするなら、ここに書き足せばいいが……嬢ちゃんが書くのか？」

「そうですけど？」

思わぬミスで頭がいっぱいになっていたわたしは、何とかミスをカバーしようと、すぐさまトートバッグから発注書セットのメジャーとインクとペンを取り出して、棒の発注書の裏に叩き台のサイズも書き足した。

「親方、これで大丈夫ですか？」

「あぁ。これで注文は終わりか？」

「いえ、あとは……繊維が長くて、強い木ってありますか？　できれば、繊維にねばりけがあって、繊維同士がからみやすくて繊維がたくさん取れるといいんですけど。一年目の木が向いているって聞いたことがあるんです。二年目以降になると、繊維が硬くなって、節ができてくるので使いにくくなるって。柔らかくて若い木が欲しいんです」

紙として使いやすい木の特徴を並べてみたが、親方の反応はいまいち良くなかった。髭をいじりながら、うーんと眉を寄せる。

「そういう若いのはあまり使い道がないから取り扱ってないな」

材木屋では、特別注文でもない限り、一年目のような若い木は扱っていないらしい。

「今言った特徴に心当たりがあれば、種類だけでも教えてください。どの木が向いているのか、わからないので、少しずつ採集して調べてみます。決定したら、取り扱ってくれますか？」

「量によるとしか言えん。少しだったら、こっちに利がなさすぎる」

「わかりました。……ルッツ、木の名前とどの辺りで採れるか、覚えてきてくれる？　わたし、見分ける自信が全くないから」

最初は自分たちで採集するしかないようだ。試作品ができて、どの木が良いか決まって、紙を量産することになれば、注文を出すことにしよう。

ルッツが若いマッチョに木の種類や見分け方を教えてもらっている間に、わたしは親方に竹ひごを見せながら、問いかける。

「あ、そうだ。こんな竹ひごが欲しいんですけど、ここって、竹はありますか？」

「それほど多くないが、ある」

親方はそう言いながら、積み上げられた木材の奥を指差した。見慣れた竹が少し覗いている。

「ここで竹ひごは作れますか？」

「そこまで細い加工は細工師の仕事だ。細工師に頼め」

「細工師ですね。ありがとうございます。あの、これで注文する物は全部です」

「そうか。準備できたら、ベンノの店に運べばいいんだな？」

発注書を見ながら、親方がそう言った。わたしが渡した発注書の発注主は全てベンノの名前になっている。簡易ちゃんリンシャンの作り方の代わりに初期投資をする契約になっているので、発注主はベンノになるらしい。一度ベンノの店に届けられ、そこから、わたし達に渡すという形式が契約魔術には大事だと言われたのだ。

「はい。よろしくお願いします」

仕事に戻っていく親方を見送って、ルッツが戻ってくるまでの間にわたしはトートバッグに手を入れて、残っている発注書がないか確認した。家具屋で頼め、と言われた台と、細工師に頼め、と言われた竹ひごの分の発注書が手元にある。

……うーん、紙床《しと》を置くための台はどうしようかな？　ぶっちゃけ、叩き台ならともかく、紙床を置くための台はわざわざ家具屋で頼むほどの物じゃないと思うんだよね。

「……マルクさん、台になりそうな木箱って、お店に余ってませんか？　家具屋に頼むの、何だかもったいなくて」

「わかりました。木箱をこちらで用意しましょう。いくつ必要ですか？」

「板を置いて台にしたいので同じ大きさの物が二つです。それとは別に大きさが違ってもいいので、他に二つか三つあると嬉しいです」

家具屋に注文するより安く上がるので問題ないとマルクが請け負ってくれた。

「細工師のところにも後日行きましょう。今日はここで解散してもよろしいですか？」

「はい。ありがとうございました」


次の日は森に行って、薪を採集した。ついでに、紙作りに使えそうな木がないか、探索する。木についてはルッツの方が詳しいので、丸投げである。わたしには皆同じような木にしか見えないのだ。皮とか手触りに差があるのはわかるけれど、種類が多すぎて、覚えきれない。

そして、採集できた物を置いておくために倉庫の鍵を借りに行った時、マルクから細工師と連絡が取れたと言われた。

……ふおぉ。マルクさん、マジ有能。仕事早いです。

材木屋に行ってから五日後には細工師のところに行くことになった。いつも通り中央広場で三の鐘に待ち合わせて、細工師のところへと向かう。細工師の工房は職人通りにあるので、南門に近いところらしい。

材木屋の親方とは違って、細工師はどちらかというと細身な男性だった。自分の仕事をするために必要な筋肉はついているけれど、それ以外は全く必要ないと体現しているような肉付きだ。背中まである灰色の髪は邪魔にならなければいいとばかりに、無造作に縛られている。

「どんな仕事だ？」

神経質そうな職人らしい鋭い目に、じろりと上から下まで見られて、わたしは思わずマルクさんの服をつかんだ。

「竹ひごが欲しいんです。材木屋さんに頼もうとしたら、細工師に頼めって言われて……」

わたしがトートバッグから竹ひごを取り出すと、その凸凹具合を指でなぞった細工師の口元がひくっと動いた。

「この波形が必要なのか？」

「できれば真っ直ぐにしたかったんですけど……」

「この不器用さ加減だったら、頼む方が確実だな。わかった。材料はそれか？」

細工師がルッツの籠から見えている竹を指差した。昨日倉庫に運び込まれた竹をルッツが籠から取り出して、並べていく。

「用件はこれだけか？」

「あの！　できれば、『簀《す》』も作ってほしいんですけど、できますか？」

わたしは石板に図を描き、一本だけある竹ぐしを使ったジェスチャーで簀の作り方を説明する。

細工師はわたしの拙《つたな》い説明でも、何となくイメージがつかめたようだ。

「ずいぶんと面倒な依頼だが、できないことはない」

「本当ですか？　すごい！」

「だが、丈夫な糸がないと無理だ。注文する前に丈夫な糸を持ってこい」

そう言いながら、細工師はパッパッと手を振って、追い返そうとする。しかし、ここで追い返されるわけにはいかない。細工師が要求する丈夫な糸がどんな物か、全くわからないのだ。

「あの、すみません。わたしにはどれが丈夫な糸なのか、よくわからないんです。一緒に見てもらっていいですか？」

「今から糸問屋に行けるなら、行ってもいい」

不機嫌そうに見える細工師から意外に協力的な言葉が出てきたことが嬉しくて、即座に手を上げて「行きます！」と答えると、次の瞬間、ルッツに後ろから頭をペシリとはたかれた。頭を押さえて振り返ると、ルッツの緑の瞳が苛立たしそうに細められ、わたしを睨む。

「こら、マイン。安請け合いするな。一番に倒れるの、お前だぞ」

「どうやらマインは今日も抱き上げられて運ばれたいようですね？」

「ぅひっ⁉」

前に運ばれた時に嫌がったことをしっかりと覚えているのだろう、マルクが有無を言わせない笑顔で近寄ってくる。じりじりと後退していると、苛立たしそうな細工師の声が響いた。

「行くのか？　行かないのか？　どっちだ？」

「行きますよ、もちろん。マインがそう言いましたから。ね？」

マルクに捕獲されて、抱き上げられて、糸問屋に連行される。わたしが歩く速度を考慮する必要がないので、スピードが段違いだ。抱き上げられて運ばれているのに揺れが少ないことに内心驚きつつ、マルクの肩のところで、そっと溜息を吐いた。

……頑張ってるつもりだけど、迷惑かけてるなぁ。

糸問屋は職人通りにあるので、それほどの距離はない。それでも、マルクに抱き上げられて運ばれるのは精神的な大人として、ものすごくいたたまれないのだ。糸問屋でようやく下ろしてもらえて、わたしは店の中に足を踏み入れた。

「わぁ、糸がいっぱい！」

「糸問屋だからな」

静かな声で細工師に返されたが、大量の糸が集まっている光景は圧巻だった。ここでは、市場のお店は個人が扱える分の商品しか置いていない露店のようなものだし、通りの一階に並んでいる店は、強盗や泥棒の被害を少しでも減らすため、見本以外は棚の中や倉庫に片付けられている。これだけたくさんの商品が所狭しと並んでいる状態を見ることは少ないのだ。

「どういうのが丈夫な糸なんですか？」

日本なら、簀を作る時に使われるのは強靭な生糸だ。こちらに、絹があるのか、蚕がいるのかさえ分からないわたしには、強い糸を選ぶこともできない。

「シュピンネの糸が一番強い。特に秋の繁殖期に採れた物が一番だ。だが、高いぞ？」

どうする？　と視線で問われて、わたしはマルクに視線を移した。お金の出所はわたしではない。最終的に決定するのはベンノの財布を預かっているマルクなのだ。

「シュピンネの糸で結構ですが、秋の物にこだわる必要はないでしょう？」

「……まぁ、そうだが、本当にシュピンネでいいのか？」

シュピンネの糸というのは、とても高価な物らしい。一番品質が良くて高価なところから徐々に下げていくつもりだったのか、細工師はぎょっとしたようにマルクとわたしを見比べた。

「シュピンネで結構です。ただし、失敗と泣き言は許しません。必ず完成させてくださいね」

マルクは、わたしがトートバッグから取り出した竹ひごと簀の発注書を確認した後、細工師にニコリと微笑んで手渡した。

「……あぁ」

桁に合わせた葉書サイズの簀を二つ。道具に関する注文はこれですべて終了だ。無事に終わったことに、わたしはホッと息を吐いた。

その次の日から、わたしは倉庫でお留守番して、荷物が運び込まれるのを見ていた。そして、届いた資材でルッツと一緒に道具を作る。合い間に森で採集をしたり、お手伝いをして家族からの批判を受けないように立ち回ったりしながら、材料を揃えていく。トロロに使うエディルの実か、スラーモ虫の体液が必要だが、今回はエディルの実を使うことにした。

エディルの実のねばねばは、もっと秋が深まって冬支度の季節になると窓枠につけられて、布を詰めて隙間風を防ぐために使われることが多いらしい。そのため、もう少しすると、市場に出回る数が減り、値段も上がるのだそうだ。エディルの実が使えなくなったら、スラーモ虫を使うことで合意した。

エディルの実の買い付けは、わたしが熱を出して寝込んでいる間に、マルクがルッツだけを連れて行ってしまった。マルクから、せっかくなのでルッツにも経験を積ませたいと言われて、ちょっとでしゃばりすぎたかな、と軽く反省をする。

材料が全て揃って、わたしの体調が整って、やっと紙が作れそうになった時には、ベンノと初めて会って紙を作ると宣言してから一月《ひとつき》半が過ぎていた。

紙作り開始

今日からいよいよ紙の製作に入ることになった。わたしの気合いは十分だ。ルッツに落ち着けと言われるくらい、興奮している。

本日の作業としては、材木屋で教わったり、ルッツが色々な人から聞いたりして、見当をつけている木を切ること。そして、それを川原で蒸して、川の水に一度さらした後、黒皮を剥《は》ぐところまで森で終わらせたいと思っている。剥いだ黒皮は倉庫に持ちかえって乾燥させるのだ。

試作品は葉書サイズが作れればいいので、材料もそれほど必要ないと思う。ただ、数時間蒸さなくてはならないので、薪はたくさんいる。森で作業をすれば、薪を集めるのはそれほど大変ではないだろうし、なくなる前に拾いに行くことができる。鍋と蒸し器を持っていくルッツは大変だろうけれど。そのため、朝早くに倉庫の鍵を借りに行って、鍋と蒸し器を取ってきた。森から戻った後も倉庫で作業するので、鍵は借りたままにすることをマルクに伝えてある。

下準備は完璧だが、予想外なことになっていた。

「ルッツ、大丈夫？」

「……あぁ」

ルッツはそう返事をするけれど、背負子に鍋と蒸し器をくくりつけた姿は全く大丈夫そうに見えない。今にも潰れそうだ。

敗因は簡単。鍋も蒸し器もルッツが運べる重さで考えていた。これくらいなら大丈夫だとルッツも言っていた。けれど、森まで二つ一緒に運ぶことをルッツが想定していなかった。

「蒸し器だけでも持とうか？」

「マインには無理だ」

ルッツが無理だという以上、わたしには無理なのだろう。わたしにできることは、ルッツを応援することと、頑張りすぎずに森に行くことだ。

いつも通り、何人もの子供達と一緒に、わたしとルッツも森に向かって歩いていく。

「ルッツ、何それ？」

「森で何する気？」

ルッツが背負う鍋と見慣れない蒸し器に子供達は興味津々だ。

「鍋と蒸し器で、作るもんがあるんだ」

背中の荷物が相当重いのだろう。ルッツの口数が少なくて、答えも簡潔だ。不機嫌なように聞こえても、好奇心に彩られた子供達はお構いなしに質問を続ける。

「え？　何を作るの？　面白いことするんだろ？」

「……違う。これができるかどうかで、オレが仕事見習いになれるかどうかが決まるんだ。邪魔しないでくれよ」

「そうか。わかった。頑張れよ、ルッツ」

いつまでも続くだろうと思っていた質問攻めは、ルッツの見習いになるために必要なことだという言葉を聞くと同時に遠ざかっていった。

あっさりと子供達が引いた理由がわからなくて、後からルッツに聞いてみたところ、親からの紹介で仕事先が決まることが多いとはいえ、人気のある仕事先には希望者も殺到する。そうなれば、親が頼む先を変えることもあるが、選抜試験のようなものがあるところもあるらしい。

選抜試験を邪魔するのは、子供達にとって絶対にしてはならないことだそうだ。自分の時に仕返しで邪魔されるかもしれないし、邪魔したという噂が広がれば自分が仕事先を見つけることも難しくなるらしい。

……ほぅほぅ。人気がある就職先に人が集まって倍率が上がるのはどこでも一緒なんだね。

門でオットーに会って「頑張れよ」と激励された。鍋と蒸し器を背負ったルッツを見て、紙作りを開始したことを悟ったのだろう。

「うん、頑張るよ。あ、父さん。行ってくるね」

父さんは最近、わたしがルッツとばかり行動するので少々拗ね気味だが、手を振るとしかめ面とにやけ顔の中間のような複雑な顔で振り返してくれる。ルッツやオットーと仲が良いのが気に入らなくて、でも、娘から手を振ってくれたのが嬉しいという心理状況が良くわかる顔だ。


「くっはぁ、疲れた～。予想以上に重かった」

川の側に鍋と蒸し器を置いて、ルッツが肩をぐるぐる回す。

「お疲れ様、ルッツ。ちょっと休憩する？」

「いや、蒸し始めたら、鐘一つ分くらいは様子見だろ？　その時に休む」

そう言いながらもルッツの手は川原で石を積み上げて、鍋を載せられるような竈を作り始めている。さすが、ルッツ。無駄がない。アウトドアの作業に慣れているルッツに対して、前世の記憶まで含めてもインドア万歳で、ほとんど経験がないわたし。役に立たないのは、いつものことだ。わたしにできるのは近くにある木切れを拾って、ルッツに手渡すくらいである。

ルッツは川の水を鍋に入れて、竈にセットすると、手早く木を組んで、火をつけた。

「オレは木を切ってくるから、マインは休憩を兼ねて、鍋の見張りを頼むな」

「休憩はルッツの方が必要でしょ」

「紙ができるまでは、お前に体調を崩されたら困るんだ。この周辺で木切れを拾うくらいはいいけど、あんまり動くなよ。それから、何かあったら大声出せ。いいな？」

「……わかった」

ルッツの言う通りなので、わたしはおとなしく鍋の見張りをすることにした。そうは言っても、湯が沸くまではずいぶん時間がかかりそうだし、暇だ。周辺の木切れを拾っては鍋のところへ持っていって、火にくべていく。

近くに木切れがなくなってきたので、少しずつ鍋から遠ざかりながら、木を集めていると、土に半分埋もれたような形で、まるでザクロのような赤い木の実を見つけた。

「あれ？　何だろう？　食べられる？　それとも、油が採れる？」

森にある物は大体が生活に役立つ物と決まっている。さすがにおおよそ一年ほどこの世界で過ごして、わたしの思考も結構こちらに染まってきたようだ。何か見つけたら、とりあえず拾っておくなんて、日本ではしなかった。

「これが何かルッツに聞いてみようっと」

自分が持っていた木切れで、赤い木の実の周りをざりざりと掘って、赤い木の実を掘り出す。ひょいっと手に取ると、何故か木の実が一気に熱くなってきた。

……ヤバ！　わけがわからない不思議系木の実だったっぽい。

どうやら、赤い木の実は料理の時にも時々交じっている不思議食材の仲間だったようだ。正直、何が起こるかわからないし、対処方法もわからない。慌ててわたしはその木の実を力いっぱい、できるだけ遠くに放り投げた。つもりだったが、五メートルも飛ばずにポトンと落ちた。

パン！　パパパン！　と弾ける音と共に、赤い実が飛び散って、辺りからいきなり何本もの芽がぽこぽこと生え始めた。呆然としている間に、にょきにょきと足首辺りまで成長してくる。

……何⁉　何なの⁉　このにょきにょっ木！

明らかな異常事態に、わたしは泡を食ってその場を逃げ出しながら叫んだ。

「ルッツ！　ルッツ！　ルッツ～！　何か変なのが！」

「どうした、マイン⁉」

近くにいたらしいルッツがザザッと音を立てながら、走り寄ってくる。わたしが指差す方を見ると、ルッツは瞬時に顔色を変えて、ピィ～！　と指笛を鳴らして高い音を出した。

「トロンベだ！」

「何それ？」

「説明は後！」

そう言いながら、ルッツは鉈《なた》をふるって、植物を刈り取り始める。あっという間に膝の高さを越えて自分達の太股辺りの高さに伸びていく植物はどう見ても危険物だった。

「マインは川の向こうにいろ！　いいな？」

「わ、わかった」

非常事態に話をしている暇などない。わたしはルッツの指示通りに川へ向かって逃げ出した。川へ向かうわたしとは反対に、ルッツの指笛を聞いた子供達が集まってくる。

「どうしたの……って、トロンベ⁉」

「すぐに刈れ！」

相変わらず理解できないのはわたしだけのようだ。集まってきた子供達は、このにょきにょっ木が何かわかっているようで、ルッツと同じように鉈やナイフを構えて立ち向かっていく。

わらわらと子供達が寄ってたかって、にょきにょっ木を刈り取る様子を、わたしは鍋の近くに座りこんで見ることになった。相手は植物だし、火があれば燃やせるんじゃないかと思った……というのは建前で、実際はちょっと走っただけで息切れして、ルッツに言われた川の向こうまで行くことができなかっただけだ。

「もう伸びてるのはいないか？」

わたしが川原でへろへろになっているうちに、にょきにょっ木の刈り取りは終わったようだ。

子供達は刈り残しがないか、辺りを見回して確認している。

「大丈夫だと思うけど、もしかしたら、他にもトロンベが出てくるかもしれないから、気を付けて採集するんだ。何かあったら指笛で呼べよ」

子供達がまた採集のために散らばって行って、ルッツがわたしの隣にやってきた。

「川の向こうに行けって……無理だったか」

「……無理だった」

刈り取りをしたルッツより、わたしの方がぜいぜいとみっともないくらい荒い息を繰り返している。何も知らない人が見たら、最前線で戦っていたように見えるに違いない。

「ルッツ、あれ、何？」

「トロンべだよ」

トロンべはものすごく成長が速い木で、伸び始めた時に刈り取らないと、辺りの栄養が一気に吸われてしまうらしい。そして、大きくなってしまうと、切り倒すのも大変で、騎士団に依頼しなければならなくなるらしい。

……へぇ、騎士団とかあるんだ。さすが異世界。

「でも、変だな」

ルッツが川原の石に座りこんで、息を整えながら、首を傾げる。

「トロンべが出てくるにはちょっと早い。いつもはもっと秋になってからなんだ」

「へぇ……」

「成長もすっげぇ速かった。でも、あんまりトロンべの生えた周りの土が荒れてないし……」

「ふーん」

「何だよ、マインは変に思わないのか？」

ルッツはわたしの反応に不満そうな表情になって、わたしを睨んだ。しかし、変に思わないのか、と言われても困る。わたしにとっては初めて見る物だから、変に思うも何もない。あのにょきにょっ木の存在自体が変だ。

「あんなの、初めて見たんだもん。いつもと違うって言われてもわからないよ」

「そっか。マインが森に来るようになったのって、春からだもんな」

納得したようにルッツが頷いたのと同じくらいに、ぐつぐつと鍋が沸く音がし始めた。

「ルッツ、木は？」

「あの辺りに散らばってるはず……」

ルッツはトロンベの出た辺りを指差して、がっくりと項垂れた。このお湯が沸くまでに材料になる木を切ってくるはずだったが、トロンベが出たせいで、ルッツはせっかく切った木を放り出してきたらしい。

「……ねぇ、ルッツ。せっかくだから、このトロンベで紙を作ってみない？　皆が放り出していったから、数はいっぱいあるし、生え始めを刈ったから、繊維も柔らかいだろうし……」

「そうだな。これから採りに行くのって結構きつい」

蒸し器にトロンベを入れて、ルッツに鍋の上へ置いてもらう。しばらくは火が消えないように薪だけ補充すればいい。わたしが集めていた木切れをちょいちょいと放り込みながら、ルッツが火加減を見る。

「マイン。悪いけど、火ぃ見ててくれないか？　放り出した木、拾ってくる」

「ん、わかった」

少し休憩したことで回復したのか、ルッツがトロンベに驚いて放り出した木を拾いに行った。

火の番を任されたわたしは木切れを握って、火を見つめる。ちょっとだけ火の調節ができるようになってきたけれど、目を離すと様子が変わっていることが多すぎて失敗するのだ。

……ハァ、ガスコンロ、便利だったな。ＩＨや電子レンジなんて魔法の域だよ。

トロンベを蒸しながら、ルッツは採集を始めた。夏の終わり、秋に入りつつある森には食べられる物がたくさんある。交代で鍋を見ながら、わたしも目につく物を採ってみた。

「いっぱい採れたよ、ルッツ。どう？」

「どれどれ……って、マイン！　全部見せろ！　持って帰れるかどうか確認する！」

わたしの採集物を見て、顔色を変えたルッツに確認してもらったところ、採集したうちの三割ほどが毒物だったようだ。

「これはダメ。食べたら手足がしびれて、三日くらい動けなくなる。これもダメ。食べたら泡吹いて死ぬ。これもダメだ。腹痛で二日は苦しむ。……マイン、お前、ちゃんと覚えないと、病気じゃなくて、毒食って死ぬぞ？」

……うん。確かにちゃんと覚えないと死ぬね、わたしだけじゃなくて家族も。

ここで生活する以上、毒物の見分け方は、ただちに覚えなければならない項目に分類される。図鑑も何もないので、現物を見て覚えるしかない。

「頑張って覚えるから、教えてね」

「あぁ」

街の方からかすかに鐘の音が聞こえてきたので、蒸し器を外してみた。湯気で顔が熱かったけれど、蒸す時間がこれくらいでいいのかどうか、見ただけではわからない。

「大丈夫なのか？」

「よくわからないけど、川に入れて、皮を剥いでみるよ」

ざっと川にさらして、熱いうちに皮を剥いでみる。するりと剥がれて、ぶつぶつ切れることもなかった。思ったよりやりやすい。これは良い素材を見つけたかもしれない。

「このトロンベって紙の素材に向いてるかも」

「いつ生えてくるかわからないし、成長前に採れるとは限らないぞ？」

「……ぅあ、ダメだね」

今日の様子を思い出して、溜息を吐く。栽培ができたら、すごく良い素材になるのに残念だ。

「なぁ、マイン。今日の作業はここまででいいのか？」

「うん。次はこの皮を乾かさなくちゃいけないから」

「……ふぅん。じゃあ、オレ、鍋を片付けるから、任せていいか？」

ルッツは皮剥きをわたしに任せて、鍋と蒸し器を川で洗って片付け始める。座りこんで皮を剥く作業は結構楽しく、わたしはご機嫌で皮をむしった。

街に帰る時間になったので、わたしは籠の中に黒皮といくつかの収穫物を入れた。ルッツは気合いを入れて鍋と蒸し器を背負う。採集物もあるので、来た時よりも帰りの方が確実に重くなっている。ルッツもわたしもよろよろしながら街に戻ると、皆から離れて倉庫へと向かった。ルッツが鍵を開けて中に荷物を下ろした。

「ぅあぁ、重かった！」

「帰りは採集物も増えたからね。わたしがもっと持てたらよかったんだけど……」

わたしは自分が採った物を運ぶだけで、精一杯だ。ルッツを手伝う余裕なんて露ほどもない。

倉庫で座り込んでいると、ルッツは鍋の中に入れてあった黒皮をべろんと取り出して、ぷらぷらと振って見せる。

「なぁ、マイン。これを干すって、どこにどうやって干すんだ？」

「え？　えーと……どうしよう？」

イメージ的には稲の藁を干すような感じなのだが、余分な棒はない。回りを見回して、使えそうな物を探して、わたしはルッツの肩をポンと叩いた。

「ルッツ、お疲れのところ悪いんだけど、この棚板に等間隔で釘を打っていってくれない？　わたし、これを干していくから」

「……仕方ねぇな」

コンコンとルッツが打ちつけた釘にわたしは黒皮を引っ掛けていく。数が多くないからできるけれど、量産するようになったら乾かす場所も必要になる。

……量産するようになったら、ベンノさんにまた聞いてみよう。今はまだ必要ないよね？

「これで黒皮を完全に乾かさないとダメなの。乾いてないとカビが生えちゃうから。明日は森に持って行って、天日干しかな？」

「じゃあ、明日は皮を持っていくだけで、特に作業はなしでいいんだな？　だったら、普通に採集ができそうだ。今のうちに拾わなきゃいけない物も多いから、助かる」

「うん、わたしもいっぱい茸採って、干し茸を作りたい。出汁にするんだ」

「……マインは、まず毒キノコを見分けられるようになれ」

次の日は森に黒皮を持って行って、籠の縁に引っ掛けるようにして、天日干ししながら、茸を大量に採った。二割が毒キノコだった。

……おかしい。こんなはずでは……。


数日間、天日干しして、黒皮を完全に乾燥させた。「完全に乾く」がどの程度かわからなかったので、干し過ぎかなと思うくらい干した。かぴかぴになった黒皮を持って、森へと出かける。これから、川に丸一日以上さらすことになるので、天気は大事だ。

川の中でもあまり目立たない、人が近付かない辺りに石を丸く組んで、黒皮が流れていかないようにして、皮を入れた。

「これでいいのか？」

「……多分。帰りに一度様子を見てみようね」

経験がないので、確信は持てないけれど、これで間違っていないはずだ。そう思いながら、川に入っている足元を見つめた。今日はまだ暑い日だから川に入っても平気だけれど、これから先の季節は、川に入るのが生死に係わる季節になる。

……当たり前だけど、ゴムの長靴も手袋もないんだよね。

「ルッツ、寒くなる前に、トロンベだけじゃなくて、他の木もここまではしておかないとダメかも。川に入れなくなっちゃう」

「……確かに。今でも結構冷たいもんな」

ルッツも寒くなってから作業することを考えたのだろう、顔をしかめて賛成した。

「今日のうちに木を切って、粘土の時みたいにどこかに隠しておこうよ。明日は鍋と蒸し器を持ってくるなら、材料の木まで持てないでしょ？」

「そうだな」

その日は紙の材料になりそうな木を探しては切り、種類ごとにまとめて、低木の下に隠していく。採集しながら、時々黒皮の様子を見にいく。石に囲まれた中で漂う黒皮は、川に流れてしまうことなく、水を吸って少し膨らんでいた。

「森を離れるの、心配だけど、大丈夫そうだな」

「……うん」

後ろ髪を引かれる思いで帰ってからも、放置してきた黒皮の様子が気になって仕方ない。いきなりゲリラ豪雨のようなものが上流で降って、増水して、流されていたらどうしよう、とか。山賊が出てきて、お宝を見つけたとばかりに持っていかれたらどうしよう、とか。ぼーっとしているると変な考えがどんどん浮かんでくる。

次の日はそわそわしながら、森に向かったけれど、ゲリラ豪雨が降ることも、山賊に目をつけられることもなかったようで、森へ行った時も黒皮はちゃんとあった。

「よかった。なくなってなかったね」

「……で、これをどうするんだ？」

でろんでろんに水を吸った黒皮を取り上げて、ルッツが首を傾げる。

「この外皮をナイフで剥いで、内皮の白皮だけにするの。でも、先に昨日の木を蒸し始めよう。蒸剥ぎ取り始めた。

それが終わると、鍋も見える川原の大きめの平たい石の上で、わたしとルッツは外皮をナイフで
前回作った石の竈がまだ残っていたので、多少の補修を加えて、鍋と蒸し器をセットする。

している間にすればいいよ」

「これで乾燥させた分はしばらく置いておけるから。暖かいうちに白皮作りを終わらせようね」

「おう」

ガリガリガリ……ギギギギギ……

石の上に黒皮を載せて、白皮だけになるように表面の黒い皮を剥いでいく。ささみの筋を取るみたいな感じだ。そこまで皮も丈夫じゃないので、ぶつぶつと途切れる。もっと効率の良いやり方や道具があるのだろうけれど、今のわたしにはこれが精一杯だ。

ガリガリガリ……ギギギギギ……

「なぁ、マイン。これ、できなくはないけどさ……」

「うん、台が必要だったね」

ナイフと石が擦れる音が体中に響く感じで鳥肌が立つのが止まらない。皮を剥ぐ作業をするためには、まな板のような板が欲しいと切実に思う。

頭の中で思い出して、道具を書きだしてみても、実際作業してみると足りない物が結構ある。わかっていたつもりでもわかっていないことが多すぎる。作業する中で、足りない物は少しずつ補充していかなければならない。

わたしは涙目で皮剥ぎをしながら、止まらない鳥肌に経験の大事さを痛感していた。

痛恨のミス

トロンベ以外の材料を使った黒皮の天日干しと同時に、今日は鍋と灰を持って行って、紙にする分の白皮を鐘一つ分くらい煮込む作業をする。鍋と今日使う分の灰だけならそれほど重くないのか、ルッツの足取りは軽い。

川原まで歩いてから、わたしは背負っていた籠のふちに引っかけるようにして、黒皮を干していく。その間に、ルッツは鍋の準備を始めた。石を組んだ竃に水を入れた鍋を置いてから、薪を拾いに行く。

「いいか、マイン。絶対に鍋の側を離れるなよ」

「もうわかったって！」

鍋も灰もここではすぐには手に入らない大事な物で、金銭価値がある。それに、ここまで作ってきた白皮も盗られたら困る物なので、わたしみたいな役立たずでも荷物番は絶対に必要だ。

最近ちょっと採集に力を入れ始めて、うろうろとするようになったわたしは、ルッツに何度も釘を刺される羽目になっていた。

「わかったって言っても、マインは興味がある物を見つけたら、すぐにふらふら行くからな」

「ちゃんとルッツが戻ってくるまでここにいるから、早く行ってきて」

わたしが森に入り始めた頃、重たいので籠を置いて、奥に入っていこうとしたら、トゥーリとルッツにものすごく怒られた。日本と違って、自分の荷物を置いて、目の届かないところへ行くなんて、絶対にしてはならないことなのだ。だからこそ、森に向かう子供達は皆自分が背負える籠や背負子を持って出かけて、自分が持てる分しか採集しない。

ルッツは手早く集めてきた木で火を点けると、また薪を拾いに行く。わたしは黒皮が天日に当たるように、影の移動に合わせて籠の位置を時々調節しながら鍋の様子を見ていた。

「沸いてきたか？」

「うん、そろそろいいと思う」

ぐつぐつと沸いてきたお湯に灰と白皮を入れると、かき混ぜる棒が必要になった。しかし、そんな物は準備してきていない。

……のあぁ、また足りない物を発見しちゃった。

自分の想像力の貧困さに落ち込みつつ、何かないかな、と周りを見回す。

「ルッツ、鍋を混ぜるために同じくらいの長さの棒を二本作ってほしいの。木は皮が剥がれて混ざりそうだから、できれば、竹だったら嬉しい。この近くにあったよね？」

「竹で棒を作るんだな？　わかった」

ルッツに竹を割って、削って即席で作ってもらった菜箸で、わたしは鍋の中を掻き回す。

竹ひごを作ろうと奮闘したせいか、ルッツの竹細工の腕が上がってるなぁ、なんて感心していた

ら、ルッツの小さな呟きが聞こえた。

「……マイン、お前、そんな棒でよく混ぜれるな」

「うえっ⁉　あ、あぁ、うん。器用でしょ？」

えへっ、と笑って誤魔化しながらも、背中にぶわっと噴き出す冷や汗は止まらない。和食がないこの世界には当然箸も存在しない。箸を持てる人も、まずいない。鍋を掻き混ぜるために、当たり前のように菜箸を作ってもらったり、握り箸でもなく、普通に箸を持てたりする幼女なんているはずがない。

……うわぁ、何かルッツが微妙な顔をしてる。気のせい、気のせい。気のせい、だよね？

わたしはそう自分に言い聞かせながら、鍋を混ぜる。指摘を受けて、突然握り箸に変更する方が怪しい。このまま貫き通すしかないけれど、心臓がバクバク言っている。

……あぁ、わたしのバカバカ！　自分から怪しんでって言っているのと同じじゃない！

なるべく普通の顔を装って、白皮を煮込み続けてからしばらくたつと、微かに鐘が響いてきた。

そろそろ時間的にはいいはずだ。煮込んだ白皮を川にさらして、灰を流す。それと同時に天日に当てる。天日に当てると皮が白くなるそうだ。この世界の植物にも当てはまるかどうかは知らないが、ひとまず記憶を頼りにやっていくしかない。

「このまま、また丸一日置いておくね」

「ん。わかった」

綺麗な白い紙を作るために、白皮は川でまたもや丸一日放置だ。ルッツは鍋を洗った後、わたしと交代で採集をする。

わたしもちょっとだけ毒物採集の割合が下がった。この調子で覚えていこう。

本日は、白皮の取り入れが紙に関するメイン作業だ。基本的には森で採集をして、帰る時間が近くなってきたら白皮を川から引き揚げる。白皮を持って帰るため、鍋の代わりに家から桶を持って行くが、作業としてはこれだけだ。

「明日からは倉庫で作業だからね」

「そうか。じゃあ、今日の採集はしっかりしておかないとダメだな」

ルッツに選別してもらった食べられる茸と、ルッツに採ってもらったメリルの実をいくつか、それから、煮詰めてジャムにするためのクランをたっぷり採集した。

クランは採集途中に何度か味見もした。日本の果物に比べたら、すごく酸味が強いけれど、周囲に甘い物がないのだから、美味しく思えるのだ。


そして、日が変わった今日は森に行かず、倉庫前の井戸の前で作業をする。予定としては数枚分なので、塵取《ちりと》りから紙漉《かみす》きまで一気にやってしまいたい。

塵取りは白皮の繊維の中の傷や節を取り除く仕事で、これが紙の美しさを決める。座りこんでできる仕事なので、わたしが担当することにした。わたしがちまちまと繊維の傷を取っている間に、ルッツはエディルの実の皮を剥いて、潰して、水につけて、トロロ作りをする。

「なぁ、マイン。トロロって、こんなもんか？」

「……うーん、多分。粘りは出てるから大丈夫だと思うけど、正直よくわからないんだよね。繊維を混ぜる時の粘りで考えてみるよ」

繊維の塵取りが終わったら、繊維をバンバン叩いていく。樫《かし》のような堅い角棒で、白皮の繊維が綿のようになるほど叩きまくる。材木屋で買った角材を手で持つ部分だけ削って、手を痛めないように、家から持ち出した雑巾をぐるぐると巻いた角棒で、ルッツがバンバン叩く。

これはルッツの仕事だ。力のないわたしがやったら、邪魔にしかならない。今回は繊維の量自体が少ないから、時間はかからなかったけれど、量をこなすようになると、大変だろう。

そして、叩きほぐされた繊維を盥の中に入れ、トロロを加えた後、水を少しずつ入れながら粘りを調節していく。本来は馬鍬《まぜ》とよばれるクシのような道具でよく掻き混ぜるのだが、今回は量が少ないので、ルッツに菜箸をもう二組作ってもらって、六本の細い棒でプリンを作る時のようにぐるぐると掻き回す。

……確か、牛乳パックの再生紙の時に糊を入れた後はこんな感じだった、と思う。

職人でもないわたしに感覚で調節なんてできるわけがないけれど、何とか記憶を引っ張り出して、紙を漉《す》くための船水《ふなみず》ができあがった。

この後はいよいよ簀桁《すけた》で紙を漉く作業だ。

「ハァ、やっとわかるところにきたよ」

麗乃時代の家庭科の再生紙作りは、牛乳パックを煮込んで、つるつるしたポリエチレンの部分を剥がして、ミキサーにかけて、洗濯糊を加えて、漉いて、乾燥させるという簡単手順だった。わたしが経験したことがある紙作りで、和紙と共通するのは、この漉く作業からだ。

……やっときた、わたしのターン！　うなれ！　わたしの経験値！

「ホントにわかるのか？」

ビシッと簀桁を構えたわたしに、ルッツがやや首を傾げて疑わしそうな表情になった。

……そりゃ、確かに、曖昧なところも多いし、実際やってみたら足りない道具も多いけど、それは経験がなかったせいだもん。

ルッツに全く信用されていないことに少しばかりムッとしながら、わたしは幼女のぽっこりお腹をグッと反らせた。

「まかせて！　したことあるから」

「……いつ、どこで？」

眉根を寄せたルッツの尖った声に、一瞬、心臓が凍った。

「っ!?……お、おおお、乙女の秘密っ！　探っちゃダメだよ！」

……ぅわあああああぁぁぁぁ！　わたしのバカバカ！　何言っちゃってんの!?　ルッツの視線がじとってしてる。こっち見てるよ。あああぁぁぁぁ！　最大級の自爆!?

そんな心の絶叫は愛想笑いで誤魔化しつつ、簀桁を船水に入れていく。指が少し震えているが、見ないふりだ。簀桁の手前から船水を汲んで、簀桁を動かしながら紙を漉く。

「なんで、そうやって動かすんだ？」

「それはね、動かすことで、均等な厚みの紙になるからだよ。あとは、紙の厚さや種類によって、この作業を数回くり返せばいいの」

「ふーん、したことあるから、わかるのか？」

じっと探るようなルッツの目がわたしの表情の変化を見逃すまいと突き刺さってくる。こういう時にどう答えれば誤魔化せるのかわからない。黙って手を動かすか、話題を無理やり逸らせるしか、わたしにはできない。

「あ、あのね、ルッツ。今回はこの作業の回数を変えて、紙の厚みがどう変わるかも試してみたいと思ってるんだけど、いい？」

突然の話題転換に何か思うところがあったのか、手元と顔を何度も行き来するルッツの視線が更に厳しくなったことを感じながら、わたしは紙を漉いていく。

……ああぁぁぁ、何か自爆に自爆を重ねてる気分……。

漉き終わったら、桁から簀を外し、濾過された紙を紙床《しと》に移す。

「紙床に移す時は先に重ねてある紙との間に空気が入らないように注意してね。こうやって端から丁寧に重ねるの」

「やってみる」

ルッツがもう一つの簀を桁に挟んで準備し、紙を漉き始めた。葉書サイズで小さいので、ある程度簀を動かしてやれば、ちゃんと均一になる。

ほぼ無言で、わたしはルッツと交代で漉いていった。数枚の紙ができる分と思って、白皮を準備したのだが、目算は完全に失敗していたようで、最終的に十枚の紙が漉けた。

「今回は少ないけど、一日分の紙を紙床に重ねて丸一日ほど自然に水を切るの」

「その後はどうするんだ？」

「ゆっくりと重石で圧力をかけて、さらに水をしぼるんだよ。丸一日重石を置いたままの状態にしておけばいいから。そうしたら、トロロの粘り気が完全になくなるんだって」

「へぇ……。よく知ってるな。やったことがあるんだっけ？」

……うわぁ、ルッツの目が痛い。これは完全にバレたよねぇ。自爆しちゃったってことだよねぇ。わたしってホントにバカ。

しかし、ルッツは目を細めてわたしを睨んだり、何か考え事をしたりするだけで、決定的な何かを言ってくるわけではなかった。これ以上自爆したくはないので、わたしも無駄口を叩かないように淡々と紙作りをする。

誤魔化すのは、すでに失敗してるだろうし、開き直ってぶっちゃけるのは、あまりにもリスクが高い。紙ができたら、きっと何か言ってくるんだろう、と予測しているけど、ルッツがどの辺りまで気付いていて、何を言ってくるのかわからない。

対処方法は前に考えたもので、基本的に問題ない。痛いのも嫌だし、怖いのも嫌。そういう展開になりそうなら、体の奥の熱を解放してさっさと呑みこまれて、消えてしまえばいい。ここ最近、体の中の熱の力が強くなってきている気がするから、熱が広がって呑みこまれるまでに、それほど時間はかからないと思う。

でも、困ったことに、あの時と違って強烈な心残りができてしまった。後は乾かすだけだから失敗しそうな要素はないし、せっかく紙ができるんだから本を作りたい。

……本が作れるまで、何とか時間稼ぎできないかな？

時間を稼ぎたい。とりあえず、本を作るまで、何とか猶予を作りたい。そんなことを考えながら、ぎくしゃくとしたまま、作業は続く。

次の日はほとんど会話もないまま、森まで歩いて、黒皮を川につけてきたり、採集したりした。帰りに倉庫へ寄って重石を載せたが、やることはそれほど多くないので、どうしてもルッツの動向が気になってしまう。ルッツもちらちらと様子を窺っているのが視線でわかる。

「なぁ……」

「何？　どうかした？」

ルッツの呼びかけに思わずビクッと体が震えた。冷静に、何事もなかったように、と思っていても、思った通りに行動なんてできない。わたしがびくびくしながら、ルッツの言葉を待っていると、ルッツはガシガシと乱暴に金髪を掻きむしった後、口を開きかけて、また閉じた。

「……何でもねぇ」

「そ、そぉ？」

自分がまいた種なので、どうしようもないことはよくわかっているけれど、このままの状態が続くのも、正直居心地悪い。

さらに次の日、今回は忘れずに板を持って行って、黒皮の外皮を剥がした。

トロンベの皮と違って、ものすごく皮を剥がしにくい。繊維がボロボロになる。これは、別にわたしが不器用だということではなく、ルッツも同じような感じだ。トロンベの繊維では良い手応えがあったけれど、この素材で本当に紙ができるのだろうか。

「……素材が違うから、難しいね」

「あぁ、そうだな」

ボロボロになった繊維が今の自分達の関係のようで、溜息を隠せない。

「これで白皮を乾燥させたら、しばらく保存できるよ」

「ん。なぁ……いや、今はいいや。紙ができたら言う」

それだけ言って口を噤んだルッツに、わたしも小さく頷いて、覚悟を決めることにした。

わたしがマインではないとルッツは気付いていて、糾弾しようとしている。だって、ルッツはあの自爆から、わたしのことを「マイン」と呼ばなくなった。

紙ができあがったら、一体どんなふうに詰め寄られるのだろうか。何と罵られるのだろうか。わたしの想像力が逞しすぎるお陰で、だんだん想像の中のルッツの悪口雑言が容赦なくなってきた。

自分の想像に心を抉られて、項垂れる。

……いくら何でも、ここまで言うなんて、ルッツ、ひどいっ！　妄想でも泣くよ！　泣いちゃうよ！

次の日は、倉庫で作業だ。

まず、前日に作った白皮をわたしとルッツの籠に引っかけて外に出す。次に、プレスし終わった物を紙床から一枚ずつ丁寧に剥がして、板に貼り付けていく。

「本当は刷毛で丁寧に空気を抜くんだけど、これも注文忘れてたね。失敗、失敗。葉書サイズだから、丁寧にやれば、何とかなるでしょ」

「……お前、忘れてるもの、多すぎだぞ」

じろりとルッツに睨まれたけれど、最近想像上のルッツに罵詈雑言を吐かれ続けているわたしとしては、この程度ではびくともしない。軽く肩を竦めて、受け流す。

「次に作る時までに、ルッツが忘れずに準備してね。……そんなことより、これを天日で乾かしたら完成だよ。天日にさらすことで白さが増すんだって」

ルッツが外に板を持ちだして、日に当たる場所で壁に立てかける。その後、ルッツは井戸で紙床を洗うと、紙が貼り付けられた板と並べて干した。よく晴れた青い空の下、白い紙が並んで貼りついている光景はコントラストが美しく、これが本になるのか、と考えただけで満足の息が漏れてくる。

「ふはぁ、紙だ。ちゃんと紙になってる。……ホントにできた」

「おい……」

「夕方までには乾くよ。乾いたら破れないように丁寧に剥がしてできあがりだからね」

紙のできあがりを目前にして、ほんの少しでもルッツと向き合う時間を先延ばしにしたいと思ったわたしの心境を感じとったのか、ルッツが苛立ちを顔に出した。

「もう、できたも同然だろ？」

「……まぁ、そうだけど……」

「オレ、紙ができたら、話があるって言ったよな？」

とうとう糾弾の時が来たようだ。怒りを露わにするように、ルッツの緑の瞳が強い光を帯びている。グッと唇を噛みしめて、何と言われても立っていられるように、わたしは体中に力を入れて、ルッツと向き合った。

ルッツのマイン

「ここで話をする？　倉庫に入る？」

「ここでいい」

込み入った話をするのだから、人目を気にした方がいいかと思ったが、ルッツは首を振った。

「それで、話って何？」

ルッツの緑の瞳が怒りに燃えている割には、態度が落ち着いているように見える。

いきなり激昂するわけでもなく、ルッツは腹の底に煮えたぎるものを隠しているような低い声で、第一声を放った。

「……お前、誰だよ？」

いきなり難しい質問をされた。誰と言われても困る。わたし自身は本須麗乃《もとすうらの》だと今でも思っているけれど、どこからどう見てもマインでしかない。そして、この体と約一年間付き合って、この世界で生活してきたわたしは、もう本須麗乃でもなかった。

麗乃は本を読む以外、自分から何かをすることはほとんどなかった。大学も自宅からの通学だったため、親元を離れたことはなかった。頼まれれば手伝うけれど、基本的に家事は全て母親任せで、やろうと思ったらできることも、積極的にやったことはない。

こんなふうに毎日のように森に出かけて採集したり、少しでも食生活を豊かにしようと味付けに凝ってみたり、本を読むために紙を作ったりする必要なんて全くなかった。自分の気が向くままに、辺りにある本を読んでいれば、それだけでよかった麗乃と今のわたしは全く違うのだ。

何と答えたらいいのか悩んでいるのを、答える気がないと判断したらしいルッツは、じろりと睨む目に更に力を入れながら、口を開く。

「こんな紙の作り方を知っていて、作ったこともあるって言ったよな？」

「……前に作ったのは、かなり違うやり方だったけどね」

「そんなの、マインじゃない」

誤魔化し損ねて、すでに確信を持たれている以上、嘘を重ねても何にもならない。わたしは正直に頷いた。

「マインが知っているはずがない。あいつは家から出ることも滅多になかったんだ」

マインが滅多に家から出なかったことはわたしもマインの記憶から知っている。おかげで、情報が全くなくてどれだけ苦労したか。家の中しか知らないマインの記憶では、この世界の常識を垣間見ることもできず、自分の常識とこちらの常識を摺り合わせるのは本当に大変だった。今でも失敗したな、と自分で思う時が多々ある。

「そうだね。マインは本当に何も知らない子だった」

「じゃあ、お前は誰だよ⁉　本物のマインはどこに行った？　本物のマインを返せよ！」

カッとしたようにルッツが怒鳴る。でも、ルッツに投げつけられた言葉より、自分の想像の方がずっとひどかったせいか、紙ができあがった時にくると覚悟していたせいか、自分がずっと落ち着いているのを感じる。自爆した直後のうろたえぶりとは大違いだ。

「本物のマインを返すのはいいけど……ここじゃなくて、家に帰ってからの方がいいよ？」

わたしが素直に応じると思っていなかったのか、ルッツの目が驚きに見張られた後、訝しげな表情になった。

「なんでだよ？」

「だって、死体を担いで帰るのって大変じゃない？　わたしが消えたら、多分、死体しか残らないから。ルッツが殺したと思われたら困るでしょ？」

この倉庫を使っているのは、わたしとルッツで、今日もわたしがルッツと出かけたことを家族もベンノの店の人も知っている。わたしが倉庫で意識を失って、そのまま死んでしまったら、全ての責めがルッツに向かうことになる可能性が高い。責められなくても、ルッツ自身が罪の意識を持ってしまわないだろうか。わたしとしては、ルッツを思いやって「家に帰ってからの方がいいよ」と提案したつもりだったのだが、ルッツにとっては寝耳に水の言葉だったらしい。

「お、おま、な、ななな、何言ってるんだよ⁉」

わたしの言葉にぎょっとしたルッツが、強張った顔でうろたえ始めた。わたしが消えてもマインが戻ってこないというのは、ルッツにとって想定外だったようだ。

「それって、マインはもういないってことか⁉　戻ってこないってことか⁉」

「うん、多分……」

多分としか言いようがない。わたし自身はマインの記憶を探ることしかできない。マインと話をしたこともなければ、体を返せと訴えられたこともない。

「これだけは答えろ！」

ルッツがキッと強くわたしを睨む。まるで悪を憎む正義の味方だ。そう考えて、小さく笑ってしまった。ルッツにとってはまさにその通りなのだろう。幼馴染みの病弱な妹分を乗っ取った悪者がわたしで、ルッツ自身は何とか助けだそうとしている正義の味方に違いない。

「オットーさんやベンノの旦那に熱の話してたよな？　お前が熱で、マインを食べたのか⁉」

わたしが体内に巣くう熱で、マインを食べてしまったというルッツの仮定に、少しばかり感心した。マインが熱に食べられたという部分は、多分間違っていない。

「半分正解で半分は違うよ。わたしも本当のマインは熱に食べられたんだと思ってる。最後の記憶は熱い、助けて、苦しい、もう嫌。そんなのばっかりだったから。でも、わたしがその熱じゃないし、熱にはわたしも食べられそうなんだよね」

「どういうことだよ⁉　お前が悪いんだろ⁉　お前のせいでマインが消えたんだよな⁉　そう言えよ！」

ガシッとルッツがわたしの肩をつかんで、揺さぶった。自分の考えが覆されて、興奮しているのだろうが、「わたしが悪い」「わたしのせいでマインが消えた」という言葉を何度も繰り返されて、カチンときた。

「わたしだって好き好んでここにマインとしているわけじゃないよ！　死んだはずなのに、気が付いたらこんな子供になってたんだから。もし、わたしが選べる立場だったら、本がいっぱい読める世界を選んだし、この世界でも本が読める貴族階級を選んだし、こんな虚弱で病弱な体じゃなくて、もっと健康な体を選んだ。いきなり熱が広がって呑みこまれそうな難病を患った体なんて選ばなかったよ！」

マインになりたくてなったわけじゃない、とわたしがぶちまけた瞬間、ルッツが虚をつかれたような表情になり、肩をつかんでいた手が緩んだ。

「お前、マインになりたくなかったのか？」

「ルッツなら、なりたいと思う？　最初なんて、家から出るだけで息が切れて、次の日は寝込むような体だよ？　やっと森に行けるようになったけど、成長は遅いし、今だって、ちょっと油断したら熱が出るし、できることなんて本当に少ないし……」

しばらく考え込んでいたルッツがゆるく首を振った。わたしにつかみかかってきた勢いが消えて、困ったように視線がさまよい始める。

「……お前も、マインと同じように熱に呑みこまれるのか？」

「うん、そうなると思う。抑え込む力を緩めたら、一気に熱が広がって、食べられそうな感じがするの。熱に呑みこまれていくというか、溶けて消えていく感じがするというか……説明するのは難しいんだけど」

わたしの説明で想像するのも難しいのだろう、ルッツは眉根を寄せて考え込んでいる。

「だから、マインの体を使ってるわたしが気に入らなくて、ルッツが消えて欲しいと思うなら、言ってね。すぐに消えることはできるから」

本物のマインを返せと言っていたはずのルッツが何故か愕然とした表情でわたしを見つめる。何を言っているんだ、とでも言いたそうなルッツの顔に、わたしの方が困惑した。

「……わたし、消えた方がいいんだよね？」

確認してしまったわたしにルッツはグッと眉を上げて、逆切れしたように叫んだ。

「オレに聞くな！　なんでオレにそんなこと聞くんだよ⁉　オレが消えろって言ったら消えるなんて変だろ！」

「変かもしれないけど、ルッツがいなかったら……わたし、もっと前に消えてたから」

わけがわからないという顔になったルッツにわたしは、事の発端を思い出しながら、以前に消えかけた時の話をする。

「ルッツは覚えてない？　母さんに木簡を燃やされた時に、倒れたでしょ？」

「あぁ。……そういえば、そんなこともあったな」

ルッツにとってのそんなことが、わたしにとっては結構大きな分岐点だった。

「あの時、わたしは熱に呑みこまれてもいいかなって思ってた。あれで、本当は消えちゃうつもりだった。本のない世界に未練なんて別になかったし、どんなに頑張っても本が完成しなかったし、もういいやって思ってた」

ゴクリとルッツが唾を飲み込んだ音が聞こえた。

視線だけで続きを促されたわたしは軽く目を閉じて、思い出す。熱いものに呑みこまれながら、ぼんやりと映っていた家族の顔の中に、突然ルッツの顔が浮かんだ時のことを。

「熱に呑みこまれてる途中で、家族の顔の中にいきなりルッツの顔が見えて、なんでいるんだろうって思った。ルッツをよく見ようとして、体中に力を入れたら、熱が引いて意識が戻ったの。本当にルッツがいたから、ちょっとビックリしたんだよ？」

「そんなの……家族じゃない顔だったからビックリしただけで、オレがいたから意識が戻ったわけじゃないだろ？」

眉をひそめて溜息を吐いたルッツにわたしは軽く首を振った。

「意識が戻った初めのきっかけは、ルッツにビックリしたことだけど、その時にルッツが燃やされないように竹を取ってきてくれるって言ったでしょ？　あれで、もうちょっと頑張って熱に抵抗しようかなって思ったの」

「竹も、おばさんに燃やされたよな？」

ルッツの言葉にわたしは頷く。怒りや悔しさを突き抜けた、あの虚脱感は今でもはっきりと思い出せた。思い出すだけで、自分の中の熱が力を得ていくような感覚が未だにするほどだ。

「ホントに何もかも嫌で、もうどうでもいいや、って思ったら、ぐわっと熱が襲いかかってきてね。もう抵抗する気もなかったから、あのまま死んでも良かったんだけど……ルッツとの約束、思い出しちゃったんだよ」

「約束？」

ルッツは「約束なんてした覚えがない」と呟いた。本当に覚えていないようで、少し上を向くようにして記憶を探っている。

やっぱりね、とわたしは小さく笑った。ルッツにとっては早く元気になれ、という程度の言葉だったとわかっている。それでも、わたしをここに繋ぎとめる大事な言葉だった。

「オットーさんに紹介するって約束だよ。竹は前払いだから元気にならなきゃダメだって、ルッツは言ったでしょ？」

わたしの言葉を聞いて、ルッツ自身は思い出したくないことでも思い出したのか、まるで黒歴史でも指摘されたように恥ずかしそうな呻き声を上げて、頭を抱えた。

「あ、あれはっ！　別にお前に恩をきせようとして言ったことじゃなくて……あぁぁ、くそぉ」

「じゃあ、どういうつもりで言ったの？」

「聞くな！　流せ！　忘れろ！」

ルッツの思わぬ反応に、つっこんでいじりたかったけれど、今のわたしは糾弾される立場だ。ルッツの要望通り我慢して、見て見ぬ振りをした。

「えーと、そんな感じで約束も思い出したし、ルッツには色々してもらったのに、一つも恩返ししないまま消えちゃうのはダメだって思って、頑張って熱を抑え込んだんだけど、オットーさんとベンノさんに会って、約束も果たしたし、紙も作れたし、できれば、本を作りたいけど、ルッツが消えてほしいなら消えてもいいんだよ？」

ルッツは苦虫を噛み潰したような顔で、わたしを見つめる。ほんの小さな嘘も見逃すまいとするような目がわたしを上から下まで見た後、項垂れた。

「いつから……」

「うん、何？」

俯いたままこぼされた言葉が聞き取れなくて、わたしは首を傾げて聞き返した。

ルッツはくっと顔を上げて、じっとわたしを見据える。

「いつから、お前がマインだったんだよ？」

「……いつからだと思う？　いつからルッツの知っているマインじゃなかったと思う？」

質問に質問で返したけれど、ルッツは怒るでもなく、真剣な顔で虚空を睨んで考え込んだ。わたしを見て、小さく何かを呟き、下を向いて足元の土を蹴る。

しばらく考え込んでいたルッツがハッとしたように顔を上げて、わたしの簪《かんざし》を指差した。

「これを付けるようになったくらいか？」

まさかピッタリ当てられるとは思っていなかったけれど、確かに、簪を挿している人ってわたしの他にいない。わたしだって、いくらきつく縛っても解けてくるような、さらさらの真っ直ぐストレートでなかったら、普通に紐で縛っていたはずだ。

「……正解」

「ほとんど一年じゃねぇか！」

カッと目を見開いたルッツが唾を飛ばすような勢いで怒鳴った。そういえば、マインになったのは秋の終わりだった。今が秋の真ん中なので、そろそろ季節が一巡しようとしている。

「そうだね。熱出してぶっ倒れてた記憶ばっかりだけど、そろそろ一年だよね」

ここでの生活の記憶の半分以上が、倒れて熱を出している状態だが、これでも大半を寝込んで過ごしていたマインに比べればずいぶん活動的だ。

「……マインの家族は気付いてないのか？」

「さぁ？　変なことには気付いてるけど、マインじゃないとは考えてないんじゃないかな？」

特に、家に籠もっていたマインの面倒をずっと見てきたトゥーリと母さんが全く気付いていないとは思えない。けれど、何も言われないので、こちらからも言わない。それで生活が成り立っているのだから、別にいいと思っている。

「それに、父さんは元気になっているだけで嬉しいって言ってた」

「……そっか」

ハァ、と溜息を吐いたルッツが話は終わりだとでも言うように、わたしに背を向けた。板に貼り付いている紙を指先で触って、乾き具合を確認し始めた。

消える覚悟もしたのに、結論が出ないまま会話が終わってしまっては、身の振り方に困る。

「ねぇ、ルッツ……」

「……オレじゃなくて、マインの家族が決めることだと思う」

全てを聞く前にルッツに遮られた。わたしが消えた方がいいかどうかを決めるのは、家族だと言う。でも、それだとわたしには何の変化もないことになる。

「じゃあ、しばらくこのまま？」

「そうなる」

こっちを見ないルッツの真意がわからない。マインじゃないわたしがこのまま生活をしていてもルッツは構わないのだろうか。

「ルッツ、それでいいの？」

「だから、オレが決めることじゃねぇって……」

あくまでこっちを見ようとしないルッツの腕をわたしはつかんだ。わたしが聞きたいのは、マインではないわたしをルッツがどう思っているか、だ。あれだけ怒って話を持ちかけてきた結果が、現状維持でルッツに不満はないのだろうか。

「ルッツは、わたしが消えちゃわなくていいの？　本当のマインじゃないんだよ？」

ピクリとルッツの腕が動いた。わたしがつかんでいるルッツの腕が小さく震えているのだと思っていたが、本当に震えているのはわたしの手の方だった。

「……いい」

「なんで？」

重ねて問いかけると、やっとルッツがわたしを見た。困ったような、呆れたような顔で、ピシッとわたしの額を指先で弾く。

「お前が消えてもマインは戻ってこないんだろ？　それに、一年前からずっとお前だったんなら、オレが知ってるマインって、ほとんどお前なんだよ」

そんなことを言いながら、ルッツは金髪の頭をガシガシと掻いた。そして、わたしとしっかり視線を合わせた。わたしを見る薄い緑の瞳は凪いでいて、最初の怒りも剣幕も霧散してしまっている。わたしが知っているいつものルッツの目だった。

前は体を鍛えようなんて考えてなくて、もっと虚弱だったから。ルッツやラルフと顔を合わせたのも、実は両手で事足りるくらいの回数だけだったから。

「……だから、オレのマインはお前でいいよ」

ルッツの言葉にわたしの心の奥底で何かがカチャリとはまった。ふわふわしていたものがストンと落ち着いた。

それは、目には見えない小さな変化だったけれど、わたしにとっては大事な変化だった。

紙の完成

「あぁぁぁぁ、ボロボロ……」

「こっちもだ」

トロンベで作った試作品は良い出来だったが、違う素材で作った物は出来が良くなかった。

繊維自体に粘りがないせいだろうか、繊維が思ったよりも短いのだろうか、うまく繊維が絡みあわなくて、くっつかなくて、乾かす途中でボロボロになってしまった。

「トロロを多めに入れたら、大丈夫かな？　どうだろう？」

「思いつくことをどんどん試してみるしかないよな」

繊維が固まりやすいようにトロロを多めに入れて、破れにくいように、次は少し厚めの紙を漉いてみた。

「これでどうよ？」

「乾いてみないとわからねぇけど、うまくいけばいいな」

トロロ多めで、厚めに漉いた紙はカチカチに固まっていて、板から剥がす途中でパキンと割れた。

ポロポロと散りながら落ちていく欠片を見て、呆然としてしまう。

「失敗だよな？」

「うん、破れたというより割れたよね？　少なくとも紙じゃなかったよ」

繊維とトロロと水の割合がうまくいかないのか、素材自体がうまく噛み合っていないのか、よくわからない。植物なら一応紙っぽい物ができると本で読んだけれど、ここではいまいちわたしの常識が通用しない。どうしてこうなった？　って叫びたくなるような失敗が出てくる。

「いっそトロンベの量産ができたらいいのにね」

「できねぇよ！」

「トロンベの種があれば何とかならないかな？」

あの時に拾ったような赤い実があれば、トロンベを刈ることはそう難しいことではないと思ったが、ルッツはぶるぶると首を振った。

「そんなもん探すな！　森を潰す気か⁉」

「種があったら、この間みたいに生え始めを皆で刈れるんじゃない？」

種を見つけて何人もが待ち構えた後で、生やせば、対処できると思う。しかし、ルッツはこめかみを押さえて、絶対にダメだと言い張った。

「トロンベはいつ生えてくるかわからないんだ！　危険すぎる！」

「そうなんだ」

どうやらあの時はたまたま生えてくる寸前のトロンベの種をわたしが拾っただけで、どの種も拾ってすぐに生えてくるとは限らないようだ。ルッツがあんまり怒るので、不思議なにょきにょっ木は諦めることにした。

「……早くこっちの常識、覚えてくれよ」

「これでも頑張ってるんだけどね」

生まれてからほとんど家を出たことがないマインの記憶より、本須麗乃の記憶の方が長くて濃密なせいで、どうしても判断基準の全てを麗乃の記憶に頼ってしまう。

しかし、マインの中に別の記憶があるということをルッツと話したことで、最近では、ちょっとずれた思考をすると、ルッツが訂正してくれるようになった。

「とにかく、トロンベは危険なんだ。生える時に辺りの土の力を根こそぎ持って行って、トロンベが生えたところは、しばらく何も生えない土地になる。量産なんて無理だ」

「えぇ!? そんなに危険な物だったの!? この間はそんなことにならなかったよね？」

「だから、変だって言ってただろ？ 聞いてなかったのか？」

「普通のトロンベがどんな物で、どう変なのか、全然わからなかったんだよ」

トロンベが一番品質は良かったけれど、秋にしか芽が出ない上に危険すぎる木なので、量産は無理だ。ない物を望むよりは、ある物で何とかできないか考える方が有意義なので、試行錯誤を続けるしかない。

わたし達はその辺りで普通に採れる木で量産できるように、割合を色々と変えたり、繊維をもっと潰してみたり、エディルの実ではなく、スラーモ虫のトロロを使ってみたり、少しずつ改良していった。

「この中ではフォリンが一番向いてるな」

「うん。フォリンにスラーモ虫のトロロを少し多目に混ぜた物なら、商品にできそうだね」

材木屋で教えてもらった柔らかめの三種類の木で挑戦してみた結果、フォリンという木が一番薄い紙を作ることができた。フォリンは他の二つに比べて繊維が少し硬いので、叩く時が大変だが、叩けば叩くほど繊維から粘りが出てくるようだ。それがわかってからは、徹底的に叩けば、比較的良い紙ができるようになった。

そして、船水を作る時の割合を少しずつ変えた結果、一番良さそうな割合を発見した。発見した割合を石板に書いて、パンパンと指先の埃を払う。

「これでいいんじゃない？」

「おう、この通り作ったら、量産もできそうだな」

やっと見つかった最適な割合にルッツの表情も明るい。できあがった紙を何度も指で撫でている。

「でも、量産は春になってからだね。今は木を切るのも大変だし、冬に向けて皮がどんどん硬くなってるし、川の水が冷たくなってるから」

春の息吹の季節になってから、柔らかい木や柔らかい枝を採りに行った方が、良い紙ができそうだ。それに、すでに川に皮をさらすのが辛い季節になっている。ルッツのためにも暖かくなってからにしたい。

「じゃあ、早目にできあがった紙をベンノさんのところに持っていこう。冬はわたし、オットーさんのお手伝いに門に行くから」

「あぁ。もう少ししたら冬支度も本格的に始まるし、さっさと終わらせようぜ」

「うん。わたし、明日は門に行って、オットーさんにお礼の文章の書き方を教えてもらうよ。せっかく紙を作ったんだもん。お礼状、渡したい」

わたしの提案にルッツは頷きながら、本日の失敗作をまとめて積み上げる。

「お礼の文章はマインに任せるな。それで、こっちの失敗作はマインが持って帰るんだろ？」

「うん、成功した紙はベンノさんのところに持っていくけど、穴が開いていたり、ちょっと剥がすのを失敗したりした紙で、本を作るの」

大量にある失敗作なら持ち帰ってもいいとマルクにも確認をとってある。これで、初めての本作りができそうだ。

次の日、わたしは久し振りに門へ行った。冬の決算期に向けて、計算処理が必要な書類がだんだん増えてきているようで、オットーは顔を輝かせてわたしを歓迎してくれた。

「やぁ、マインちゃん、待っていたよ」

ポンポンと傍らに積み上がった木札を叩きながら、イイ笑顔で手招きされた。木札に書かれた品名と数を集計して、書類に書いていく作業の真っ最中だったようだ。

それを手伝いながら、わたしはオットーにお礼状の書き方について尋ねてみることにした。

「オットーさん、わたし、お礼状の書き方を教えてほしいんです」

「お礼状？　貴族達がやり取りしているような？」

いや、別に貴族達のものじゃなくていいんですけど、と言いかけて、止まった。もしかしたら、貴族の間だけで行われている習慣かもしれない。

「あの、紹介状があるなら、紹介してもらったお礼状もあるんじゃないかと思ったんですけど……もしかして、ないんですか？」

「貴族同士のやり取りなら、存在していることは知っているけど、商人がわざわざ書くことはないな。契約でもないのに紙を使うのがもったいない」

確かに、紙は高価な物なので、そう気軽には使えない。

「じゃあ、お礼ってどうすればいいんですか？」

「商人なら、お礼は自分が扱っている物の中から、相手が望む物を贈るのが普通だ。従者に持たせるか、本人が持っていくかは別にして、礼状ではなく、物を贈るんだよ」

紹介状のようにお礼状の書式があって、その通りにできあがった紙でお礼状を作ろうと思っていたのに、お礼状は使われておらず、物を贈るのが普通だったとは。

「予想外でした。ねぇ、オットーさん。ベンノさんに贈るって何を贈ればいいと思いますか？　わたしやルッツからベンノさんに贈って喜ばれるような物なんて全然思い当たらないんですけど」

わたしが持っている物で、ベンノが欲しがりそうな物など、全く思い当たらない。ベンノなら何でも持っていそうだ。オットーは軽く肩を竦めて、助言をくれた。

「二人で作った紙でいいんじゃないか？　二人が扱う商品ってそれだけだろ？　それに商品価値があれば、初期投資が報われるんだからベンノにとっては一番じゃないか。あとは……何か新しい商品の情報とか、ね」

「わかりました。ありがとうございます、オットーさん」

……紙の商品価値を高めるのと、新しい商品の情報か……。それなら何とかなるかも。

わたしは次の日、早速ルッツにお礼のための紙を作ることを提案した。

「お礼状じゃなくて、商品から相手が気に入りそうな物を贈るのが、商人のお礼なんだって。だから、トロンベでちょっと特別な紙を作ろうと思うの。トロンベの白皮ってまだ残ってたよね？」

「あぁ。旦那への贈り物なら、最高の紙がいいもんな？……マイン、それ、何持っているんだ？」

わたしは自分が持っている赤い葉っぱを見下ろした。

「井戸の周りに生えてたから、昨日摘んで、押し花っぽくしてみたんだけど」

「レグラースなんて何に使うんだ？」

「もちろん、紙を作る時に使うんだよ」

レグラースは赤いクローバーのような植物だ。紅葉を漉き込んだ和紙のように、紙にレグラースを漉いてみようと思いついたのだ。端の方にレグラースを並べたメッセージカードと、レグラースの葉っぱを茎から切りとって、ハート模様のように全体に散らして千代紙のような紙を作る。

できあがったメッセージカードには、「ベンノさんのおかげで、この紙は完成しました。ありがとうございます」とわたしとルッツの連名で書く。

「この紙、すごく綺麗だな」

「レグラースを挟んであるから、絵が描かれたみたいに華やかになるでしょ？」

「あぁ、こっちはどうするんだ？」

「『折り紙』にするの」

「オリガミ？」

千代紙ふうに作った紙は、ナイフで正方形に切った後、祝い鶴を折る。昔の記憶では、海外に行った時なら手裏剣が一番喜ばれたけれど、ここでは手裏剣なんて見てもわからないだろうし、くす玉のような大物を作るには紙が足りない。一枚の紙で手軽にできて、見栄えがするのが祝い鶴だった。クジャクみたいに後ろに広がるので、普通の折り鶴より豪華に見える。

「どう？　これなら、見栄えもするでしょ？」

「……す、すげぇ。紙がなんでこんなことになるんだ？　オレ、マインが何をやったか、全然わからなかったぞ」

恐る恐ると言った感じでルッツが鶴を指先で突く。その扱い方に、わたしはハッとした。

……この折り鶴の原価っていくらよ？

「ルッツ、よく考えたら、紙の飾りってすごく贅沢じゃない？」

「あ～、ま、まぁ、旦那に渡す分だから、いいだろ」

折り紙なら気軽で手軽にできる割に珍しくていいんじゃない？　と思っていたけれど、ここでの紙の値段を考えたらもったいなさすぎることをしてしまったかもしれない。

……開いて伸ばしたら、折り目はいっぱいあるけど使えるよ、ってベンノさんに教えておいた方が良いかな？

「他には新しい商品になりそうな物の情報って言われたんだけど……」

「そういうのはマインの方が思いつくだろ？」

ルッツが軽い口調でわたしに丸投げしてきた。全く思いつかなかったわけではないけれど、本当に売れるのかわからないので、ルッツの意見を聞いてみたいのだ。

「……初めて会った時、ベンノさんが簪に興味持ってたから、簪でもいいかなと思ったけど、これって木の棒じゃない？」

わたしが自分の頭を指差すと、ルッツも大きく頷いた。

「そうだな。ただの棒だ」

「商品になると思う？」

「……自分で作れるから、わざわざ買うやつなんていないだろ？」

珍しくても、商品にはならないと思ったが、ルッツの予想も同じだった。

「商品になる簪なら、あれはどうだ？　ほら、トゥーリが洗礼式の時につけてた簪」

「ルッツ、天才！　あれは確かに周りの反応もよかった！　今年の冬仕事にちょうどいいかも」

これでベンノに贈る物も準備できた。後は都合を聞いて、会える時間を作ってもらわなければならない。

「ねぇ、ルッツ。鍵を返す時、マルクさんにベンノさんの予定を聞いてもらっていい？」

「あぁ、いいぜ」


マルクから指定があった日、わたしはルッツと二人で作った紙を持っていく。

完成品はトロンベとフォリンの二種類で、厚みの違いが三種類あるので、全部で六種類の紙が準備できた。それから、ベンノに贈るための、レグラースで彩りを付けたメッセージカードと祝い鶴。最後に、相談するためのトゥーリの簪をトートバッグに入れた。

「ベンノさん、おはようございます。紙の試作品ができたので、持って来ました。ベンノさんの初期投資のお陰で、とてもいい感じに仕上がりました」

「オットーから聞いてはいたが、もうできたのか？」

「はい。これです」

トートバッグの中から紙を取り出して、ベンノの机の上に並べた。紙を見たベンノが軽く目を見張った後、一枚目に手を伸ばす。

「どれ、確認してやろう」

透かしたり、手触りを確認したりした後、ベンノはインクを取り出した。上の方の一部分を切り取って、ペンを走らせる。

「……書けるな。羊皮紙よりも引っ掛かりが少なくて、書きやすいが、少しにじむところがある。それほど気になるわけでもないが……ふむ」

「合格ですか？　ルッツ、見習いになれますか？」

ベンノが顎の辺りを撫でながら、ニヤリと笑って、次の紙に手を伸ばす。

「あぁ、そういう約束だったからな。これは、どれくらい作れる？」

「えーと、試作のためだったので、本格的に作るなら、道具を大きくしたいです。これじゃあ、ちょっと小さすぎると思うんです。一番よく使う紙の大きさってどれくらいですか？」

門で見る紹介状の大きさはバラバラで、作る紙の基準がわからない。本当の和紙を作るような大きさの簀桁《すけた》は大きすぎて、漉く時にものすごく力がいる。ルッツやわたしの力で綺麗な紙が作れなければ意味がないので、一番よく使う大きさの紙を量産したい。

「紹介状や契約書に使うのが、だいたいこれくらいだ。はっきりとは決まってない」

ベンノが棚から取り出して見せてくれた羊皮紙の大きさはA4〜B4くらいの大きさだった。簀桁を振るにも程良い大きさだ。

「じゃあ、それくらいの大きさで簀桁を新しく作りたいです。でも、紙を実際作るのは春になります。今からじゃあ、材料が採れないんですよ」

「春までに道具の準備をすればいい。マルクに頼んでおけ。これなら、十分商品になる」

ベンノに紙が認められた。努力が実ったことが嬉しくて、ルッツと二人で顔を見合わせて、ニヒッと笑う。

「品質はこっちの方がいいな」

ベンノが手で触れてそう言ったのは、トロンベで作った紙だ。一目で品質の違いがわかる。色の白さや滑らかさが段違いなのだ。

「これはトロンベが材料なんです」

「トロンベだと⁉」

ぎょっとしたようにベンノが顔を上げて、わたしとルッツを交互に見た。やはりトロンベというのは、かなり危険な植物として有名らしい。変な事を口走らないように、説明はルッツに任せて、わたしは一歩下がった。その意図が通じたようで、ルッツが一歩前に出て、口を開く。

「森で採集している時に、生え始めたところをマインが見つけて、たまたま手に入ったんだ。入手が大変だし、不安定だから、滅多に作れないと思う」

「まぁ、そうだろうな……。しかし、トロンベか」

何とか量産できないか、とベンノが脳内で必死に考えているのが、手に取るようにわかる。商人らしい計算顔になっているが、希少なので、そう手に入る物ではないだろう。

「いくつか試した結果、トロンベが一番品質は良かったんですけど、材料が手に入らないんじゃ商品にはなりません。そして、これがフォリンを使った紙です。商品として作るなら、材料としてはこちらの方が量産には向いています」

「なるほど。フォリンなら、確かに量産に向いているな」

ベンノが何度も頷いて、紙については納得したようなので、今度はお礼の品を取り出した。

「それから、これ……ベンノさんへのお礼状です。オットーさんに聞いたら、作った紙に商品価値を付けるのが一番喜ばれるって聞いたので、特別な紙を作ってみました」

「お礼状？　上級貴族に出したことはあるが、俺がもらったことはないぞ。何と言うか、偉くなった気がするな」

フッと嬉しそうに口元を綻ばせてメッセージカードを開いたベンノが、カードを見つめたまま、軽く目を見張って固まった。

「あの、作る途中でレグラースを入れたんです。……どうですか？」

「あ？　レグラースって、この時期にはあちこちに生えている雑草だよな？……こうして見ると、美しいな。こういうのは貴族の奥方や御令嬢に受けが良さそうだ」

すぐに購買層を思い浮かべるベンノは、商人として考えるなら、とても頼もしい。その商人の目で見て、貴族に向けて売れそうだ、と判断してくれたということは、商品価値を付けることに成功したということで、間違いないだろう。

「えーと、こっちは先行投資へのお礼の品というか、贈り物というか……紙で作った飾りです。『祝い鶴』って言います」

「ほぉ！　これが紙か？」

畳んであった祝い鶴を机の上で広げて見せると、ベンノが目を輝かせて手に取った。色々な角度から見ているが、飾り以外の使い道はない。

「作った後で、すごく贅沢な使い方をしたことに気付いたんです。飾るしか使い道がないんですよ。でも、折っただけですから、広げたら折り目は残るけど、普通に紙としても使えます」

「いや、飾りでいいだろう？　ウチで売る紙の良い宣伝になりそうだ」

紙を売ることになれば、その棚にでも飾ろうとベンノは呟いて、自分の棚へと祝い鶴を移動させた。しばらくは棚の上が祝い鶴の場所になるらしい。正直、折り紙でここまで喜ばれると思っていなかった。贈り物として作って良かった、と素直に思う。

「正直、木から紙ができるとは思わなかった。品質も俺が予想していたよりずっと良い。これなら、商品として十分に通用する。よくやった。量産できる春を楽しみにしているぞ」

ベンノからの高評価にわたしとルッツは手を取り合って喜んだ。品質改善の苦労を思い返して、思わず涙ぐんでしまう。

「やったな、マイン」

「ルッツが頑張ったからだよ」

喜ぶわたし達に苦笑しながら、ベンノが机の上の紙を全て重ねて揃えた。

「この紙は俺が買い取る。帰りに金を渡すから、マルクに声をかけてくれ」

「本当ですか⁉」

そういえば、洗礼式までは原料費と販売にかかる手数料を引いた残りがわたし達の取り分になると話をしていたはずだ。

……わぉ！　初めての現金ですよ！

残っている白皮を全部紙にして、売るのもいいかもしれないと考えたところで、ハッと思い出した。売り物にできるかどうかの相談をしようと思って、トゥーリの簪を持ってきたことを。

「……あと、ベンノさんに相談があるんですけど、これって、売り物になりますか？」

わたしはトゥーリの髪飾りとして使った簪をベンノの机に取り出して置いた。短めの簪には青や黄色の小花のブーケが付いている。何故か簪を見たベンノがひくっと頬を引きつらせた。

「嬢ちゃん、これは何だ？」

「髪飾りです。普通に髪を紐でまとめた後に飾りとして使います。……こんなふうに」

わたしはトゥーリの髪飾りを、自分の簪の脇に挿して見せた。

「これは姉の洗礼式のために作った物なので、売れませんけど、冬の間に手仕事でこんな感じの飾りを作ろうと思うんです。売り物になりますか？」

問いかけると、ギラギラした目で髪飾りを睨んでいたベンノが、唸るような低い声を出した。

「……なる」

「じゃあ、作ります。それで、ですね。ベンノさんに売ってもらうので、これも先行投資、お願いできませんか？」

ハァ、と溜息を吐いて、ベンノがこちらを見た。ベンノがすごく疲れているように見えるのは気のせいだろうか。

「一体何が必要なんだ？」

「糸です。品質は高くなくてもいいんですけど、できるだけたくさんの色の糸が欲しいです」

全てを同じ色で作るなんて面白味もないし、誰だって自分に似合う色が欲しいはずだ。色やデザインはたくさんある方がいい。

「糸だけか？　他には？」

「木が少しあれば嬉しいですけど、薪にするための木も採ってきているので、特にありません」

「これは嬢ちゃん一人で作るのか？」

じろりとベンノが睨んできた。そういえば、「マインが考えて、ルッツが作る」ことになっていたはずだ。ルッツにも手を貸してもらった方が良いかもしれない。

「……木の部分がルッツで、この飾りの部分がわたしの予定です。もちろん、一緒に作りますよ。ね、ルッツ？」

「そう、木のところはオレが作る」

グッと手を握ってそう言うと、ルッツも慌てて頷いた。何か言いたそうにベンノがわたし達をじろじろと見てきたが、ニッコリと愛想笑いで誤魔化しておく。

「まぁ、いいだろう。それで、お前達、これから動けるだけの時間と体力はあるのか？」

「大丈夫です」

「そうか。では、商業ギルドに連れて行こう」

「商業ギルド!?」

……うわ、また何か新しい言葉が出て来たよ。一体どんな所なんだろう？

商業ギルド

わたしはベンノに抱き上げられて、商業ギルドに向かっている。最初は自分でちゃんと歩いていたのだが、わたしの歩く速度に苛立ったベンノに「遅い！　時間の無駄だ」と怒鳴られて、ひょいっと抱き上げられたのである。道中、時間の大切さについて延々と説教されては、反抗することもできない。

「そういえば、ベンノさん。商業ギルドって何ですか？」

自分が知っている物と差異があるかもしれないことは、詳しく聞いておくのが一番だ。

「何だ、知らんのか？」

「行ったことがないです。ルッツは知ってる？」

「商売するヤツが行くところだろ?」

この街の子供なら誰でも知っていることか、とルッツに話を振ってみたが、返ってきたのは、わたしでもわかる程度のことだった。ベンノが軽く溜息を吐きながら、説明をしてくれる。

「……まぁ、そうだ。この街で店を開く時に必要な許可証を出したり、悪質な商売をしているところに罰を与えたりするのが主な仕事だな。商業ギルドの許可なく店を開くこともできないし、市場で露店を広げることもできない。そして、商売に関係する奴は全員登録が必要で、登録せずに商売をすると厳罰を下される」

商売に関係する役所みたいなところかな? と推測する。許可をもらわなければ、店を開くこともできないし、見習いの登録もするのだから、あまり間違えてはいないだろう。

「かなり権力のありそうな組織ですね」

「そうだな。権力があって、金にがめつい。見習いを抱えたら登録料、新しい商売を始めようと思ったら拡大金、何かやったら手数料ってな」

何をするにもお金がかかるのは、どこの世界でも同じことなのかもしれない。貧乏人にとっては嫌な世の中である。

「どっちにしろ、洗礼式を終えて商人見習いになれば、登録される。店で働く奴は全員売買する立場になるからな。お前達の場合、洗礼式までは仮登録になるが、登録しておかないと、紙も髪飾りも……商品の売買ができないんだ」

「それって、今日、ベンノさんが紙を買い取るために、登録が必要ってことですか?」

「そうだ」

なるほど。ベンノが急いで登録しようとするのは、試作品を買い取るためらしい。ほぅほぅ、と
わたしが一人で納得していると、ベンノの眉根がくっと険しく寄せられた。

「すんなり登録が終わればいいが、あのくそじじいのことだ。どうせ、また難癖を付けてくるに決まっている」

何だか穏やかではない言葉が出てきた。ベンノは商業ギルドのお偉いさんだと思っていたが、違うのだろうか。それとも、派閥争いのようなものだろうか。

「今、勢いがあってどんどん事業を拡大しているのが、俺の店だからな。ギルド長が少しでもむしり取りたくて仕方がないんだろ？　お前ら、余計なことは言うなよ」

「はい」

ルッツと二人で、声を揃えて返事する。やり手の商売人同士が繰り広げるだろう、狐と狸の化かし合いにくちばしを挟むような真似をするつもりはない。

「そうだ、マイン、お前が持ち込んだ髪飾りのことだが」

「これですか？」

わたしがトートバッグを少し開いて髪飾りを見せると、ベンノが小さく頷いた後、鋭い赤褐色の目でわたしを見た。

「これはどのくらいの日数で作れる？」

「材料が全部揃っていて、ルッツが木の部分を作ってくれていたら、それから、わたしの体調が良

い時で……えーと、この花の部分だけなら、頑張れば一日で、多分、何とか……」

小花の量にもよるけれど、わたしのスピードなら一日仕事になる。裁縫上手な母さんならば、鐘二つ分もあれば作れるはずだ。

「ルッツはどうだ？」

「木を削って、磨くだけだから、鐘一つ分の時間があれば作れると思うけど？」

「ふむ、いいな」

ベンノは上機嫌な声音でそう言っているが、目だけはギラギラと鋭い光を放っている。

「何がいいんですか？」

「この後のお楽しみだ」

標的を定めた肉食獣の笑みを浮かべたベンノが睨んだ先には、商業ギルドの建物があった。

商業ギルドは中央広場に面した角に大きく建っている建物だった。それだけでもかなりお金を持っている組織であることがわかるのに、上から下まで誰にも貸していない、全部ギルドの建物だそうだ。

ドアの前には武器を持った番人が立っていて、わたし達を不審そうに見た後、用件を尋ねる。

「どのような用件で？」

「こいつらの仮登録だ」

番人にドアを開けてもらって中に入ると、いきなり階段があったことに面食らう。やや広めの階段だが、一階が見当たらない。

「ベンノさん、一階ってどうなっているんですか？」

「あぁ、一階は旅商人が馬車や荷車を置くための場所だ。大通りにずらずら並べられたら迷惑だからな。裏に回れば並んだ馬車が見えるはずだ」

二階に上がると、広いホールがあった。その中を大勢の人が行ったり来たりしている。あまりの喧騒に、この街ってこんなに人がいたのか、と妙な感心をしてしまうほどだ。

「ここには用がない。奥の階段から三階に行くぞ」

わたしはベンノに抱えられたまま、奥の階段へと向かったので、安全だったが、ベンノの後ろをついて歩くルッツが大勢の人達にもみくちゃにされている。

「ルッツ、大丈夫？」

「平気だけど……まるで祭りみたいだ」

「市場の露店の申し込みやこの街に着いた旅商人がここで商売するための許可をもらうところだからな。市が近付くとこういうことになる。市が終われば、しばらく静かなんだ」

「へぇ」

奥の階段にはがっちりとした金属の柵が付けられていて、その前にはまた番人が立っていた。

「登録証をお願いします」

「三人で上に上がる」

「かしこまりました」

ベンノが金属のカードのような物を取り出して渡すと、番人がそれを何かにかざした。その直後、白い光が柵を走ったかと思うと、柵が溶けるように消える。

「えぇっ⁉　何これ⁉」

「魔術具だ。ルッツ、俺の手を離すな。弾かれるぞ」

「お、おう」

ベンノがわたしを片手で抱え、もう片手でルッツの手を引いて、階段を上がり始める。

「魔法ってお貴族様しか使えないんじゃなかったんですか？」

「こういう組織の上層部はだいたい貴族と繋がっている。利があると思えば、魔術具を与えることを躊躇わない貴族も多い」

「初めて見ました」

契約魔術の時にも思ったけれど、どうやら予想以上にファンタジーな世界にいるらしい。

階段を上りきると、ベンノはルッツの手を離し、わたしを下ろしてくれた。階段を上がったところからしばらく白い壁が続いていて、奥の方にカウンターらしき場所が見える。二階は市場の露店に関する仕事をしている場所で、三階が店を持っている店主に対応する場所ということで、二階の喧騒に比べて、三階は静かで人もまばらだ。

二階は床が木で、端の方には埃も積もっているような薄汚れた場所だったのに、三階はカーペットが敷かれていて、掃除が行き届いている。家具にも維持にもお金がかかっているような雰囲気になった。一目でわかる格差社会だ。

「この壁の向こうは会議室だ。お前達が使うことはまずない」

白い壁を指差して、ベンノが説明しながらカウンターの方へと向かって歩き始める。わたしもルッツと手を繋いでついていく。普段の生活では目にしない高級さに少し気後れしてしまう。

会議室を通り過ぎると、壁から壁までカウンターがあり、カウンターの中では商業ギルドに出入りしている見習いらしき子供達が、奥の方で木札を読んだり、計算器を使って計算したりしている姿があった。

「ルッツ、冬の間に文字と計算を覚えなきゃね」

「……そうだな」

廊下を挟んで、カウンターの反対側にはソファのような物があり、待合室というよりは応接室のように寛げる場所になっている。

「あれは、もしかして、本棚っ⁉」

ぐるりと見回すと、壁際に一つ、木札や羊皮紙が並んだ棚があった。ぐぐんとテンションが上がったわたしをベンノが不思議そうに見て、首を傾げる。

「あぁ、あれは店を出すための規則やこの周辺の簡単な地図、貴族年鑑なんかが並んでいる書棚だ。……興味あるのか？」

「ありありですっ！」

すぐにでも書棚に向かって突進したいけれど、ぎゅっとルッツが握っている手に力を入れて離してくれない。そわそわするわたしを見て、ベンノが苦笑した。

「申し込みが終わったら、見てもいい。どうせ待ち時間は長いからな」

「本当ですか⁉　やったー！」

「マイン、落ち着け。興奮しすぎだ」

読んでもいい本らしき物を発見して、興奮せずにいられようか。いや、いられない。ルッツの制止を耳にしても、この心躍る感覚が止まるわけがない。

そう思っていたが、ルッツの一言で、わたしはおとなしくせざるを得なくなった。

「興奮しすぎたら、読む前にぶっ倒れるぞ」

……それは困る！

わたし達のやり取りを面白そうに見ていたベンノが一区切りついたことを悟って、「来い」と声をかける。カウンターまで行くと、ベンノを見た職員が愛想笑いを浮かべた。

「おや、ベンノ様。本日はどのような御用件でしょうか？」

「この二人の仮登録だ。マインとルッツの二人分頼む」

「仮登録？……ベンノ様のお子様ではございませんよね？」

「違う。が、登録が必要なんだ。さっさとしてくれ」

仮登録は、本来なら登録も仕事もできないはずの洗礼前の子供に、商人が家業を手伝わせるために編み出した法の抜け道のようなものらしい。洗礼前の子供を雇うことはできないし、そんな子供が親なしで登録を必要とするほどの売買に係わることなど普通はないので、血族でもない子供が仮登録されることはあり得ない。

職員が不審そうに目を細めながらも、わたしとルッツに質問を重ねて、カウンターの向こうで何やら書き始めた。聞かれたのは、お役所仕事だと思えば、普通の項目ばかりだった。自分の名前、父の職業と名前、住んでいる場所、年齢など。

「大工の息子に兵士の娘が仮登録ですか？」

質問を終えた職員はさらに怪訝そうな顔になって、わたしとルッツを交互に見る。商人の子供でもないのに、仮登録する意味を探っているらしく、あまり気持ちのいい目ではない。

「聞くことが終わったんだったら、登録を終わらせてくれ。こっちもそれほど暇じゃないんだ」

「えぇ、ただいま。しばらくそちらでお待ちください」

職員が寛ぎスペースを手で指し示す。わたしは駆けだしたいのを堪えながら、ベンノを見た。

「ベンノさん、待っている間、書棚見てもいいですか？」

「あぁ。知りたいことがあったら教えてやる。持ってこい。ルッツ、マインから目を離すなよ」

「わかった」

手を離してくれないルッツと一緒に書棚のところへと行く。並んでいる羊皮紙を広げてみたり、木札を取り出してみたりして、どのような物が並んでいるのか確認する。地図や図鑑や貴族年鑑、商業法の解説書、周辺の情報を集めた瓦版っぽい物など、実用的な物ばかりだ。

「わぁ、これ、地図だ！」

かなり大雑把な地図だが、この世界でわたしは初めて見た。現在地さえわからない地図を抱えて、わたしはベンノが座っているソファに向かう。

ソファのつもりで座ったら、綺麗な布張りだったのに布の下は板があるだけで、予想していたような弾力が全くなくて、お尻を打った。

「いたぁ……」

「いくら興奮しているからって、そんなに勢い良く座るからだ、阿呆」

……妙なところが贅沢なソファもどきのせいで騙されたんだもん。木目のわかるベンチだったら、こんな座り方しなかったよ。

呆れた目でベンノに見られ、うぅ、と小さく呻き、心の中だけで言い訳しながら、板の上に布を張っただけの長椅子の上に地図を広げる。

「ベンノさん、この街ってどれですか？」

「ここだ。エーレンフェスト。領主様の家名がそのまま街の名前になっている」

初めて街の名前を知った。ついでに、領主の名前も知った。外に出る必要がなければ、街の名前なんて知る必要がないし、領主に関しても「領主様」だけで事は済んでいたのだ。

地図を見ると、エーレンフェストの南に農村と森が広がり、さらに行くと、小さな街があるのがわかる。西は大きな川があり、隣の領地の街と比較的近く、領主同士が仲良しなので、行き来が盛んらしい。北は領主のいる貴族の街があるため、大きく空白が広がっていた。東は街道があり、旅人が一番多いそうだ。

「まぁ、お前らが買い付けなんかで出向くにしてもこの地図から出るようなところに行くことは、多分ないな」

いくつか近隣の街の名前を教えてもらった後、地図を返して、また書棚を片っ端から読んでいく。一番下の段には、見習いが文字や数字の手習いをするための本もあった。ルッツと一緒に勉強するためにざっと目を通す。文字はわたしが覚えていることに加えて、商売に関する単語がたくさん出てきた。これは覚えておきたい。

「ベンノさん、ルッツの勉強用に石板が欲しいんですけど……」

「あぁ、今日払う金から、代金は引いておいてやろう。しっかり勉強しろよ」

「ついでに、教えてください。商人の子供達の見習いって、どの程度読み書きができますか？」

洗礼式の後は、商人の子供達と一緒に見習いの仕事をするようになる。それまでに、他の子ができることは、ある程度できるようになっておきたい。

「簡単な読み書きと計算だな。読みに関しては、商品名が主だから、その家で取り扱っている物や規模による。銅貨から銀貨程度の計算はだいたいできるな」

まずい。わたしは通貨がよくわからない。大小の銅貨と小銀貨があるのは知っているけれど、両替とか相場が全然わからない。

……だって、家で使うのって、銅貨ばかりなんだもん。

銅貨以外の通貨を目にすることさえほとんどない。それに、門では数字の計算だけで、オットーが実際にお金を使う現場は見たことがない。

「俺としては、お前達に一番欠けているのは、客への対応だと思っている。他の子供は毎日親の仕事を傍で見て、肌で知っているからな」

それはわたし達には無理だ。昔からわたしはサービスを受ける側で、提供する側に回ったことがない。ルッツも多分、商売人の心得なんて知っているはずがない。

……どうしよう。

思考の迷路にはまるより先にカウンターから、職員の声が響いてきた。

「ベンノ様、ギルド長がお会いしたいそうです」

「……あのくそじじい、予想通りかよ」

わたし達にしか聞こえない程度の小さくて低い声で、唸るようにベンノが呟いて、立ち上がる。ギラギラ光っている目とか、両脇で固く握られた拳とか、ベンノが全体的に戦闘態勢に入っているのがわかった。

「行くぞ、二人とも」

ベンノがカウンターに向かうと、一番端のカウンターの板がパタリと落ちて、奥へと通れるようになった。奥にはまた階段があり、階段を上がると、自動でドアが開いた。それほど広くはないが、居心地の良さそうな部屋が見える。すでに赤々と燃やされている暖炉の手前には暖かそうなカーペットが敷かれ、そのカーペットの上に執務用の机があった。

そこに座っていたのは少し恰幅の良い五十代くらいの優しげな男性だ。ギルド長なんて役職についているのだから、お爺さんを想像していたが、まだ働き盛りを少し過ぎた程度に見える。

ギルド長がニコリと笑って立ち上がった。

「さて、ベンノ。早速だが、教えてもらいたい。血族でもない、こんな子供に仮登録をさせるというのはどういうことだ？　露店の主が店番をさせるために我が子を登録しておきたいと言い出すのとではわけが違うだろう？」

洗礼式を待たずに登録したいとベンノが言いだすということは、登録をするだけの価値がある商品をわたしとルッツが握っていると言ったのと同じことだ。ギルド長はやんわりとした笑みを浮かべたままでそう言った。

「……目的がはっきりしない限りは、登録を許可できんな。血族でもない子供の仮登録など、このエーレンフェストでは前例がない」

ギルド長が何を考えているのか全く読ませない笑顔で、わたしとルッツをじろじろと眺める。

笑顔と雰囲気で一見優しそうに見えたけれど、全く優しくない。質問にきっちり答えないと登録はしてやらん、と脅しているのだから。言いたいように言っているギルド長の様子にわたしは不安になって、ベンノの様子を窺った。

ベンノは勝利を確信しているような黒い笑顔でギルド長を見つめて、ニヤリと笑う。

「この子達が持ち込んだ物が何か知りたい、と？」

「まぁ、そうだ。物によっては、別の店で取り扱った方がいいかもしれん。君のところは少し手を広げすぎているからな」

……金になりそうなら、横取りしたいってことですね。本音がちっとも隠れてませんよ？

「ウチで売りたいと言ったんだ。ウチで売るさ。なぁ、マイン？　そうだろう、ルッツ？」

ベンノに「余計なことは言うな」と目で脅されて、わたしとルッツはコクコクと頷いた。それに気をよくしたらしいベンノが笑みを深めて、わたしを見下ろす。

「マイン、これから売る髪飾りを、ギルド長に見せてやってくれ」

「……わかりました」

どうやら紙を売ることについては、まだ隠しておくつもりらしい。ベンノがどういう判断でそうしているのかわからないので、余計な事を言わないように、口はなるべく噤んだまま、トートバッグに手を突っ込んだ。髪飾りを取り出して、ギルド長に見えるように差し出す。

その途端、何故かギルド長がざっと顔色を変えた。

ギルド長と髪飾り

「これは……」

そう呟いて、ギルド長が固まった。トゥーリがこの髪飾りを使ったのは洗礼式の時だけだ。その時に何かあったのだろうか。今までの飄々とした笑顔がいきなり消えたことにドキリとして、ベンノに助けを求めて振り返る。

ギルド長が固まっちゃったけれど大丈夫か、と心配になったわたしと違って、ベンノは肉食獣が舌なめずりでもするような表情を一瞬だけ見せて、ニッコリと黒い笑顔を浮かべた。

「ギルド長が探していた髪飾りはこういう物ではなかったかな？」

「これを売るのか⁉」

ギルド長がカッと目を見開いて、ベンノとわたしを交互に見た。笑顔のない、食らいつくような顔が怖くて、ぅひっと小さく息を呑む。

……ルッツ、ずるい！　ベンノさんの後ろに隠れてる！

わたしもベンノの後ろに回りこもうとしたが、ベンノに肩をつかまれてグイッと前に出された。

「あぁ、この子達の冬の手仕事になる予定だ」

「冬の手仕事……ならば、今すぐこれを売ってくれんか？」

ギルド長がわたしの持っているトゥーリの髪飾りを手に取ろうとした。取られたら絶対に返ってこないような爛々と光る目にぎょっとして、わたしは髪飾りを慌ててバッグに入れる。

「ダメです。これはわたしがトゥーリのために作ったんです。売れません」

「これだけ出そう」

ビシッと突きつけるように三本の指を立てられた。おそらく値段を表しているサインだと思うが、意味がわからない。おろおろしながらベンノを見ると、笑みを濃くしている。

「ふむ、そうだな……。もう少し色を付けてくれたら、優先的に作ることはできそうだ。どう思う、マイン？」

「べ、ベンノさんのおっしゃる通りです」

反論なんて考えられない。引きつる笑顔でベンノに追従しておく。

「今から作れば、孫娘の冬の洗礼式には十分間に合う。そうだよな、マイン？」

……あぁ、なるほど。夏の洗礼式の時にトゥーリの髪飾りを見た孫娘が同じような物が欲しいと言ったんだ。

ベンノの言葉で、やっと事情がわかった。商業ギルドのギルド長なら、この街で流通している物に関しては、一番情報を持っているはずの立場なのに、髪飾りが見つからない。

ウチの家族がトゥーリのために作っただけで売り物でもないし、似たような飾りも売っていないし、冬の洗礼式はどんどん近付いてきているし、困り果てていたのだろう。

「……あと一月《ひとつき》ほどしかないが、作れるのか？」

そういえば、小さい花を作るのに時間と糸が必要なので、雪に閉じ込められてやることがない冬ならともかく、今の季節は忙しくて、とても作っていられない、と母さんは言っていた。けれど、お金をもらってする仕事なら、それにかかりきりになっても問題ない。

糸を仕入れたり、その孫娘の希望を聞いたりするので、少し時間はかかるだろうけれど、それでも冬の洗礼式までなら、十分に間に合う。

「これは売り物じゃないですけれど、新しく作る分には問題ありません。ね、ルッツ？」

「あぁ、できるぜ」

わたしとルッツが大きく頷いて請け負うと、わたしの横で頷きながら話を聞いていたベンノがニヤリとした笑みを浮かべて、付け加えた。

「ただ、二人の登録ができていないせいで、せっかく作っても売買はできないのが残念だがな」

「くっ……。ならば、仮登録の後に注文することにしよう……」

ベンノとギルド長の勝敗はあっさり決まった。難癖を付けられることもなく、紙の情報を出すこともなく、仮登録ができたことにベンノはご機嫌で、ギルド長の部屋を出ようとする。

「待て。子供達はここでギルドカードができるのを待てばいい。注文もしたいからな」

ギルド長の言葉にちっと軽く舌打ちをして、ベンノが笑顔で振り返る。

「子供だけではどんな粗相をするかわからんから、俺もここで待たせてもらおう」

「いやいや、躾の行き届いた子供達のようだ。ベンノがいなくても問題はなかろう。なぁ？」

ギルド長の笑顔は、優しそうに見えても何かを企んでいるようで怖い。いつの間にか丸めこまれていそうな気がするので、わたしは思わずベンノの手を握った。

「は、初めての場所だから、ベンノさんにもいてほしいです」

「ふっ。……だそうだ」

勝ち誇った笑みでベンノはギルド長の部屋にあるソファのような形の硬い椅子に腰かける。わたしをひょいっと抱き上げて、自分の太股の上に座らせると、よくやった、と小さく囁いて、頭をぐりぐりと撫でた。かなり機嫌が良いようだ。

その後、わたしはベンノの隣に場所を移動して、その隣にルッツが座った。正面にギルド長が座って、髪飾りの商談が始まる。

「では、髪飾りを一つ。冬の洗礼式までに頼む」

「えーと、何色の花にしましょう？　お孫さんのお好きな色とか、髪に合う色とか……」

「わしはそういうことにはあまり詳しくない。それと同じでいい」

わたしのトートバッグを指差して、ギルド長がそう言った。けれど、そんな堂々と「詳しくない」と言い切られても困る。多分、ベンノが料金をふっかけたはずなので、せめて、孫娘に喜んでもらえるような髪飾りにしたい。孫のために情報を集めていただろうおじいちゃんには、孫娘の笑顔がプライスレスに違いないのだから。

「あの、もし、お孫さんとお話しできるなら、本人の希望を伺ってもいいですか？　その方が喜ばれると思いますけど」

「秘密で贈って、驚かせたいのだ」

……うわぉ、出た！　迷惑なサプライズ！

秘密で贈って喜ばれるのは、普段から好みや希望を熟知していて、欲しいと思っているタイミングにピッタリはまった場合だけだ。孫娘の好きな色さえ詳しくないと言いきってしまうおじいちゃんには、かなり難易度が高い。

「……あの、でも、髪飾りは服と合わせる必要もあるし、髪の色と合わなかったり、すでに別の飾りを用意されたりしていると、もらってもすごく困ることになるかもしれませんよ？」

冬の洗礼式なら、衣装はすでに準備されているはずだ。もしかしたら、髪に飾る物も孫娘とその母親で準備しているかもしれない。

「せっかく一から作るんですから、好みに合わない物より希望に沿った物を贈った方がずっと大事にしてもらえると思います。驚いた顔より喜んだ顔の方が素敵だと思いません？」

「ふぅむ、なるほど……」

ギルド長が髭を撫でながら、何か考えるように上を向いた。

「マインと言ったか？　お前、ウチの店に来ないか？」

「却下だ！」

わたしがどんな反応をするよりも速く、ベンノが即座に却下した。

「ベンノの店よりも大きいし、長いこと商売をしている。条件はいいぞ？　まだ、洗礼式が終わって正式に見習いとなったわけでないのだから、ウチに移ることもできる。どうだ？」

どうだ？　と言われても、わたしはあれだけ援助してもらって、いきなり店を変えるような不義理をするつもりはない。そして、加えるならば、ギルド長はちょっと怖い。

「ベンノさんに返しきれない恩があるんです」

「ふむ、わしが代わりに返してやろう」

「えぇ？　えーと……」

断ったつもりなのに、断れていない。押しの強いギルド長にあわあわしていると、ベンノの機嫌が急降下していく。眉間に皺をくっきりと刻んで、こめかみをトントンと軽く指で叩きながら、ベンノがわたしをギロリと睨んだ。

「マイン、ギルド長にハッキリと答えてやれ。お断りだ、とな」

「お、おお、お断りします！」

「残念だが、今回は諦めるとしよう。怖い見張りがいては、本音を言うこともできんからな」

……今回はって何ですか!?　本音で喋っているつもりですけど！

「孫娘のフリーダに話を聞きにくるのは、明日でいいか？　早目に決めた方が良いだろう？」

「あの、ベンノさんも一緒でいいですか⁉」

本日の教訓として、「ギルド長と一人で会うな」が心にしっかりと刻み込まれている。ギルド長に対応できる人もいない状態で、会うのは危険だ。しかし、ギルド長は首を振った。

「残念ながら、明日はベンノもわしも会議がある日だ。同じ年頃の女の子同士が会うのに、いかついおじさんの同伴は必要ないだろう？」

「……そうですね、子供同士なら」

ベンノとギルド長の戦いの中で、孫娘のフリーダの希望を聞く図を思い浮かべて、げんなりとしてしまったわたしは、同じ年頃の女の子同士で会うという言葉に思わず頷いた。

ギルド長の意見に同意してしまったわたしの横で、ベンノさんが舌打ちする。

……え⁉　何かまずかった⁉

眉間の皺を復活させたベンノと笑顔が復活したギルド長を見比べて、自分が迂闊な返事をしてしまったことを悟った。「子供同士」と同意したなら、マルクについてきてもらうこともできない。

どうしよう、と頭を必死でフル回転させて、両隣を見回して、ハッとする。

「い、一緒に作っているので、ルッツが行くのはいいですよね？　こ、子供同士だし！」

一人で乗り込むのは怖すぎる。ルッツを巻き込む提案をすると、ベンノはわずかに表情を和らげた。逆に、ギルド長は面白がるように片方の眉を上げる。

「いいだろう。明日、中央広場に三の鐘でどうだ？　フリーダに迎えに行かせよう」

「わかりました」

話がまとまるのを待っていたように、仮会員カードを持った職員さんが入ってきた。どうやら無事に仮登録が終わったようだ。

「これが商業ギルドの仮会員カードだ。これも魔術具の一種だ。商談の時には必ず必要になる。詳しいことはベンノに聞けばいい。二人のカードは店の見習いに準じた物だから、上の階にも上がれるようになっている」

薄い金属のカードで光に当てると虹色に反射する不思議なカードだ。普段触っている物とあまりにも差がありすぎる。どこからどう見てもファンタジーなカードで、説明を聞けば聞くほど、感心する。魔術具のすごさに目を瞬くしかない。

「では、最後にそれぞれ、自分の血を自分のカードに押し付けて、認識させなさい。そうすれば、他人が勝手に使うことはできなくなる」

「うぇっ!?　血!?」

魔術には血が必須なのか。以前の契約魔術でも血判を押したことは記憶に新しい。

「諦めろ、マイン」

「ルッツ～……」

「いいから手を出せって。……どうせ自分じゃできないんだろ？」

「うぅっ……」

泣く泣く手を出すと、ルッツに針で指先を突かれた。ぷっくりと盛り上がってきた血をカードに押し付けて染み込ませる。

その瞬間、カードが光った。

「うひゃあっ⁉」

一瞬光っただけで、その後は先程と全く変わらないカードだった。血痕も指紋も残っていないという意味で、全く変わっていない綺麗な物だった。

……魔術具、便利かもしれないけど、怖い。

わたしが血を出すのにおびえたり、カードが光って慌てたりするのを見ていたせいか、ルッツは淡々と作業を終わらせる。

「これで登録は終了だ」

「お世話になりました」

もう用はないとばかりに部屋を出ていくベンノを追いかけて、わたし達も商業ギルドを後にする。登録だけなのに、ぐったりと疲れてしまった。


「お帰りなさいませ。無事に登録が終わったようですね」

ベンノの店に戻ると、マルクが待っていてくれた。時々商人らしい黒い笑顔も浮かび上がるけれど、基本的には味方であるマルクの笑顔に癒しを感じる。

「おぅ、今日はマインのお陰で完全勝利だったぜ」

「ほぅ、それは珍しい」

「あのくそじじいに目を付けられたけどな」

「……厄介なことになりそうですね」

マルクのギルド長に対する印象も厄介らしい。心から同意させていただきたい。

「こちらへどうぞ。試作品の精算ができるように準備してあります」

「じゃあ、サクッと終わらせるか」

マルクがベンノの部屋のドアを開けて、わたし達を招き入れる。試作品の精算と聞いて、わたしはビシッと挙手した。

「はい！　お願いがあります。お金について教えてもらっていいですか？」

「ぁん？」

ベンノは意味がわからないとばかりに、目を細める。マルクも同じように首を傾げている。

「えーと、わたし、今までお金に触ったことがなくて……数字は読めるんですけど、数字とお金がいまいち結びついていないんです。……例えば、五千六百四十リオンで、一体どの硬貨をどれだけ払えばいいのか、わからないんです」

「はぁ⁉」

ベンノだけでなく、マルクもルッツも、素っ頓狂な声を上げた。

「金、触ったことがないって……まぁ、商人でもない、その年の子供なら、それほど珍しくもないのか？　いや、珍しいだろ？」

「……あぁ、そうか。マインはお遣いにも行ったことがないんだ。ぶっ倒れるから」

ルッツの言葉に、皆の口から納得の溜息が漏れてきた。

「門で計算はしても、商人と実際にお金のやり取りをするところは見たことがないし、マルクさんと発注に行った時も、発注書を出すだけで実際にお金のやり取りはしなかったし、母さんと一緒に市場に行った時に小さい硬貨を払っているのは見たけど、それが何か知らないんです」

わたしの言葉に布袋を持ったマルクがベンノの前に進み出て、ジャラリとマルクが机の上に硬貨を広げた。

「では、まずは、お金の種類をお教えしましょう」

銅のような茶色の硬貨が三種類と大小の銀貨と金貨があった。ルッツがゴクリと喉を鳴らして、机の上の金貨に見入っているのがわかる。

「この小銅貨一枚が十リオン。穴が開いている中銅貨が百リオン、大銅貨が千リオン、小銀貨が一万リオン。その後、大銀貨、小金貨、大金貨と続きます」

十枚で大きいのと交換と覚えればいいので、とても気が楽だ。ほぅほぅ、と納得しながら聞いているわたしの隣で、ルッツが小さく唸り声を上げる。どうやら桁が大きくなると完全にわからなくなったようだ。冬に頑張って勉強しなければならないけれど、自分でお金を持つようになれば、お金の計算は嫌でも覚えると思うので、多分大丈夫だろう。

ベンノは試作品の紙を六枚持ってきて、机の上に並べていく。

「羊皮紙一枚が小金貨一枚。普段使う契約書の大きさで大銀貨一枚。これくらいの大きさなら、小銀貨二枚ってところだな」

……葉書サイズで小銀貨二枚って……。

紙が高いことは知っていたけれど、目の前にお金と一緒に並べられるとよくわかる。そういえば、契約書サイズが父さんの給料の一月《ひとつき》分って言っていたはずだ。

「今回は一応羊皮紙を基準に値段を決めるからな。フォリン紙は小銀貨二枚で、品質が良いトロンベ紙が小銀貨四枚だ。そこから、手数料として三割引く。それから、試作品ができるまでの先行投資とこれから先に必要な簀桁は別だ。簀桁の料金は分割で引かせてもらう。原価として五割だ」

試作品ができたので、これから先は道具や原料を発注すると原価にしっかり組みこまれることになる。わたしが頷くと、ベンノはニヤリと笑った。

「今回のお前達の取り分は二割でどうだ？　原料になる木を材木屋から仕入れたり、紙が流通することで値段が下がったりすれば、また見直しが必要になるだろうが……」

「それでいいです」

わたしが頷いてルッツに視線を向けると、よくわからない顔のままでルッツも頷いた。

ベンノが机の上にドンと計算器を置いて、ルッツの前に押し出した。

「ルッツ、フォリン三枚とトロンベ三枚でいくらになるか、わかるか？」

計算器を少し動かして、フォリン三枚分の数は入ったけれど、その後、指を伸ばしたり曲げたりしていたルッツが、しょぼんとして首を振った。一桁の計算はできても、数が多くなったり、種類が増えたりするとお手上げらしい。

「マインは？」

「えーと、『三二が六と三四、十二』だから、小銀貨十八枚ですね。原価が五割で手数料が三割でわたしたちの手取りは二割。つまり小銀貨三枚と大銅貨六枚がわたしとルッツの取り分で、一人分は小銀貨一枚と大銅貨八枚になります」

ややや目を瞬いてわたしを凝視しているベンノの後ろに控えていたマルクさんが苦笑した。

「正解です。計算器も使わずに即座に計算ができるのだから、すごいですね」

わたしの場合は、計算器が使えないんだから、冬の間にルッツと練習しないとダメだ。なるべく周りと馴染むようにしたい。

「あとは……ルッツの石板や石筆の費用だが、これは個人から徴収だな。ルッツの取り分から大銅貨二枚を引く」

ルッツは大銅貨を二枚引かれて、代わりに石板と石筆をいくつか受け取った。

「現金を渡すこともできるし、保管場所に困るなら商業ギルドに預けておくこともできるが、どうする？」

どうやら、商業ギルドは銀行のような機能も持っているらしい。現金をたくさん持つのって怖いし、いつか本を買うために貯金はしていきたい。

「大銅貨はください。母さんに渡します。小銀貨は預けておきます」

初任給で家族孝行をするのは、麗乃時代の夢だった。ここで夢を叶えてもいいと思う。

「わかった。ルッツはどうする？」

「オレも、マインと同じ」

「そうか」

わたしが大銅貨八枚をもらって、ベンノのカードとわたしのカードを合わせる。ピンと弦を弾いたような音がした後、カードが返ってきたけれど、何も変わったところはない。

「これで、お前の金はギルドの三階で取り出せる。そのうち、練習させに行かないと駄目だな」

カードをくるくると回して見ているわたしに、ベンノが苦笑して、マルクも同意する。

ルッツも同じようにカードを合わせた後、大銅貨を六枚もらった。手の中の冷たい重みに心が浮き立つのを抑えることができない。

「わたし、お金持ったの、初めて」

「これ、オレ達が稼いだんだよな？」

自分達が納得できる紙が仕上がるまでの失敗の数々を思い返して、お金を見ると感動で心がいっぱいになる。

「ねぇ、ルッツ。春になったら、いっぱい紙を作って、いっぱい売ろうね」

「おぅ」

初めてのお金にうっとりしながら、わたしはやりきった満足感でベンノを見上げた。

「これで全部、終わったんですよね？」

しかし、ベンノはわたしの言葉に思い切り顔をしかめて、わたしの額を指で弾いた。

「おい、バカなことを言うな。お前の戦いは明日だ。大人のいないところで、あのくそじじいの孫娘とやりあうんだぞ？　気の抜けた顔をしている場合か⁉」

「え？　でも、子供だし、女の子同士ですよね？」

戦いというようなことになるとは思えない。わたしはフリーダの希望を聞きに行くだけだし、ギルド長も会議でいないし、やり合うようなことがあるだろうか。

「くそじじいが溺愛している孫娘で、数いる孫の中でも一番じじいに似ているという噂だ」

「お、おじいちゃん似？」

ギルド長の顔の女の子を想像してみたけれど、全く想像できない。

「まぁ、ルッツを連れていけるだけ、マシだ。呑まれるなよ。ルッツ、お前は無理に会話に入らなくていいから、マインが今日みたいに引き抜きをかけられそうになったら、絶対に阻止しろ。じじいの罠はどこに潜んでいるか、わからないんだ。いいな？」

「わかった」

……ルッツが真面目な顔つきで大きく頷いているけど、そこまで大袈裟にする必要あるかな？だって、相手は洗礼前の女の子だよ？

わたしが首を傾げると手の中で硬貨が擦れて音を立てた。

「……そういえば、フリーダの髪飾りって、いくらで請け負ったんですか？　ギルド長の指のサインが理解できなかったんですけど」

「じじいの出したサインが小銀貨三枚。色を付けさせて、小銀貨四枚だ」

ベンノの言葉にぎょっとする。糸の値段を考えても、髪飾り一つにそれはふっかけすぎだ。

「ちょ、え、えぇ!?　ふっかけすぎですよ！」

「きっちり仕上げろよ。冬の手仕事の宣伝にもなるし、売れ具合に係わってくるからな」

「あの、金額の訂正は……」

わたしの一縷の望みは、ベンノの一睨みで霧散する。

「俺があのじじい相手にすると思うか？」

「いいえ、全く」

答えた後で、カクンと項垂れる。小銀貨四枚に見合うだけの飾りを作らなければならないのだから、こちらのプレッシャーが半端ない。

「俺の紹介料と手数料と原価考えても、お前達の取り分が五～六割くらいになるか。気合い入れろよ。大丈夫だ。やっと見つけたことと、お前が今持っている飾りを売らなかったことで、さらに手に入りにくい印象が付いただろう？　それに冬の手仕事を前倒しで忙しい冬支度の時にねじ込む罪悪感と売り出し前の誰もつけていない冬の洗礼式で付ける特別扱いに対する金額だ。あまり気にするな」

……いくら理由をつけたところで、ぼったくりじゃないですか。マジ勘弁してください。

ギルド長の孫娘

次の日、三の鐘が鳴る前に中央広場へと到着し、ルッツと一緒にフリーダを待った。そういえば、フリーダの髪の色とか、雰囲気とか、目印になりそうなものを何も聞いていない。

「どうしようか、ルッツ？」

「あっちが呼びかけてくるだろ？　マインの簪って特殊だし、すぐそこにじいさんがいるんだから、聞けばすぐにわかるだろ？」

中央広場に面した商業ギルドの建物を指差してルッツが肩を竦めた。確かに問題なさそうだ。

「ねぇ、ルッツ。昨日、どうだった？　ウチはね……」

昨日、わたしとルッツは紙をベンノに売って、初めてお金を持って帰った。ウチでは皆が目を丸くしていたけれど、ルッツと一緒に紙を作った話をすると、「すごい」「頑張ったんだね」と褒めてくれた。そして、わたしが渡した初めてのお給料は生活費に組み込まれ、冬支度の贅沢品である蜂蜜を少し多目に買うことになったのである。

「ルッツは？　商人になること、認めてもらえそう？」

ルッツはわたしと紙を作り上げたことで、ベンノからは見習いになることを認められた。けれど、家族はどうだったのだろうか。ルッツの熱意を認めてもらえたのだろうか。

ルッツは苦い顔をして、肩を竦めた。

「……微妙。金を稼いだことは喜んでもらえたけど、商人はまだ。親父なんて、マインと一緒に紙を作って、売ったたって言ったら、紙を作る職人になれって言うんだ。職人ならいいって」

「ルッツのお父さんは、どうしても職人にしたいみたいだね」

自分達が物作りをしていることを誇りに思うのはわかるけれど、ルッツの希望とは違うから、落とし所を見つけるのは難しそうだ。

「でも、オレは職人になりたいんじゃなくて、ベンノの旦那みたいにこの街を出て商売をしてみたいんだよ。マインだって紙だけを作りたいんじゃないよな？」

「うん。わたしはこの後、紙を量産できるようになったら、紙作りは他の人に任せて、本を作る方に行きたい。本が増えないと本屋さんもできないし、図書館なんて夢のまた夢だからね」

本を増やすには、紙の量産ができるだけではダメだ。印刷技術が絶対に必要になる。メモ用紙を数枚重ねただけの本を作って喜んでいるようではダメだ。

……まだまだ先は長いなぁ。

「オレ、マインと一緒に本屋をするんなら、いいぞ。昨日さ、商業ギルドに書棚があるのを見て思ったんだけど、本を欲しがるのって、字が読める金持ちだろ？」

「まぁ、そうだね」

字が読めなくて当たり前のこの街の平民が本を欲しがるわけがない。本？　何それ？　おいしいの？　って、普通に言われそうだ。

「だったら、本屋なら色んな街の貴族に売りに行けるんじゃないか？　ほら、地図であった隣の領主のところとかさ」

本を買う人達の客層を考えれば、確かにそうなるかもしれない。

昨日のギルド会館で、地図を静かに見下ろしながら、自分の望みをしっかりと形作っていたルッツに感心していると、小さな足音がわたしの前で止まった。

「あなたが、マインさん？」

「へ⁉　あ、はい！　そうです。フリーダさんですか？」

「そうよ。今日はよろしくね」

ニッコリと笑ったフリーダはツインテールにされた桜色の髪がふんわりとしていて、茶色の瞳が穏やかに笑みを浮かべている、可憐で可愛い幼女だった。育ちが良いというか、厳しい躾をされているというか、仕草や言葉がとても大人びている割に、年齢より背が低くて幼く見える。人のことは言えないけれど、アンバランスな印象だ。

でも、どこからどう見ても、ギルド長に似ているように見えない。ギルド長に似ているなんて、ただの噂だったようだ。ベンノの杞憂でよかった。

「あなたがマインのお伴？　女の子だけでよかったのに……」

ルッツを見て、ほんの少し頬を膨らませたフリーダがそう言った。確かに、女同士のお話というのも心惹かれるけれど、そういうのは仲良しで気が置けない間柄に限る。今日の行き先はギルド長の家だ。とても一人で行く気になんてなれない。フリーダの言い方にカチンときた顔をしているルッツの手を握って、わたしはニッコリと笑った。

「わたし、体力なくて、よく倒れるので、ルッツがいないと外出できないんです。ベンノさんのお店にもルッツが一緒じゃないと入店禁止だから、ルッツがダメなら……」

帰ります、と言う前に、フリーダに言葉をかぶせられる。

「誰かが見ていないと危険なほど、よく倒れるなんて……あなた、もしかして、身食い？」

「はい？……身食い？」

耳慣れない言葉にわたしが思わず首を傾げると、フリーダもそっと頬に手を当てて、わたしと反対方向に首を傾げた。

「あら？　言葉がわからないかしら？……そうね、体の中に熱いものがあって、自分の意思と関係なく動くことがない？」

「あります！　この病気のこと、知っているんですか!?」

誰も知らなかった病気の情報が思わぬところから出てきた。わたしとルッツが身を乗り出して答えを待っていると、フリーダは少し困ったように笑う。

「……わたくしも、そうだったの。だから、まだ体が小さいでしょう？」

わたしが小柄で成長しないのも、気を抜くとちょっとしたことで倒れるのも、その身食いという病気のせいらしい。少し小柄なフリーダと二、三歳も年齢を間違えられる自分の体とを見比べて、ハッとする。

「どうしたら、治るんですか!?」

さっきのフリーダの言葉は過去形だった。つまり、治ったということだ。ルッツと顔を見合わせた後、わたしは食らいつくようにフリーダに問いかけた。フリーダは申し訳なさそうに眉尻を下げて、溜息混じりに小さく呟く。

「……お金がかかるの、すごく」

「ぅあ、絶望的……」

商業ギルドのギルド長をしているような商家のお嬢様が「すごくお金がかかる」と言うのだ。ウチの経済力では絶望的だ。がくーんと項垂れたわたしの肩をフリーダが優しく叩いた。

「でも、あなたはとても元気そうに見えるわ。目標に向かって全力を費やしているうちは大丈夫よ。その代わり、心が折れたり、目標を見失ったりした時に反動がくるから気を付けて」

……なるほど。森に行きたいと目標を定めたり、紙を作ると決めて活動したりしているから、ここ最近は元気なのか。木簡を諦めた時は死にかけたもんね。ん？　それって、まるで泳いでないと死んじゃう回遊魚みたいじゃない？

むーん、と唸りながら、初めて知った情報を頭の中で整理する。わたしの病気は身食い。元気でいるためには、目標に向かって動き続けるしかないらしい。

「納得したなら、我が家へ向かいましょうか？」


フリーダに案内されたギルド長の家も商家だった。一階の店はかなり大きく、ベンノの店よりも城壁寄りだ。城壁寄りなんて言葉は相応しくない。城壁のすぐ隣って感じで、神殿が間近に見える最高級の位置だ。

「わたくしね、洗礼式の行進を見るのが大好きで、いつも見ていたの。夏の洗礼式ではあなたの作った髪飾りがとても目立って見えていたのよ」

家がここなら、わざわざ外に出なくても、神殿に入って行く行列がよく見えるに違いない。

「初めて見る飾りだったから、おじい様にも聞いてみたのだけれど、情報は集まらないし、秋の洗礼式で広まっているわけでもなかったし、不思議で……」

「少し手間がかかるので、まとまった時間が取れる冬の手仕事じゃないと、作れないんです」

ウチの母が申しておりました、と心の中で付け加える。

「そうだったの……」

「売れれば、来年の春からはこの飾りが洗礼式の女の子を飾ることになるはずです」

「まぁ！　じゃあ、冬の洗礼式で付けるのはわたくしだけなのね？　楽しみだわ」

顔を輝かせるフリーダを見て、ベンノが言っていた「売り出し前の誰も付けていない冬の洗礼式で付ける特別扱い」はかなりプレミアム感があることに気付いた。

……プレミアムが付いたら、ぼったくりにはならないのかな？　ならなかったらいいなぁ。

フリーダの家と店がある建物は、全て従業員に貸していて、関係者以外は住んでいないらしい。

その二階の家へと通されて、ぎょっとした。

布が多い。オットーの家に行った時も思ったけれど、オットーの家で布が多いと思ったのは応接室だけだった。しかし、フリーダの家はどこもかしこも、タペストリーやクッションがあって、色彩が氾濫していて華やかだ。そして、棚があって、石造りの動物の置物や金属の像が飾られている。かなりお金持ちで、貴族に近い権力を持っているのが、見て取れた。

「お嬢様、どうぞ」

応接室に通された後、下働きをしている女性が飲み物を出してくれる。見慣れている木製ではなく、金属のカップに赤い液体が注がれていく。

「ありがとう。……これはね、コルデの果汁に蜜を加えて煮詰めて作ったコルデ液を水で薄めていただく飲み物なの。甘くておいしいわよ」

コルデという実が木苺によく似ているので、木苺ジュースのような物だろう。そう思いながら口を付けたら、予想以上に甘かった。滅多に甘味が口に入らないわたしは、自分の顔が笑み崩れていくのを自覚する。

「甘～い。おいしいね、ルッツ」

「本当だ。甘くてうまい！」

「気に入ってもらえてよかったわ。……それはそうと、どうしてウチに来ることになったの？」

フリーダが小首を傾げた。ギルド長は一体何と説明したのだろうか。よくわからないけれど、こちらからも説明した方が良いだろう。

「昨日、フリーダさんの洗礼式にこの飾りを作ってほしい、とギルド長から依頼されたんです」

わたしが見本として持ってきたトゥーリの髪飾りをトートバッグから取り出すと、フリーダがそれを見て小さく頷く。

「それは知っているわ。でも、おじい様なら勝手に選んで作ってしまうと思っていたの」

……さすが、孫だね。大正解。おじい様は勝手に注文して、サプライズするつもりでした。

「えーと、そういう言葉も出たんですけど、やっぱり本人の好みの色や当日の衣装に合わせて作った方が喜ばれると思って、希望を聞きたいとお願いしたんです」

フリーダの髪の色は桜色、つまり、淡いピンクだ。トゥーリの髪の色である青緑に合わせた飾りでは、どうにも似合わない。赤系の花にするか、いっそ白の花と緑の葉っぱのようなイメージで清楚にまとめた方が似合う。

「そう、おじい様にしては気が利いていると思ったけれど、あなたが止めてくれたのね？」

「もしよかったら、当日の衣装を見せてください。刺繍に使っている色も見たいんです」

明言を避けて、話題をさりげなくギルド長から逸らしたつもりだったけれど、お見通しと言わんばかりにフリーダはくすくすと笑った。仕草や言動がわたしより大人に見える。少なくとも、一緒に森へ行っていた子供達とは全く違う存在だ。

……上級の教育をされている子って、こんなふうに皆大人びているのかな？

「少し待っていて。衣装を持ってくるわね」

フリーダが席を外すと同時に、ルッツが大袈裟なほど大きな溜息を吐いた。じっとしていたのも辛かったのか、肩を回したり、首を振ったりして体を動かす。

「ルッツ、大丈夫？」

「オレ、会話には交じれないからな。どんな服にどんな色が似合うかなんてわからないし、あんな気取った言葉で話せねぇよ」

わたしもフリーダと話している時は、無意識に丁寧語になっているし、粗相をしないか緊張してしまっているので、ルッツの言葉には大きく頷いた。

「働くようになったら、気取った言葉も覚えた方が良いだろうけど、今日は希望を聞くのはわたしがやるよ。じっと黙っているのも大変だと思うけど、一人は心細いから、一緒にいてね」

「おぅ」

味方がいるだけで、心強い。わたしが安堵の息を吐いていると、フリーダが戻ってきた。

「お待たせしました。これが衣装よ」

「わぁ、素敵！」

フリーダが洗礼式で着るための衣装を持ってきてくれた。白が基調ということだけは、夏のトゥーリと変わらないけれど、生地の厚みが違う。具体的に言うと、フリーダの衣装には毛皮がもふもふしている部分があり、見るからに暖かそうだ。

何枚も何枚も重ね着して、もこもこになる自分の冬装束を思い浮かべて、わたしはうーんと唸った。夏の洗礼式は薄い生地だから、経済状況より裁縫の腕の方が重要だったけれど、冬の洗礼式では経済力による違いが顕著に出そうだ。

「フリーダさん、この色は好きですか？」

「えぇ。だから、刺繍してもらっているのだけれど？」

白の中に赤系の刺繍がされているのを見つけて、フリーダの髪と見比べる。これなら、服にも髪にもよく似合いそうだ。

「この刺繍に使った糸ってまだ余ってますか？　同じ色の花があると、まとまりが良いんです。もし、余っていればいただいてよろしいですか？　同じ色の糸を探してみます」

「えぇ、余っていたはずよ。今、持ってくるわ」

花飾りを作るための糸を少し分けてもらって、同じ色合いの糸をベンノに頼んで探してもらおう。フリーダに作る髪飾りは、ベンノがかなりぼったくりな値段設定にしたので、糸にこだわってもいいかもしれない。

「これだけで足りるかしら？」

もう一つ服の刺繍ができそうな量がある糸の塊を手にフリーダが戻ってきた。

「十分ですけど……」

「では、これでよろしくね」

深い赤の糸の塊をポンと手渡されてしまい、わたしは途方にくれる。

……ここで材料までもらってしまったら、ぼったくりに拍車がかかるんですけど、どうしたらいいですか⁉

でも、さすがに「ベンノさんがふっかけているので、原料分値引きします」なんて、わたしには言えない。ベンノとふっかけられたギルド長の関係がこれ以上ややこしいことになるのは、困る。それに、脳内でベンノに「お金は取れる時に、取れるところから、取れるだけ、取っておくものだ」と怒られてしまった。

うぅ、と唸りながら、ぼったくりにならない方法を考えていたわたしは、フリーダの髪型に目を留めた。今日のフリーダの髪型はツインテールだ。

「フリーダさん、当日の髪型はどんな感じにする予定ですか？」

「今日と同じだけれど？」

ツインテールならば、同じ飾りが二つ必要だ。髪飾りが一つではどうしようもない。

……うわぁ、確認してよかった。ついでに、ギルド長の先走りを止められてよかった。ギルド長の言う通りに作っていたら、あまり似合わない上に、片方分しかない髪飾りをもらってフリーダさんが困り果ててたよ。

「今日と同じ髪型なら、飾りが二つ必要ですよね？」

「……そうね」

フリーダも今気付いたと言わんばかりにハッとした顔になった。二つ作れば多少はぼったくりも緩和できる。わたしが安堵の息を吐いていると、フリーダが指を顎に当てて、少しばかり真面目な顔をした。

「金額を倍、払わなくてはいけないわね」

「いいえ、材料になる糸もいただいたので、この料金のままで結構です」

原価がほとんどかからない状態で、ぼったくり料金を二つ分もらうなんて、わたしにはできない。胃が痛くなる。

「でも、そういうわけにはいかないわ。その金額で作るとお約束したんですもの。きちんと二つ分の料金を払います」

「そんな！　材料をいただいたのに、二つ分なんて……」

払う、必要ないで、わたしとフリーダがエンドレスの言い合いに発展し始めた時、今までずっと黙っていたルッツがポリポリと頭を掻きながら、提案した。

「だったら、二つ目は半額にすれば？」

「え？」

「材料をもらってるから、マインは値引きしたい。フリーダは後々ギルド長とベンノの旦那の間で面倒が起こらないように二つ分払いたい。間をとって、二つ目は半額にしようぜ」

「ルッツ、天才！　それでいいですか、フリーダさん？」

ルッツが提案した落とし所に、わたしは一も二もなく飛びつく。わたしがくるりと振り向くと、フリーダは何とも釈然としないような不可解そうな顔をしていた。

「構わないけれど……お金は取れる時に、取れるところから、取れるだけ、取っておくものよ？」

可憐で可愛らしい見かけに似合わない言葉が飛び出してきた。フリーダは間違いなく商人の娘で、ギルド長の孫娘だったようだ。

「あの、それって、商人の心得ですか？　ベンノさんも同じことを言っていたような……」

「あら？　お商売というのはそういうモノでしょう？」

小首を傾げて、当たり前のようにそう言ったフリーダに、わたしは思わず頭を振った。

「限度ってものがあるというか、物には適正価格があるというか……。まぁ、落とし所が見つかって良かったです」

「あなた達って、変わっているわね」

くすりとフリーダが笑う。でも、それは嘲笑などではなく、とても友好的で、自然な笑顔に見えた。言い争って友情が芽生えたというほどでもないけれど、ちょっと垣根が取り払われたような、妙な連帯感が生まれたような、そんな感じだ。

商談と胸を張って言えるほどではないが、髪飾りについては一通りのことが決まった。

さっさとお暇《いとま》しようかと思ったけれど、コルデ水のお代わりが運ばれてくると、帰る気満々だったルッツの視線がコルデ水に固定された。わたしも甘味を楽しみたくて、誘惑されるまま、少しばかりの雑談タイムへと流れていく。

「そう、森で木の実を拾ったり、薪を拾ったりするの。まるで毎日がピクニックね」

「……薪拾いは生活がかかっているので、そんな悠長なものではないんですけどね。むしろ、薪を拾いに行く必要もないフリーダの生活の方が気になるんですけど。

「フリーダさんはどんなことをしているんですか？」商人の子供達は森に行きませんよね？」

「わたくしが一番好きなのは……ふふっ」

一拍置いて、フリーダがニッコリと笑って、口を開く。

「お金を数えることかしら？」

……え？　空耳？　気のせい？　耳がおかしくなったのだろうか？　可憐で可愛い幼女の口からとんでもない趣味が出てきた気がする。

「あら、少し違うわね。ごめんなさい」

予想外な回答に面食らっていると、フリーダが可愛らしくふるふると頭を振って、自分の発言を訂正する。ただの言い間違いか、とわたしが胸を撫で下ろしたのは、ほんの一瞬のことだ。

「数えるだけじゃなくて、貯めることも好きなの。袋の中にずっしりとした重みを感じるとすごく嬉しくなるし、お金がチャリチャリと擦れて鳴る音って、素敵でしょ？」

「……は、はぁ、そうかもしれませんね。わたしも貯金箱の重みが増えるのが嬉しかったです」

何とかその言葉を絞り出した後、わたしは軽く目を閉じた。

……幻聴じゃなかったんだ。趣味の話なんて振ったの、誰だよ？　わたしだよ！　わたしのバカバカ！　お菓子作りとか、刺繍《ししゅう》、なんて言葉が似合いそうなお嬢様の趣味がお金だなんて……知りたくなかったよ。

「まぁ！　あなた、わたくしの趣味がわかるの!?」

肯定されたことに気をよくしたのか、フリーダはいかにお金が好きなのかを語り始めた。

「わたくし、幼い頃から、金貨のきらめきが一番好きで、おじい様が月に一度収支を計算するところにご一緒して、金貨を数えるのが一番の楽しみでしたの」

……銅貨も銀貨もすっ飛ばして、金貨ですか。このお金持ちめ！

わたしがひがんでいる間にも、フリーダの熱の入った語りは続く。うっとりとしたように目を潤ませて、頬を上気させて、それは、それは、楽しそうに、金勘定と商売の拡大について熱弁をふるい始めた。

「最近では、どうすればこのお金が増えるのか考えたり、売れそうな商品を見つけたりするのも心が躍るんです」

……どうしよう。この子、すごく変な子だ。可愛いのに、残念すぎる。

「ねぇ、マイン」

「はい、何でしょう？」

半ば意識を飛ばして聞いていたわたしがハッとして姿勢を正すのと、フリーダがきらきらと輝く目でわたしの手をとってギュッと握るのは、ほぼ同時だった。

「わたくし、あなたのこと、とても気に入ったわ」

「ありがとうございます？」

語尾が不自然に上がってしまったのは見逃して欲しい。自分でもどこが気に入られたのか、全くわからない。首を傾げていると、ずいっと迫る可愛らしい笑顔でフリーダは頬を染める。

「あなた、わたくしと一緒に働かない？」

「ダメだ！」

わたしがどんな反応をするよりも速く、ルッツが即座に却下した。

「あら、だって、ベンノの店よりもウチの方が大きいし、長いことお商売をしているのだから、条件はいいでしょう？　まだ、洗礼式が終わって正式に見習いとなったわけでないのだから、ウチの見習いになることもできるもの。それに、わたくしはマインに聞いているの。あなたに聞いているわけではないわ」

……あれ？　この展開、確か昨日も……？

「お誘いはありがたいんですけど、ベンノさんに返しきれない恩があるので……」

お断りします、と続ける前に、フリーダがニッコリと笑って、台詞をかぶせてきた。

「あら、そんなの、わたくしが代わりに返してさしあげるわ」

「えぇ？　えーと……」

断ったつもりなのに、断れていない。噂に間違いはなく、ベンノの心配も杞憂ではなかった。

……確かにギルド長とそっくりだよ！　口調が違うだけで言ってることは丸々一緒だ！

笑顔を崩さないで、次々と店を替わるメリットを上げてくるフリーダにあわあわしていると、ルッツの機嫌が急下降していく。

「マイン、昨日と同じようにハッキリと答えてやれ」

「お、おお、お断りします！」

あんまりハッキリ断るのも子供を泣かせそうで怖いと思っていたが、断ってもフリーダは目を丸くしただけだった。むしろ、闘志に火がついたように、きらりと瞳をきらめかせた。

「あら、残念。……でも、まだマインの洗礼式までは時間がたっぷりあるし、商業ギルドに仮登録しているなら、顔を合わせる機会は何度もあるわよね。ふふっ、楽しみだわ」

何だろう。蛇に睨まれた蛙の心境というか、逃げ道を塞がれた気分というか、ぶわりと冷や汗が浮かび上がってくる。

……いくらぼったくってもいいから、ベンノさん、助けてぇ！

フリーダの髪飾り

フリーダの家を出て、わたしとルッツは帰途に就く。

にこやかに見送ってくれたはずなのに、命からがら逃げ出してきた気分なのは何故だろう。甘い物をいただいて、お話をしただけなのに、森に行くより疲れた気分なのは何故だろう。

「おや、やっと商談がお済みですか？」

「マルクさん？」

ベンノの店の前を通り過ぎようとしたら、マルクに呼び止められた。

明日、午後から今日の報告に来るように、と言われていたので、今日はそのまま帰るつもりだったが、マルクがニッコリと笑って、店に来るように手招きする。

「旦那様がやきもきしていらっしゃるので、今、報告をいただいてよろしいですか？」

「……はい」

勝手に二個目を半額にしてしまったことを、どう責められるだろうと考えただけで胃がキリキリするので、さっさと報告を終わらせてしまいたい。

「旦那様、マインとルッツを通してもよろしいですか？」

「おぅ、通せ」

開かれたドアの向こうには、さっさと来いと言わんばかりに机を叩くベンノの姿があった。

「……マイン、どうだった？　あのじじいの孫娘は」

「えーと、とても可愛らしい、噂に違わないお嬢様でした」

「取り繕った報告は良い。どう思った？」

せっかくオブラートに包んで表現したのに、ベンノはパタパタと手を振って、本音で話せ、と言いだした。わたしは溜息を一つ吐いて、本音を口にする。

「正直、外見と中身が違いすぎて、ビックリしました。でも、単にお金が大好きというだけではなく、洗礼前から身近にいるギルド長をよく観察して、お金を増やしたり、事業の拡大を狙ったりしているなんて、商売人としてはすごい才能だと思います」

「お前がすごいと思うのか……」

ベンノがガシガシと頭を掻いて、ハァ、と溜息を吐いた。

「えーと、何て言うか……可愛いけど、変わった子だったよね、ルッツ？」

万感の思いを込めて言うと、ルッツは軽く眉を上げて、お前が言うな、と言いたそうな顔でわたしを見下ろしてくる。ベンノが興味深そうにニヤリと唇の端を上げて、ルッツを見た。

「ルッツ、お前はどう思った？」

「昨日のギルド長と同じようにマインを勧誘してきたから、油断できないヤツだと思った。それから、オレは……マインと似てると思った」

「えぇ!?　どこが!?」

……心外すぎる！

衝撃的な言葉にわたしが噛みついて説明を求めると、ルッツは軽く肩を竦めて答えた。

「あいつがお金について語っている時と、本について語っている時のマインが同じ顔をしてる。二人とも自分が好きなことにしか目が向いていないところと、さっきマインが言ってたように、可愛い顔をして、中身が変なところがそっくりだ」

……あ、そうか。わたし、今、そこそこ可愛い外見なんだ。

家の中に鏡がなかったので、自分の容姿なんて桶の水に映った歪んだ影くらいしか見たことがなかったし、面と向かって褒めてくれるのは初対面の人と親馬鹿な父親ばかりだったので、ただのお世辞や社交辞令だと思っていた。

ただの本好きじゃなくて、むしろ、変人というのは、昔から散々言われていたので自覚もあるし、特に何とも思わないけれど、前は外見が別に可愛くなかった。見るからにオタクっぽい、図書室を根城にしてそうな外見だったので、ギャップがあるなんて言われたことがなかった。

わたしは、姉妹で似ていると仮定して、トゥーリの外見の幼女がこの辺りには存在しない本を求めて、奇行とも思えるような大奮闘している様子を思い浮かべて、その残念さに項垂れた。

「……ごめんなさい。ちょっと反省する」

「反省はたっぷりしてくれ」

「うぐぅ……」

凹むわたしの前で、ニヤニヤとやりとりを聞いていたベンノがトントンと指先で机を叩いた。

「それで？　商談はまとまったのか？」

「えーと、フリーダさんは髪を二つに結っていたので、飾りも二つ作ることになりました」

「ふーん、利益は二倍か」

当たり前のように言ったベンノの言葉に心臓がビクッと縮みあがる。報告しないわけにいかないが、報告したら絶対に怒られる。

「いえ、その、えーと……」

「何だ？」

ベンノの赤褐色の目が、ぎろりとわたしを見た。うひっと息を呑んで、何と説明しようか、あわあわしていると、ベンノの視線がわたしからルッツへと向かう。

くいっとベンノの顎が上がった瞬間、ルッツの口が開いた。

「お嬢様に材料になる糸をもらったマインが、そのままの値段で二つ作るって言いだして……」

「ルッツ⁉」

「何だと⁉」

わたしとベンノの反応を完全に黙殺してルッツは続ける。

「金額は決まっているから、二つ分きっちり払うって、お嬢様が言い張って……いつまでたっても決着がつかなそうだったから、オレが口を出して、二つ目を半額にすることで合意した」

簡潔で的確なルッツの報告にベンノは眉を上げて、わたしを見た。

「マイン、お前、阿呆か？　聞いてなかったのか？　覚えていなかったのか？」

「うっ、覚えていたから、材料もらっても一つ目は値引きしなかったんですよ。でも、半額で合意した時、フリーダさんにも、お金は取れる時に、取れるところから、取れるだけ、取っておくものって、言われました」

「商談相手に言われてどうするんだ？」

ハァ、とベンノが呆れたように額に手を当てて、頭を振った。商談相手に指摘されるのは、確かにちょっと情けない、とわたしも思ったけれど、ぼったくりは胃に優しくない。

「でも、利益の上乗せにも限度があるっていうか、適正価格に反しているというか、お腹が痛くなるので、これ以上は勘弁してください」

「商人が金をとって腹を痛めてどうする？　まったく……。まぁ、お前の利益が減るだけだ。二つ目の料金をきっちり取ってきたのなら、それでいい。変な噂が流れて、ここで買えば二つ目は無料だと聞いた、なんてごり押ししてくる客がいないわけでもないからな。負けてもいい相手かどうかはよく見極めろ」

そんな客の存在までは全く思い至らなかった。ここでの商売の仕方を知らないわたしの常識で動くな、と釘を刺されたようで、深く項垂れる。

「うっ、そこまでは考えてませんでした。すみません。それで、これがフリーダさんからお預かりした糸なんですけど、これに釣り合うレベルの白い糸が欲しいんです。長さはえーと……」

わたしはトートバッグの中からメジャーを取り出し、自分の指先から指先まで伸ばす。

「これくらい……百フェリくらいの長さでお願いします」

「わかった。明日、マルクと一緒に糸問屋に行って来い。ついでに、冬の手仕事用の糸も仕入れてくればいい」

もう帰っていい、と言われたので、わたしはルッツと一緒にベンノの店を出て家に帰った。疲れ果てたサラリーマンの気持ちが今ならすごくよくわかる。家に帰って癒されたい。

「ただいま」

「おかえり、マイン。今日会った女の子はどんな子だった？　お友達になれた？」

料理番のトゥーリが鍋を掻きまわしながら、ニコリと笑う。顔が可愛くて、面倒見が良くて、優しくて、最近料理の腕も上がってきた料理上手（予定）で、針子仕事もしている裁縫美人（予定）なトゥーリを見て、胸にじわりと感動的なものが込み上げてくる。

「トゥーリ～！」

ぎゅうっと抱きつくと、トゥーリが少し眉根を寄せて、顔を覗きこんできた。

「どうしたの、マイン？　嫌なことでもされたの？」

「トゥーリは天使だよ。わたしの癒し。トゥーリは最高のお姉ちゃんなのに、わたしは病気持ちで役立たずってだけじゃなかったんだよ。今日、ルッツに言われて、外見詐欺の変な妹だったって、気付いた。ごめんね、トゥーリ」

「ハァ……。今更？」

溜息を吐きながら、わたしの頭を何度か撫でた後、トゥーリは寝室の方を指差した。

「マイン、料理の邪魔だよ。荷物を置いたら手伝って」

「うん」

トートバッグを置いて、トゥーリのお手伝いをする。小さい小さいと言われながらも、ちょっと背が伸びたので、台に上がれば鍋を混ぜることが危なげなくできるようになった。

わたしは焦げ付かないように鍋を混ぜながら、今日あったことをトゥーリに報告する。

「それでね、その子はフリーダって言うんだけど、とっても可愛い子なのに、趣味がお金でね。一番好きなのは金貨を数えることなんだって」

「金貨⁉　そんなの見たことがないよ。数えられるだけあるなんてすごいお金持ちだね」

トゥーリはフリーダの変な趣味というより、金貨の量に意識が飛んだようだ。この辺りでは金貨なんて、一生かかっても見ることがないと思われるので、インパクトが大きいのはわかる。

「家もすごかったよ。飾りや布もいっぱいあって、とってもきれいだった。あ、それで、フリーダが教えてくれたんだけど、わたしの病気の名前は身食いって言うんだって」

「……聞いたことないね」

知らない病名らしく、トゥーリは首を傾げた。知っている人が滅多にいないので、仕方ない。

「とても珍しい病気みたい。オットーさんやベンノさんも知らないって言ってたから。フリーダが知っていたのは、フリーダも身食いだったからなの。でも、治すにはすごくお金がかかるって、言ってた。あんなお金持ちがすごくお金がかかるって言うんだから……」

「ウチでは無理だね」

トゥーリはあっさりとわたしと同じ結論に行きついた。考えるまでもない。熱で倒れても医者を呼べない経済状況ではどうなるものでもないだろう。

「……うん。でもね、悪くならないようにするにはどうすればいいか教えてくれたよ」

「そうなの？」

「目的や目標を持って、全力で頑張っている時は大丈夫なんだって」

「そうなんだ。マインは好きなようにやってるから、最近は元気なんだね。前はトゥーリばっかり好きなことができてずるいって泣いてたのに……」

そういえば、熱が出るたびによく泣いてトゥーリを困らせてたマインの記憶も多かった。さらっと前と比べる発言が出るってことは、トゥーリはやっぱり変わったことに気付いているかもしれない。考え込んでいると、トゥーリが慌てたように頭を撫でてきた。

「落ち込まないで。元気になってよかったって思ってるから。それで、髪飾りはどうだったの？」

「フリーダの好きな色も聞いたし、衣装の刺繍に使った糸ももらってきたよ。それで、作るつもりなの。フリーダは髪を二つに結うから、二つ飾りがいるんだよ」

「ふぅん、そうなんだ」

二人で準備しているうちに母さんが帰宅し、しばらく夜番続きであまり顔を合わせていなかった父さんが久し振りの昼番から帰ってきた。

家族全員が揃う夕飯を久し振りに食べながら、ギルド長の家の話をした。そんな金持ちの家に出入りすることなんて普通はないので、皆興味津々で聞いてくれる。

母さんは飾られているタペストリーやクッションに一番興味があるようで、父さんは応接室の棚に並んでいた酒の銘柄に関心を示していた。トゥーリはフリーダの着ている物や持ち物が気になるようで、質問は専らフリーダの持ち物についてだった。

思った以上に盛り上がった夕飯の後、わたしは母さんを捕まえて、糸用のかぎ針を返してほしいと頼んだ。

「何するの？」

「髪飾りを作るの。昨日言ったでしょ？　フリーダが欲しがってるって。今日、注文を取ってきたんだよ。衣装の刺繍に使った糸も、これで作ってほしいって言われて、預かってきたの」

「その糸、見せてちょうだい」

裁縫上手で染色を仕事にしている母さんは、持ち帰ったフリーダの糸に興味津々な様子を隠そうともしない。裁縫箱からかぎ針を取り出すと、さぁ、急いで取ってきて、と催促した。

わたしがトートバッグから糸を取り出して、台所のテーブルの上に置くや否や、母さんが手にして、まじまじと見つめる。針子見習いをしているトゥーリも、お金持ちのお嬢様の衣装に使う糸には興味があるようで、いそいそと覗きに来た。

「こんなに深い赤に染めようと思ったら、すごく手間がかかるのよ」

「やっぱり良い糸を使っているんだね」

うっとりとした様子で糸を摘む二人の前で、わたしは早速かぎ針を構えた。

「髪飾りね、珍しいから、結構高い値段で買ってくれるんだって。だから、頑張って作るの」

「わたしの髪飾りと同じ感じ？」

トゥーリの時は糸の節約を一番に考えて、残っている数色の糸で小花をできるだけ作ったが、フリーダから預かってきた赤い糸はたっぷりある。そして、あれだけ利益を上乗せしているのだから、トゥーリの髪飾りより、もっと凝った物にするつもりだ。わたしなりの誠意である。

「もっとお花を大きくするの。糸もたっぷりあるから」

イメージは赤いミニバラ数輪とかすみ草のブーケだ。お金持ちのお嬢様と言ったら、一番にバラが思い浮かぶ貧困な想像力しかない自分が悲しい。

……でも、やっぱりバラって華やかだし、見栄えがするんだよね。

最終的にくるくると巻いた時、花弁っぽくなるように、わたしはギザギザのレースになるようなイメージで編んでいく。適当な長さになったら、くるくる巻いて、底になる片方だけを糸で縫いとめて、花弁の方を少し広げると、小さなバラの形になった。

「わぁ、可愛い！」

トゥーリから褒めてもらったので、調子に乗ってもう一つ編み始める。お酒を飲みながら様子を見ていた父さんが、うずうずしながらわたしの手元を見ている母さんに問いかけた。

「なぁ、エーファ。そんなに気になるんだったら、もう一つ、かぎ針作ってやろうか？」

「父さん、わたしも欲しいから二つね！」

感激した母さんに抱きつかれ、可愛いトゥーリのおねだりも加わって、父さんはご機嫌で、木を削り始めた。一度わたしのかぎ針を作ったことがあるので、比較的短時間で細いかぎ針を作っていく。

先にできたかぎ針をトゥーリが握って、一緒に編み始めた。針子見習いに行くようになって、器用さがレベルアップしているらしいトゥーリはちょっと教えれば、すいすいと編めるようになった。ぶっちゃけ、わたしよりも速い。

母さんは食い入るようにわたしの手元を見ていたせいか、作ってもらったかぎ針を満面の笑みで握りしめると、わたしが教えるまでもなく、猛然と編み始めた。

「マイン、父さんがこの簪部分を作ってやろうか？」

かぎ針を作り終わって手持ち無沙汰になった父さんがやる気満々の顔で言った。一緒に作業したい父さんには悪いけれど、それはルッツの仕事だ。取られるとフリーダのところにも一緒にお邪魔するという大義名分がなくなる。

そして、自分が作っていないのに、お金だけ受け取るようなルッツではないので、ずっと一緒に行動してもらっているのに、ルッツだけ無報酬になってしまう。

「気持ちだけもらっておく。それはルッツの仕事だから、取らないで」

「ルッツ、ルッツって、マインは最近父さんに冷たいんじゃないか？」

わかりやすく父さんが拗ねる。家族に対する愛情過多で、オットーやルッツといると妙なヤキモチを妬くのだ。時々面倒くさい。ハァ、と溜息を吐いて、わたしは頭を振った。

「どうせ簪を作るんだったら、父さんは他の子の簪じゃなくて、わたしの簪を作ってくれない？　わたしも洗礼式には髪飾りを付けるつもりだから、先に穴をあけたのが欲しいんだけど……」

「なんだ、マイン。他の子の分は作らないでほしいのか？　ヤキモチか？」

……違うし。なんでそんな感想が出てくるのか、全然わからないし。

脳内で一体どんな妄想があったのか、父さんはニヤニヤと嬉しそうに笑いながら、わたしの簪を作り始めた。父さんの機嫌が一気に上昇したので、わたしはかぎ針に視線を戻す。父さんと話をしている間に、トゥーリと母さんにずいぶん差を付けられてしまった。

「赤い花はこれくらいあればいいよ。今作っているので、最後ね」

同じようなバラをいくつか作るのだが、三人で作るとあっという間にできあがる。特に母さんが速い。一番遅いのが注文をとってきたわたしだ。

「えぇ？　もう終わり？」

よほど楽しく編んでいたのか、不満そうにトゥーリが唇を尖らせたけれど、わたしはバラの形を作りながら、軽く肩を竦める。

当初は左右の飾りにミニバラを三つの予定だったのが、気付いた時には数が増えていて、四つずつになっていたのだ。飾りの大きさを考えても、これ以上は必要ない。

「他人から預かった糸を無駄遣いするわけにいかないでしょ？」

「あ、そうだね。こんな綺麗な糸、無駄に使えないよね」

しょんぼりとしながら、トゥーリは納得して、かぎ針を片付け始めた。

「あとはベンノさんに頼んである白い糸で小さい花をたくさん作るの。白い糸もこの赤に釣り合う糸だから、良い糸だと思うよ。明日持って帰ってくるから、白い花を手伝ってね」

「楽しみにしてる」

嬉しそうにトゥーリが裁縫箱を抱えて笑う。

……うーん、トゥーリのこの調子なら、冬の手仕事は籠作りじゃなくて、髪飾りを一緒に作った方がいいかも？

次の日、マルクとルッツとわたしの三人で糸問屋へ仕入れに出かけた。前に簪を作る時に職人と一緒に訪れた店だ。最高級の糸らしいシュピンネの糸を購入していったことで、よほど印象深かったのか、店主はわたし達の顔を見ると、すぐに立ち上がった。

「おや、前にシュピンネの糸を買って行ったお客さんじゃないか？　また必要かい？」

「えぇ、それは後日、職人と一緒にまた注文します。本日は別の糸が欲しくて伺ったのです」

マルクの言葉から、春までに職人に簪を作ってもらうと言っていたベンノの言葉を思い出した。フリーダの髪飾りと冬の手仕事で頭がいっぱいだったけれど、忘れずに春の紙作りの準備も手配しておかなければならない。

……メモ帳が欲しい。擦れたら消えちゃう石板じゃなくて、メモ帳が欲しい。

「今日は何がいるんだい？」

「あの、これと同じ感じの白い糸が欲しいんです」

わたしがトートバッグから糸を取り出すと、店主はまじまじと見て、小さく唸った。

「かなりの高級品だな。合わせて使っておかしくない糸は、この辺りだ」

二つの糸を取り出して、わたしの前に置いてくれる。持ってきたフリーダの赤い糸と並べて、何度か見比べた後、綺麗に赤が引き立つ方を選んで、店主に渡した。

「これを百フェリと、そこの緑も百フェリください。あとは、一番安い糸でいいので、たくさんの色が欲しいんです。それは二百フェリずつお願いします」

フリーダのための糸と冬の手仕事のための糸は別の発注書が必要だ。わたしはトートバッグに常に入っている発注書セット――発注書用の木札、メジャー、インク、木を削って作られたペン――を取り出す。そして、注文を終えると、その場でガリガリと発注書を書いていく。

安い糸はあまり発色が良くない物も多いけれど、大銅貨二枚辺りまで値段を下げようと思ったら糸にこだわることはできない。

髪飾りは普段の生活で付けることはほとんどないので、ハレの日だけに付ける物になる。たった一回のために払っても惜しくない値段でなければ、買ってもらえないのだ。孫娘のためとはいえ、髪飾り二つに小銀貨六枚も払えるギルド長を基準に考えてはならない。

「手仕事用の糸は準備に時間がかかるから、準備ができてから店に運ぶのでいいかい？」

「はい。お願いします」

わたしはフリーダの髪飾りに使う高級な糸だけをバッグに入れて、店を出た。糸問屋からは家が近いので、マルクとは糸問屋の前で解散して、家に帰ることにする。

帰りながら、昨日の夜のうちに赤い糸を使った部分はできあがったことを報告すれば、ルッツが目を丸くした。

「え？　もう髪飾りできるのか？　まだ日があるからゆっくりやるって言ってただろ？」

「明日か明後日には仕上がると思う。母さんとトゥーリまでやりたがって、わたしより上手くて速いから、あっという間にできたの。わたしだけだったら、もっと時間がかかってたよ」

当初の予測では、昼間は森に行ったり、店に行ったりしなければならないので、夕飯から寝るまでの時間を使って、七～十日くらいかけて作るつもりだった。まさか、たった一日で作業がなくなるとは考えてもいなかったのだ。

「わかった。オレも簪の部分、すぐに作る」

「うん、お願い。仲間に入りたい父さんが作りたがってたから……」

「マジかよ……」

仕事を取られそうなルッツが、溜息と一緒に項垂れる。

「……でも、仕事をウチの家族にとられて、どうしようって思ってるけど、本当はどうしようじゃないんだよね？　作業は他の人に任せて、物の売買をするのが商人なんだから。ベンノさんなんて何も作ってないけど、わたし達の作った物の手数料で儲けてるでしょ？」

「そっか。そうだよな」

ルッツもハッとしたようにわたしを見た。作らなければお金がもらえないのではない。物を移動させることでお金を生み出すのが商人だ。まだわたし達の意識は職人に近いのだ。

「今回はわたしとルッツが一緒に作るって、ギルド長やベンノさんに言っちゃったし、急に意識を変えるのも難しいけど、一緒に商人の仕事について、もっと勉強しようね」

「おぅ」

家に糸を持ちかえると、案の定、わたしがするはずだった仕事は、母さんとトゥーリにとられてしまった。わたしが小花を一つ作る間に、トゥーリは二つ、母さんは四つも作るのだ。あっという間に終わってしまう。緑の糸で葉っぱのような飾りも作ろうとしたけど、ほとんどが二人の手によって作られてしまった。わたし、今回もいまいち役立たずだった。

……結論。わたし、やっぱり裁縫美人は無理っぽい。商人見習いへの道を切り開いて正解だったね。

髪飾りの納品

ルッツが作った簪部分と花の部分を縫い合わせて、完成した髪飾りに、ほぅ、と自画自賛の溜息を吐く。フリーダのために作った髪飾りは、自分が予想していたよりも、かなり豪華な仕上がりとなった。

深い赤のミニバラが四つ配置され、バラの周囲を白いかすみ草をイメージした小花が連なって赤を際立たせている。そして、白い小花の外側にところどころから葉っぱの形の緑が顔を出して、アクセントとなっていた。

「……なぁ、マイン。トゥーリの髪飾りとずいぶん違わねぇ？　すっげぇ豪華なんだけど」

完成した髪飾りを見たルッツが、ひくっと顔をひきつらせるくらい良い出来だ。

理由は簡単だ。まず、使っている糸の質が違う。細くて艶のある糸を使っているので、仕上がった花も目が細かくて艶やかだ。そして、技術力が違う。大半をわたしが作ったトゥーリの髪飾りと違って、母さんとトゥーリによって作られているため、目が揃っていて、緻密なのだ。

「衣装に使われている素材や雰囲気から考えても、フリーダにはトゥーリの髪飾りより絶対こっちが似合うと思わない？」

「似合うとか似合わないって言うのは、オレ、わかんねぇよ」

頭を振って答えるルッツに、わたしは腕組みしながら考える。

「うーん、それも勉強しなきゃね。ベンノさんが扱っている商品って、服飾関係みたいだし、どんどん貴族向けの物が増えているみたいだから」

苦手なことからはやはり目を逸らしたいのか、ルッツの視線がふらりと虚空をさまよう。

「あ～、マイン。できた髪飾り、どうする？」

「一度ベンノさんに見せてから、ギルド長に納品した方がいいと思うんだよね。今からベンノさんのところに行こうよ」

完成した髪飾りを小さな籠に入れて、上からウチの中ではまだ比較的綺麗なハンカチを被せて、他の人からは見えないようにした。

「マインが籠を持てよ。オレ、そのバッグ持ってやるから」

石板、石筆に発注書セットが入ったバッグは、わたしにとって結構重いので助かる。素直に感謝してルッツにトートバッグを渡し、わたしは小さな籠を手に持った。


「おや、今日はどうしました？」

マルクがわたし達の姿を見つけて声をかけてくれる。

「髪飾りが完成したんです。ギルド長に納品する前に、ベンノさんに一度見せておいた方がいいかなと思ったんですけど……」

「どれ、見せてみろ」

いきなり背後からベンノの声がかかって、ひゃっ、と小さく飛び上がる。振り返ると、貴族のところへ行っていたらしく、隙なくきっちりと豪華な服に身を包んだベンノが立っていた。

「お帰りなさいませ、旦那様」

「あぁ。……来い、二人とも」

マルクに軽く頷き、ベンノが奥の部屋へと向かったので、わたし達もその後をついていく。

「それで、できあがった髪飾りはどこだ？」

テーブルに向かって座ると同時に声をかけられ、わたしは小さな籠の上にかけていたハンカチを取って、ベンノの前にそっと差し出した。

「こんな感じでどうでしょう？」

一つを取り上げて、眺めていたベンノが髪飾りを籠に戻した後、大きな溜息を吐いた。

「……マイン、お前、二つ目を値引きする必要はなかったぞ」

「え？　これでも結構ぼったくりだと思ってるんですけど……材料費が糸だけでしたから、利益が小銀貨三枚くらいにはなるでしょう？」

「物の価値をよく勉強しろ。お前が持ち込んだ物は全て贅沢品だ。高級な贅沢品がどれくらいの値段で扱われているのか知らないと、市場を混乱させることになる」

「……すみません」

自分の感覚とこの世界の物価が噛み合っていないことはよくわかっているし、ベンノが市場の混乱を防ぐための防波堤になってくれていることも理解できた。衣類や装飾品が高価なことも良くわかっているけれど、どれくらいの物がどれくらいで売られるのか、街の中の店を自由に見て回る体力がないわたしにはわからない。特に、高級品を取り扱う店には、恰好と年齢で入店を断られるので、尚更だ。

……それにしても、贅沢品か。簡易ちゃんリンシャンにしても、紙にしても、髪飾りにしても、当たり前に周りにある物だったからねぇ。

ここにはほとんどないと頭ではわかっていても、感覚ではそうもいかない。なければ、何かで代用できないか、自分で作れないか、どうしても考えてしまう。

「ベンノさん、これをギルド長に納品したいんですけど、どうしたらいいですか？　ギルド長に会えるように約束を取り付けたいんです」

「そうだな。せっかくだから教えておくか」

発注書セットを取り出して、木札にギルド長との面会予約と書き、名前と用件を書きこむ。

「これをギルド三階の受付に渡せばいい。面会の時間が決まれば、ギルド職員が店に面会時間を書きこんだこの木札を返してくれる」

「じゃあ、帰りに出しに行こうか？」

「あ～、待て。二人だけで行ったら、その場で餌食だ。俺が一緒に行く」

……受付に予約票を持っていくだけなのに大袈裟な。

ベンノが着替えた後、わたし達は商業ギルドに行った。今回は自分のギルドカードを出して、上の階へと向かう。ちゃんと三階へと通ることができた。ちょっと偉くなった気分だ。

そして、ベンノに教えられた通りに受付で面会予約の木札を出す。一仕事終えた感動に、ルッツと笑いながら帰ろうとしたら、受付の人に呼び止められた。

「少々お待ちください。マインとルッツと名乗る者が来たら、通すように言われています」

「へ⁉」

ギルド長の部屋に向かうように、と言われて、右往左往するわたし達にベンノが「それ見たことか」と呟く。わたし達二人だけだったら、本当に餌食になっていたかもしれない。

……おぉう、ベンノさん、大正解！　ベンノさんがついてきてくれてよかったよぉ。

ギルド長の部屋に通され、ギルド長がちょっと嫌な顔をしながらも、ベンノも一緒に迎え入れてくれた。

「今日はどうした？」

「フリーダさんの髪飾りができたので、持って来ました」

「では、見せてもらおうか」

わたしは持っていた小さい籠を出して、ハンカチを退けて、そのまますいっとギルド長の前へと押し出した。ベンノから合格をもらったのだから大丈夫だとは思うが、心臓がバクバクするのは止められない。

ギルド長は籠の中を覗きこんで、髪飾りを一つ取り出すと、真剣な眼差しで検分する。クッと眉尻を上げて、わたしを見た。

「……これは、前に見せてもらった物とずいぶん違うようだが？」

「一応値段に合わせた特別仕様なんです。もしかして、前に見せた物の方が良かったでしょうか？　フリーダさんとお話をして、髪型や衣装に合うように作ったつもりなんですけど……」

気に入られなかったか、と顔を青くするわたしにギルド長は慌てたように首を振った。

「いや、ここまで素晴らしい物になると思っていなかったので、驚いただけだ。確かにフリーダによく似合うだろう」

「そうですか。よかったです」

お断りされたわけではないと胸を撫で下ろしたわたしに、ギルド長が目をギラリと光らせた。

「マイン、やはりウチ……」

「マイン、用件は終わったな。帰るぞ」

ギルド長に最後まで言わせず、ベンノがわたしとルッツの腕をつかんで立ち上がる。用件が終わったので、このままお暇しても良いかな、とおとなしくベンノについていこうとすると、ギルド長が必死に引き留めてきた。

「いや、待て。せっかくなので、直接フリーダに渡してやってほしい。女の子の友達ができたことをとても喜んでいたぞ。フリーダに同じ年頃の友人ができるなんて、わしは初めて聞いて、感動している」

……ほへー、フリーダに初めての友達ができたんだ。それはめでたいね。

他人事として呑気にそう思いながら、ギルド長の感動を聞いていると、ベンノがしゃがんで、こそっと耳打ちしてきた。

「……お前、あのじじいの孫娘と友達になったのか？」

「え⁉　わたし⁉……えーと、どうなんでしょう？」

一方的に気に入られたことはわかっているが、これを友達と言うのは違うと思う。でも、孫娘に友人ができたことをこれほど喜んでいるギルド長の前でハッキリと否定はしにくい。

「いつ遊びに来てくれてもいいようにお菓子を作って待っているはずだ」

「……お菓子？」

つい反応してしまったわたしの額を、ベンノがビシッと指で弾いた。隙を見せるな、ということだとはわかるが、甘い誘惑に反応してしまうのは止められない。

「よし、わしがフリーダのところへ連れて行ってやろう」

フリーダを抱き上げることもあるのか、ギルド長は軽々とわたしを抱き上げて、部屋を出る。

「こら、待て。俺も一緒に行くぞ」

「マインが行くならオレもだ」

目の前で掻っさらわれたことに、ぎょっと目を剥いたベンノとルッツが慌てて追いかけてきた。

何だか行くことに決定しているようだが、ギルド長の家は城壁の間近で、ベンノの店よりウチから遠くなる。正直、行ってしまうと、家に帰るだけの体力が残らないと思う。

「……ギルド長、わたし、体力ないから、今日はこれ以上歩けないんです」

「別に歩く必要はない。馬車を使うからな」

「馬車⁉」

乗り物という発想はなかった。大通りを行き交う行商人や農民は荷馬車や荷車を使っているけれど、わたし達の生活圏では、荷車さえ一家に一つあればいいという物で、使えるのは大人だけだ。当たり前だが、ゴムのタイヤなどないので、荷物を載せると大人でもひくのに相当力がいる。子供が使えるような物ではない。というより、子供は一家に一台あるかないかの大事な荷車なんて使わせてもらえない。移動手段は自分の足。そういうものだった。

しかも、馬は高い。ロバは比較的雑食だが、馬は食料にする飼い葉が高いので、維持費がとんでもないらしい。

……くぅ、お金持ちめ。

ギルド長の金持ち具合をひがんでいるうちに、商業ギルドの一階に着いていて、ギルド長の馬車に乗せられていた。ハッと我に返った時にはベンノもルッツも馬車に乗り込んできて、全員でフリーダのところへ納品に行くことになった。

去年の冬支度の頃に荷車には乗せられたことがあるけれど、動物がひく乗り物に乗るのは初めてだ。ルッツと二人できょろきょろしているとギルド長に苦笑された。

「ほぅ。マインは馬車が初めてか？」

「門や大通りを通っているのを見たことはありますけど、わたしやルッツの周りで持っている人なんていませんから」

本来は大人二人乗りの馬車なので、かなり狭い。きちんとした座席に大人二人が座り、わたしとルッツは荷物を置くための台のような場所に申し訳程度にお尻を置いているだけだ。わたしとルッツが子供だから何とか乗れているだけで、きゅうきゅうだ。

「……窮屈だな。ベンノ、降りろ」

「それなら、マインも連れて帰る」

しばらくベンノとギルド長が睨みあっていたが、結局、きつきつのまま馬車はゆっくりと動きだした。ガクンガクンと揺れて、とてもじっと座ってなんていられない。ルッツは乗り降りするための取っ手にしがみついていて無事だが、わたしはつかまるところもないので、ガクンガタンと揺れるたびに椅子から飛び出しそうになる。

「うわわわわっ！」

「マイン、こっちに来い」

見かねたベンノが膝の上に座らせて、お腹に腕を回して、飛ばないように押さえてくれた。それでも、揺れればお尻が浮きそうになるし、ちょっと油断すればわたしの頭がベンノの顎にダメージを与えそうになる。サスペンションがない馬車が揺れることはわかっていたが、ここまでひどいとは思わなかった。

……うぅ、馬車なんて、全然優雅じゃないよ。

「フリーダ、マインが髪飾りを持ってきてくれたぞ」

「まぁ、マイン。いらっしゃい」

桜色の髪を揺らして、フリーダがやんわり穏やかそうな笑顔を浮かべてやってくる。

「お邪魔します」

「フリーダ嬢、はじめまして。ベンノです。マインからお話を伺っています」

「まぁ、どんなふうに話してくれたのかしら？」

……穏やかでにこやかな挨拶なのに、寒気がするよぅ。

ベンノとフリーダの挨拶に背筋を震わせていると、ルッツがぎゅっと手を握ってくれた。ちらりとルッツを見ると、心なしか青ざめて見える。わたしもルッツも商人同士の目に見えない争いにはまだ加われない。いつかあんなふうに微笑みながら火花を散らし合うような真似ができるようになるんだろうか。

「フリーダ、わしはベンノと話がある。お前はマイン達からお前の髪飾りを受け取って、代金を払っておいてくれ」

「わかりました、おじい様」

ギルド長はそう言うと、ベンノを連れてギルド長の部屋へと向かい、わたしとルッツは前回と同じように応接室に通された。それと同時に甘い飲み物と甘いお菓子が運ばれてきて、テーブルの上にうっとりするような甘い匂いが立ちこめる。

「女の子は甘い物が好きだから、いつ遊びに来てくれてもいいように準備しているのよ。マイン、暇があったら遊びに来てね」

「はい！」

わたしが超絶笑顔で答えると、ルッツにテーブルの下で手をつねられた。

……甘い誘惑に負けちゃダメだった。負けちゃダメ。負けちゃ……くんくん、幸せ～。

薄いピザ生地の上に蜂蜜漬けのナッツを置いて焼いてあるお菓子が切り分けられた。

「さぁ、マインもルッツも召し上がれ」

「いただきます」

……はむはむ。たっぷりの蜂蜜が甘くて美味しい。なんて贅沢なお菓子。ここは天国ですか？

日本で食べたナッツのタルトを思い出しながら、ひとしきり食べて満足した。やっぱり甘い物を食べると幸せな気分になる。

「ごちそうさまでした。とても美味しかったです」

「そんなふうに喜んでもらえると嬉しいわ。料理人にも伝えておくわね」

……わぁお、料理人ですってよ、奥さん。お菓子を作って待っているって、料理人がお菓子を作って、フリーダは待っているだけってことだったんだ。何この格差社会。

「では、髪飾りを見せていただいてもよろしいかしら？」

「はい。あ、その前に、余った糸、お返ししますね」

「……あら、別によかったのに」

「いいえ、こんな高価な糸はいただけません」

ギルド長やフリーダと話していると、無料ほど怖いものはないと、心の底から思う。安易に物を受け取ってはならない。誘いに乗ってはならないのだ。

「これが、フリーダさんの……」

「マイン、わたくし達はお友達なのだから、フリーダと呼んでくださいな」

可憐で可愛い幼女に、にこやかな笑顔でそう言われて、「友達じゃないよね？」なんて言えるわけがない。しどろもどろになりながら、逃げ道を探す。

「え？　でも、お客様だから……」

「あら。……では、これで、お客様は終わりよ」

ニッコリと笑ったフリーダが、髪飾りの入った籠を自分の手前に引き寄せる。代わりに、わたしとルッツの間に小銀貨を六枚並べた。

「商品も受け取りましたし、お金も払いましたもの。これで心置きなくお友達になれるわね」

完全に逃げ道を塞がれ、否と言わせない空気に、わたしは諦めて頷いた。

考えようによっては、外見詐欺の変わったお友達なのだから、わたしが多少変でも問題ないかもしれない。前向きに喜ぼう。

……名前はフリーダと呼び捨てで、言葉もちょっと崩した方がいいかな？

「えーと、じゃあ、フリーダ。髪飾りを見てもらっていい？」

「もちろん、見せていただくわ」

そっとフリーダが指でつまんで、ハンカチを退ける。籠の中から髪飾りを一つ取り出して、目を丸くした。嬉しそうに頬が上気して、口元に笑みが浮かんでいく。

「まぁ！　なんて素敵！　わたくしは冬の洗礼式だから、式の頃には雪が降り始めて、髪飾りにする花や木の実もないでしょう？　夏や秋に洗礼式をする子がとても羨ましかったの。植物が枯れる冬に色鮮やかな花や緑の葉っぱを身にまとうことができるなんて、本当に嬉しいわ」

「喜んでもらえてよかった」

そういえば、トゥーリも飾りにはその辺りの花を使う、と最初は言っていた。だったら、冬の方が、髪飾りは売れるかもしれない。

「付けてみて。フリーダの髪にどんなふうに合うのか、知りたいの」

「どう付けていいのかわかりませんの。マインが付けてくださる？」

「いいよ。貸して」

髪飾りをツインテールの結い紐のところに挿しこむ。淡い桜色の髪に深い赤の小さなバラがとても映えて、フリーダの大人びた上品な雰囲気を一層引き立てていた。

……うんうん、やっぱりバラで正解だったね。

「可愛いよ、フリーダ。まるで花の妖精みたい」

「褒めすぎですわ。おじい様みたいですわよ」

クスッと笑ってフリーダは流そうとするが、これは褒めすぎではない。趣味さえ知らなかったら、いつ誘拐されてもおかしくないくらいにフリーダの見た目は可愛い。

「褒めすぎじゃないよ。可愛いし、似合うもん。ルッツもそう思うよね？」

「あぁ。飾りだけ見た時はそこまで似合うと思わなかった。マインがフリーダに似合うように作っただけのことはある。すげぇ可愛いと思うぞ」

少し頬を赤らめて、頬を膨らませるフリーダは、明らかに褒められ慣れていない。兄弟姉妹《きょうだい》や友達がいないことがすぐにわかる反応だ。

最初はビックリして固まっていたわたしが、最近は社交辞令と流せるようになってきたくらい、ここでは家族間や友人間で褒め言葉がかなり頻繁に行き交う。わたしもトゥーリを褒めちぎるし、トゥーリもわたしを褒めてくれる。ルッツだって何かやった時には褒めてくれるし、わたしも褒める言葉を口にできるようになってきた。フリーダの反応が少し不思議だ。

「それにしても、糸でこんな立体的な花ができるなんて……」

そっと髪飾りを抜いたフリーダは、ベンノやギルド長がしていたようにまじまじと目を凝らして検分し始めた。目が完全に商人の物になっている。

「そんなに難しくはないんだよ。わたしでもできるんだから」

「……作り方を見出したということが、とても大事なのよ、マイン」

ハァ、と軽く息を吐いたフリーダが思いのほか真面目な顔でわたしを見つめる。

「上流貴族の奥さまやお嬢様は、隙間なく刺繍がされた色鮮やかなヴェールをまとうことがあるし、魔術で時を止めた本当の花を飾りにすることもあるわ。でも、これのように形のある飾りを付けたことはないの」

贅沢品を使う貴族が魔術を使うから、こういう飾りが発達しなかったのではないだろうか。

むーんと唸るわたしにフリーダは、この飾りのどこが素晴らしいのかと語る。

「刺繍をあしらった布は、この家にもたくさんあるけれど、立体化された物はないのよ。糸だけで作られたこの立体的な赤い花は、とても画期的なの」

そこまで言われて、初めてわかった。ベンノが半額にする必要はなかったと言った意味が。これはいわゆる新技術に等しいのだ。完全に悪目立ちしている。

……もしかして、わたし、結構まずいことしちゃった？

さぁっと血の気が引いていくわたしの手をフリーダがぎゅっと握った。

「マインは意外と知らないことも多いのね？　だったら、わたくしが色々な事を教えてあげるわ。だから、今度はお仕事じゃなく、お喋りに来てほしいの。たっぷり甘いお菓子を準備しておくから、女の子同士のお喋りを楽しみましょうよ」

「あぁ、それは……」

楽しみだ、と答える前に、くんっと髪が引っ張られた。思わず振り向くと、ルッツが険しい顔で、首を横に振っている。

……うっ、危ない。うっかり女の子同士のお喋りに同意してしまうところだった。

うっかり同意してしまうと、ルッツもベンノも排除される危険性がある。何と答えればいいのかわからなくて言葉に詰まったわたしの代わりに、ルッツが口を開く。

「これからは忙しいから、残念だけど、あまり遊びに来る余裕はないな」

「あら、ルッツには聞いてませんけど？」

ニコリと笑ってフリーダはそう言ったけれど、わたしの外出なんて、基本的にルッツ次第だ。

「マインはオレがいない状態で外出するのを、家族にさえ止められているんだ。オレがいないで、マインがここに来ることはない」

「……あぁ、そうでしたわね。でしたら、仕方ありませんわ。ルッツも一緒にいらっしゃい」

身食いという病気持ちだったからだろう。フリーダはすぐにわたしの状況を理解したように頷いた。しかし、ルッツは頷かない。お断りの態度を崩そうとはしない。

「だから、忙しいんだって。もうそろそろ冬支度が本格的に始まるんだ。冬を乗り切るために家族総出で準備するんだから、お喋りのために出かける余裕なんて、本当にないんだよ。それに、雪が降り始めたら、マインは外に出られなくなる。それはわかるだろ？」

そう、お金で全ての薪が買えるフリーダの家と違って、大量の薪を準備したり、蝋燭を準備したり、冬支度はとても大変だ。フリーダも冬支度の大変さを知らないわけではないようで、それ以上誘うことはなく、肩を落とした。

「……春まで無理ということですか」

「春になれば、フリーダが見習いになっているでしょう？　大丈夫？」

「それは大丈夫ですわ。見習いの仕事は毎日あるわけではありませんもの。春になったらお菓子をたっぷり準備するから、遊びにいらして」

春になったら、わたし達が紙作りで忙しくなるかもしれないけれど、ベンノがギルド長に隠しているようなので、口を滑らせることはできない。

うん、と頷きながら、わたしはルッツを見た。

「そういえば、ルッツは甘い物にあんまり反応しなかったね？　いつもなら、食べ物にはすぐに飛びつくのに、なんで？」

「ベンノの旦那によく見てろって言われたし、マインが作るパルゥケーキや料理の方がおいしいからな。たまのお菓子より、いつもの料理だ。マインを取りこまれる方が困る」

いつも空腹のルッツには、たまに食べる甘いお菓子より、普段の食生活の充実の方が重要らしい。お礼としてまた新しいレシピを持って、ルッツの家に行った方が良いかもしれない。

「パルゥケーキなんて初めて聞くわ。マインが作ったお菓子なら、わたくしも食べてみたいわ」

「え？　それは、ちょっと……」

さすがにこんな家のお嬢様に、鳥の餌にされているパルゥの搾りかすを使ったお菓子なんて出せない。孫娘溺愛のじいちゃんが青筋立てて怒るだろうし、栄養管理しているはずの料理人さんがひっくり返ると思う。

「ルッツは良くて、わたくしはダメだとおっしゃるの？」

悲しげに目を伏せられると、苛めているみたいで、こちらが慌てるけれど、パルゥケーキはお嬢様に出せる物ではない。

「材料が材料だから……フリーダみたいなお嬢様には出せないんだよ」

「ルッツばかりずるいですわ」

フリーダが拗ねた。唇を尖らせて拗ねた。そんなに可愛く拗ねられても、無理なものは無理だ。ウチにはフリーダに食べさせられそうな食材なんてない。それに、お菓子を作るには人手がいる。わたしができる作業なんて、実はほとんどない。

ルッツの家で新作レシピの披露が多いのは、食べるためなら労力を惜しまない男の子が四人もいるからだ。材料と人手がないとお菓子なんて作れない。今、身食いのわたしはもちろん、元身食いのお嬢様のフリーダに腕力や体力を期待する方が間違っている。

「……えーと、じゃあ、今度、春になったら、この家の材料を使って一緒にお菓子作りしようか？　ここの料理人さんにも手伝ってもらって。それなら、材料の心配をする必要もないし、作れる人もいるし、家族の方も安心でしょ？　どう？」

「まぁ、素敵！　約束ですわよ」

お菓子作りすることで決着がついた時、ドアがノックされてギルド長とベンノが入ってきた。

「おい、そろそろいいか？　帰るぞ」

「はい。あの、ベンノさん。このお金……」

フリーダからもらった報酬は小銀貨六枚、大金だ。正直、自分で持っているのは怖い。ベンノに差し出して預かってもらおうとしたら、ベンノはギルド長に声をかけた。

「悪いが、少し応接室を借りていいか？　帰る前に精算を終わらせてしまいたい」

「あぁ、無理を言って連れてきたのは、こちらだ。使ってくれ」

応接室から、ギルド長とフリーダが出ていくのを待って、ベンノが小銀貨を受け取り、テーブルの上に並べ始めた。

「材料費と手数料を引いた小銀貨三枚が、お前達の取り分だ。二個目を半額になんてしなかったら、小銀貨があと二枚は手に入ったのにな」

「……いいえ、これで十分ですよ。髪飾り一つでこれ以上儲けたら、次の安売りする髪飾りを作るのが嫌になります」

わたしの言葉にフンとベンノが鼻を鳴らし、財布を取り出した。

「金はどうする？　全部持って帰るか？」

「小銀貨一枚は商業ギルドに預けて、大銅貨五枚を持ち帰ります」

「オレも」

そう言うのがわかっていたように、ベンノはギルドカードと大銅貨を取り出した。カードを合わせて、精算を終え、大銅貨五枚をハンカチに包んで、トートバッグに入れる。

「ギルド長が馬車で商業ギルドまで送ってくれると言っている。乗って行け」

「ベンノさんは？」

「店まで歩く。あの馬車は狭いからな。明日の午後、店に来い。糸が届く予定だ。値段も決めないといけないだろう」

ギルド長と何の話し合いをしたのだろうか。ベンノの警戒心が、先程までとは違ってかなり薄れているようだった。

冬の手仕事

「なぁ、マイン。なんで毎回小銀貨一枚をギルドに預けているんだ？　全部家に持って帰らないのは、なんでだ？」

馬車を降りた商業ギルドからの帰り道、いつも通り二人でぽてぽてと歩いていると、ルッツが突然そんなことを聞いてきた。

「オレはマインがしてるから何か意味があるのかと思って、真似してるだけだけど……稼ぎは全部家に持って帰るもんだと思ってたから、何か家族に悪い気がしてさ……」

お金が残らないギリギリの生活をしている平民に貯金の意識は低い。せいぜい秋口になると冬支度のためのタンス貯金をすることはあっても、商業ギルドに登録して預けるなんてことはしていない。当然、親がしていることが子供の常識となるのだから、子供も給料はすべて持ち帰って、全部使う生活をするようになる。

「わたしが貯めるのは、次の初期費用のためだよ」

「次の初期費用？」

ルッツが不思議そうに首を傾げるので、わかりやすいように自分達の体験を例に、説明する。

「紙を作ろうと思っても、道具もなくて、お金もなくて、援助してくれる大人もいなかった時、釘一つ手に入れることさえ難しくて、すごく困ったでしょ？」

オットーに援助を頼んで、ベンノに叱られたのはそれほど前のことではない。ルッツも思い出したようで、「あぁ」と苦い顔で頷いた。

「たまたまベンノさんが『簡易ちゃんリンシャン』の作り方を買ってくれて、初期費用を全額負担してくれたからよかったけど、道具を揃えるのにもすごくお金がかかってるって、ルッツにもわかったでしょ？　何を始めるにもお金がいるんだよ」

「鍋に材木、灰、糸、竹細工……よく考えたら、すげぇ高いよな？」

ここ最近、仕入れのために色々な店を回るようになって、露店ではなく、店で売られている物の品質と物価がわかってきたルッツは、紙を作るための初期投資の値段に青ざめていく。

「だから、次のために貯めておくの。ベンノさんにも試作品ができたから、初期投資は終了だって言われたじゃない？　これから先、紙を作るための道具を増やそうと思ったり、何か新しいことを始めようと思ったら、全部お金がかかるもん。紙がいっぱい作れて、本を作ることになっても、新しい道具がいるんだよ」

「だから、次のためか……」

納得したような、していないような表情のルッツの様子をじっと窺う。わたしよりもルッツの方がお金を貯めておかなければならない差し迫った理由があるのだが、ルッツは気付いていないのだろうか。思い至っていないのだろうか。少し考えた後、わたしはゆっくりと口を開く。

「こんなこと言いたくないし、考えたくないけど……もし、ルッツの両親が洗礼式になっても商人になるのを許してくれなかったら、ルッツはどうする?……先のこと、考えたこと、ある?」

わたしの質問を聞いて、辛そうに顔を歪めた後、ルッツは力ない声で小さく呟いた。

「……ベンノの旦那に頼んで住み込み見習いになろうと思ってる」

「商人になろうと思ったら、そうするしかないよね? 諦めるって言われなくてよかった」

わたしが笑って見せると、少し安心したようにルッツが息を吐く。この年で家を飛び出そうとするのだから、相当の覚悟がいると思うし、まだまだ迷いはあると思う。けれど、ルッツは自分の目指す方向に行こうとしている。それなら、やはり先立つ物は必要だ。

「でも、ルッツ、よく考えて。家を飛び出して、住み込みになった時にも最初のお給料が出るまでの生活費や見習いとしての服を整えるお金がいるんだよ。家を飛び出したルッツに、自由になるお金があるのとないのでは全然違うと思う」

ハッとしたように、ルッツは顔を上げた。わたしは視線を合わせてコクリと頷く。

「自分が稼いだお金を自分のために貯めておくのは、別に悪いことじゃないよ。皆が全額出し合って生活しているから、罪悪感はあるかもしれないけど、本当は仕事をする年齢じゃないルッツが、たった五日足らずで大銅貨十三枚も持って帰るんだよ? ラルフの見習いのお給料より多いお金を家に渡すんだよ? だから、大丈夫」

「そっか……。ラルフよりも稼いだんだ、オレ」

誇らしげにルッツが笑う。見習いを始めたばかりのラルフが一月《ひとつき》で稼げるのは、多分大銅貨八~十枚くらいなので、わたし達が稼いだ金額はかなり多くなる。

「マイン、ありがとう。すっげぇ気が楽になった」

「よかった」

わたしがにへっと笑うと、何故か突然ルッツが背を向けて、その場にしゃがみこんだ。

「どうしたの、ルッツ？」

「背負ってやる。今日、結構色んなところに行ったから、かなり疲れてるだろ？　顔色が悪い」

ルッツの言葉にわたしは思わず自分の顔をぺたぺたと触ってみる。まだ熱いとは感じないので、熱は出ていないと思う。

「……顔色悪いの？」

「まだそれほどじゃないけど、明日の午後も呼ばれてるんだから、無理はしない方が良い。オレが一番にしなきゃいけない仕事は、マインの体調管理だからな」

「……わかった。お世話になります」

一日であちらこちらに移動しすぎて、へろへろになっているのは事実だ。ルッツが無理をしない方がいいと言うなら、結構危険な状態になっていると思って間違いない。

ルッツはわたしを背負って家まで送ってくれた。さすがに階段は自分で上がったのだが、途中でへたりこみそうになるわたしの手を引いて、ルッツが一緒に上ってくれたから、本当に助かった。

正直、家の前までの階段が一番きつい。

「ただいま、母さん」

「あら、ルッツ。ここまで来るなんて珍しいわね？　マインの体調、良くないの？」

「今日はベンノの旦那に髪飾りを見せるだけのつもりだったんだけど、ギルド長に会って、家にお邪魔することになったんだ。直接、髪飾りを渡してほしいって言われて。だから、多分すごく疲れてると思う」

「そう、いつもありがとう。助かるわ」

そう言って、母さんは中銅貨を一枚、ルッツに握らせる。そのお金を見て、思い出した。

「あ、そうだ。母さん、これ、忘れないうちに渡しておくね」

「マイン、あなた、一体何をしたの？」

わたしが渡した大銅貨五枚を見て、母さんは蒼白になっていく。まさか髪飾りにそこまで価値があると思っていなかったようで、ぎょっと目を見開いたまま固まってしまった。

「フリーダの髪飾りを作ったお金だよ。珍しいから高く買ってくれるって言ったでしょ？」

「聞いてはいたけど、まさか、こんなに高いなんて……」

ごめんね、母さん。実は紹介料兼手数料として自分用の小銀貨一枚を預けてあるんだ、なんて絶対に口にできない雰囲気である。

「マインの言ってることは本当なの、ルッツ？」

「嘘は言ってないよ、エーファおばさん。オレだって一緒にやったから、同じだけ持ってる。マインと半分に分けたんだから」

そう言って、ルッツも自分がもらった分の大銅貨を母さんに見せた。それでようやく信用してくれたようで、母さんは胸を撫で下ろす。

……ちょっと、母さん。娘のこと、全く信用してなくない？

「実は、明日の午後もベンノの旦那に呼ばれてて、店に行くことになってるんだ。だから、なるべくよく休ませてやって」

「わざわざありがとう、ルッツ」

ルッツを見送って、バタンとドアを閉めた母さんは、少しだけ怒ったように眉を吊り上げながら、わたしをベッドに放り込んだ。

「無理しちゃダメじゃない。それにしても、ずいぶん高く買ってくれたのね？」

「うん。フリーダはお金持ちで、糸も高級なのを使っていたし、普通は一つなのに、二つ作ったでしょ？　それに、冬支度の忙しい時期だからって、代金を弾んでくれたの。だから、他の人に作ってもこんなにはもらえないからね」

「そう、忙しい時期だからって、配慮してくれたのね」

母さんの中でギルド長とフリーダは貧乏人にも配慮ができる、とても親切で紳士的なお金持ちとなったらしい。これから先、母さんが二人に会うことは多分ないだろうから、幻想が壊れることもないだろう。

子供が大金を持って帰った理由がわかって、安心したらしい母さんは夕飯の支度のために寝室を出ていく。寝室に残されたわたしは、やはり、体に相当負担がかかっていたようで、ベッドに横になるとすぐにうとうとし始め、夕飯を食べることもなく、深い眠りに落ちた。

起きたら、朝だった。

午後からベンノの店に行くことになっているので、わたしは午前中いっぱい半ば強制的に休憩することに決まった。最近ちょっと外出が多いせいか、よく寝たはずなのに体がだるい。熱が出そうな前兆がちらちらと窺えると思っていたら、冬支度を始めた家族にベッドに放り込まれたのだ。

「マインはおとなしくしてろ。最近、頑張り過ぎだ。父さんより稼ぐ気か？」

板戸の点検をして回る父さんにそう言われ、冬用の布団やカーペットを広げて干し始めたトゥーリと母さんには、

「今日もベンノさんのところに行くんでしょ？　朝はおとなしくしていないと倒れるよ？」

「マインは冬支度ではほとんど役に立たないんだから、役に立てるところで頑張りなさい」

と言われて、ベッドから動くことを禁じられたのだ。

仕方がないので、もそもそと布団の中に潜り込んで、家族が忙しなく動く様子を眺める。

……ちぇ、今年は去年と違って、冬支度も何をするかわかってるから、ちょっとは役に立つと思ったんだけどな……。

家族の過保護具合は、昨日、大銅貨を五枚持って帰ってきて、母さんに渡した後、目覚めることなく眠ってしまったからだろうと思う。家の中では手伝い一つ満足にできないわたしが、五日とたたないうちに大銅貨十三枚を稼いできて、夕飯も食べずに眠りこけていたのだから、家族の脳内ではものすごい重労働をしたことになっている気がする。

……でも、ここ数日色んなところに行ったたし、わたしにとっては確かに重労働だったかも。

お昼の四の鐘が鳴ったので、わたしは寒くないように服を着こんで、いつものトートバッグを持って出かける。下まで降りて、ルッツと顔を合わせると、ルッツがわずかに顔をしかめた。

「マイン、体調、そんなに良くないだろ？　オレだけで行ってきた方がいいんじゃないか？」

「最近忙しかったからね。でも、ベンノさんが冬の手仕事の金額を決めるって言ってたから、今日は行くよ。糸を運ぶのは、ルッツに任せられても、値段を決めるのは、わたしが行きたい」

「……あぁ、金額は、なぁ。オレ、まだよくわからないから」

数字がまだよくわかっていないルッツに、値段を決めるのはまだ任せられない。今日だけはわたしが行って、ベンノが髪飾りにつける値段に関してはある程度交渉したいのだ。

「じゃあ、せめて背負ってやるよ」

「え？　悪いよ。昨日の帰りだって背負ってもらったのに……」

「今日の帰りは糸を持って帰るから、背負えないんだ。今、体力を使うな」

「うぅ、午前中ずっと寝てたから、大丈夫なのに」

「こういう時のマインの大丈夫は当てにならないんだ」

こういう時のルッツは頑固で絶対に譲らないんだ、と心の中で呟きながら、ルッツの背中におぶさる。わたしはほんの少ししか成長していないのに、ルッツはまた大きくなった気がする。病気のせいとはいえ、同い年でここまで差が開くのが、ちょっと悔しい。

「ルッツ？　マインは体調が良くないのですか？」

ルッツに背負われたわたしを見つけて、マルクがぎょっとしたように目を見開くと、早足で寄ってきた。マルクはわたしの体調に過敏に反応する。わたしが目の前で意識を失ったことが相当トラウマになっているようで、本当に申し訳ない。

「……最近、毎日外に出て、色んなところに行ってるから、疲れが出始めてる。多分、今夜あたりから寝込むと思う。だから、用件をさっさと終わらせたいんだ」

「わかりました」

マルクは一つ頷いて、奥の部屋へと案内してくれた。

「旦那様、マインとルッツが到着しました」

「通せ」

ギッとドアを開けて通してくれたマルクが一緒に部屋に入ってくる。

「マインの体調があまり良くないとルッツから報告がありました。用件を手早く済ませられるようご配慮ください」

「わかった。座れ、二人とも」

ベンノに言われてテーブルに着くと、すぐに冬の手仕事の話が始まった。ベンノに仕入れた糸の値段を提示され、この量の糸から作れる髪飾りの数をわたしが予測し、料金を決める。

「ベンノさん、この髪飾りは販売価格をあまり高くしたくないんです。糸も安い物を仕入れたから、なるべく色んな人が買える値段にしてくれませんか？」

「マインの気持ちはわかるが、最初から大安売りというわけにはいかない。大量に出回るようになれば、販売価格は次第に下がって行くんだからな。最初は大銅貨三枚くらいだな」

ハレの日のためなら、ちょっと無理をすれば、ウチでも買えないこともない金額だ。ちょっときついが、姉妹で共有することにすれば、何とか……というくらいの値段設定なので、これから、少しずつ下がることを考えると妥当と言える。

「それくらいなら、妥当ですね。わかりました」

わたしが頷くと、次はわたし達の取り分の話となった。

「髪飾り一つにつき、手数料と材料費を引いた取り分は中銅貨五枚だ。新しい手仕事で、他に注文できる相手がいないから少し高めの設定にしてある」

「中銅貨五枚で高めの設定⁉　やっぱりフリーダの髪飾り、ぼったくりすぎじゃないですか！」

ベンノの値段設定で、二つ分作っていたら、取り分は小銀貨五枚だった。百倍も値段が違う。

「あれは、基本がじじいの言い値だから、別にいいんだよ」

「……じゃあ、普通はどれくらいの値段設定なんですか？」

去年の冬の手仕事はトゥーリの籠作りを手伝ったけれど、わたし達に渡されたお金なんてなかったので、一個当たりの料金を気にしたことはなかった。

「冬の手仕事なんて、俺達商人が手数料を取って、裁縫や細工の工房の親方が手数料を取るんだから、実際に作るヤツの手に渡る金なんて、一つにつき中銅貨一枚でも恩の字だろ？　お前たちは工房の親方を通した注文じゃない分、高いが」

「えぇ⁉　中銅貨一枚もないって、そんなに安いんですか⁉」

驚いた後で、わたしは日本でも内職の値段がかなり安かったことを思い出した。確か、ビーズのストラップみたいな物でも、一つ数十円だったと思う。そう考えると、一つにつき中銅貨一枚くらいでも不思議ではない。自分達が受け取る中銅貨五枚が破格なのだ。

「工房で品物の売買ができるのは、基本的に親方だけだからな。親方がどのくらい手数料を取るかによっても、多少の違いはあるぞ？　マインは経験あるんじゃないのか？」

冬の手仕事として髪飾りを作ると言いだしたのだから、経験はあるだろう？　とベンノに聞かれて、わたしは去年の手仕事を思い出す。

「去年は姉のトゥーリの手仕事を手伝ったんです。でも、原価も手数料も取り分も何も知らずに作ってましたし、わたしの手元にお金は来ませんでした。あれ？　そういえば、作った物を売るのって、ギルドの登録がいるんですよね？　ウチの母さん、登録してたのかな？」

わたし達の手仕事だった籠を持って行ったのは母さんだったけれど、母さんが商業ギルドに足を運んだという話は聞いたことがない。わたしが行った話を珍しそうに聞いていただけだ。

「なんだ、お前の母親は露店でもしているのか？」

「いいえ、普段は染色の工房で仕事をしているはずです」

「なら、仕事場で割り振られた手仕事だろうな。親方が割り振った仕事を回収するだけなら、職人が商業ギルドに登録する必要はない。代表して売買を行う親方の登録だけがあればいい」

職人さんの仕事場では、社長がまとめて売買するので、社員に商人登録は必要ないらしい。代わりにそれぞれの職人協会で職人としての登録があるらしい。

「つまり、去年の手仕事は、母さんが仕事場で割り振られたもので、それをトゥーリに任せていて、さらに、わたしが手伝っていたんですね」

「何を作ったんだ？」

「わたしが作ったのはこれです。これは最初に作ったので、かなりシンプルですが、暇にまかせて作った他のバッグはかなり凝った物もあったんですよ」

バーンとトートバッグを持ち上げて見せると、何故かベンノが苦い顔でこめかみを押さえた。

「……また、お前か」

「はへ？」

……またって、何ですか？　そういえば、そういう苦い顔、何度か見たことありますね。もしかして、わたし、また何かやらかしてましたか？

「確か、春の終わり頃に売られた籠の中に、装飾に凝ったバッグが数点あったことを思い出した。手仕事は数をこなさなければ、手取りが増えない。手っ取り早く稼ぐために、荒い編み方が多い中で、やたらと目立っていたんだ」

「のおおおぉぉぉ！」

暇にまかせてちょっと凝った飾りを入れてみたり、それをトゥーリに教えたりしていたが、まさか、市場で悪目立ちしていたとは思わなかった。

「誰が作ったか知りたくても、工房までは特定できるが、一斉に集められる冬の手仕事を作った職人までは特定できないからな」

「よかった～。特定できなくて……」

これでも自分が変わっていることは自覚しているので、なるべく埋没しているつもりなのだが、どうも埋没できていない気がする。

「自分で使う分なら、なるべく丈夫に作るのが当然だから、マインが持っているバッグもそれほど不自然ではないと思っていたし、装飾もないから、今まで結びつかなかったが……この半年ほどで俺が遭遇した不可解な物の出所は全部マインのようだな」

凝ったバッグ、髪飾り、簡易ちゃんリンシャン、植物紙と指折り数えられて、わたしは頭を抱えたくなった。ベンノの視点から見た話を聞くと、埋没したい人間の所業とはとても思えない。何となく身の置き所がなくて小さく謝る。

「……何か、すみません」

「まぁ、いい。それより、お前は暇にまかせると凝る傾向があるようだな。髪飾りのデザインはマインが最初に作ったやつで、勝手に変えるな。これは絶対だ。いいな？」

去年作った籠やバッグが目立っているなんて思いもしなかったし、フリーダの時のように張り切って、悪目立ちしたくない。デザインを統一しておくことで問題は回避できるはずだ。

「わかりました。色違いは作りますが、デザインは統一します」

「一応これで話しておく用件は終了だ。あぁ、そうだ。確か、冬の間に勉強したいと言っていたな？これを貸してやるから、帰ったら目を通しておけ」

「……何ですか？」

ベンノに渡された木札に目を通そうとしたら、ぐにっと頬をつねられた。

「帰ったら目を通すんだ！　わかったか？」

「はひっ！」

「まったく……。その木札を返すのは熱が下がってからでいい。早目に帰って寝ろ。ルッツ、この阿呆から目を離すなよ。帰りの道中で木札を読んで事故にでも遭いそうだ」

麗乃時代に本を読みながら学校から帰っていて、車にはねられたことを思い出したわたしは、口を閉ざして視線を逸らした。

マルクが注文しておいた糸の入った籠を準備していてくれたので、帰りはルッツがそれを持って帰る。マルクに非常に心配そうな顔で見送られながら、帰途に就いた。のんびりゆっくりとした足取りで帰りながら、わたしは寝込む前に決めておきたいことをルッツに相談する。

「ねぇ、ルッツ。髪飾りの取り分なんだけど……」

「なんだ？」

「簪部分より花の部分の方が、ずっと時間がかかるから、中銅貨二枚と三枚に分けていい？」

「いいぞ。かかる時間を考えたら、一枚と四枚でもいいくらいだ」

手間だけを考えれば、ルッツの言う通りにするのが一番だが、わたしが二枚と三枚に分けたいと考えたのは、別に理由がある。

「それじゃルッツの計算が大変だから、中銅貨二枚と三枚に分けよう」

「計算？」

「そう。今回は自分達の取る手数料を一つにつき中銅貨一枚にして、花の部分は中銅貨二枚、簪部分は中銅貨一枚で、家族に仕事を依頼してみない？」

「え？　家族に？」

わけがわからないと首を傾げるルッツにわたしは先を続ける。

「うーん、わたしの花を作る速さから考えて、一月《ひとつき》で三十くらいしか作れないと思う。簪部分ばかり残っても困るから、まず、一月で三十の簪を家族にも作ってもらって、自分達が手数料を取ることを覚えてみようよ」

「それって、商人になるため？」

前に話した商人と職人の違いを思い出したらしいルッツは、わたしの言葉を理解したようだ。

「そう、ベンノさんの真似っこから始めてみない？　商人見習いになるために、ルッツは勉強を頑張らなきゃダメでしょ？　簪部分ばかり作ってるわけにはいかないと思うんだよね。自分で作ったら、作った分のお金は自分の物にしてもいいと思うけど」

家族からお金を取るようなものだから、あまり気持ち良くないのはわたしも一緒だが、商人になってから、自分の家族だけは特別なんて行動をしていたら、すぐに商人として立ち行かなくなる。そんなわたしの説明に、ルッツはしばらく地面を睨んでいたが、グッと顔を上げた。

「……やってみる」

糸は花の部分を作るわたしの家に置いておいた方がいいので、ルッツに糸を運んでもらった。当然のことだが、大量の糸を持ち帰ったことに家族がビックリしたようで、冬支度の手を止めて寄ってきた。

「ルッツ、この糸、どうしたの？」

……いや、だから、どうして娘のわたしじゃなくて、ルッツに聞くかな？

わたしとルッツの信頼度の違いに、むぅっ、としつつ、わたしは説明する。

「髪飾りを作るための糸だよ。完成品をベンノさんに売る代わりに、糸を買ってもらえることになったの。これ、わたしの手仕事の材料だから勝手に使っちゃダメだからね」

「わかったわ。ルッツ、ありがとう。これ、よかったら食べて」

母さんはルッツに小さなビンに入った、できたてのジャムを渡す。ルッツは顔を輝かせてビンを受け取ると、足取りも軽く帰っていった。

「これは、物置に置いておくから、マインはもう寝ろ」

父さんが糸の入った籠を物置へ置きに行ってくれて、わたしはベッドへと追い立てられる。

「うぅ、せめて、体拭きたい。昨日も拭いてないし、今日だって外出したから気持ち悪いよ」

「ちょうどお湯が沸き始めたところだし、わたしも綺麗にしたかったし、いいよ」

「ありがと、トゥーリ」

およそ一年、わたしはトゥーリと体の拭きっこをしてきた。トゥーリも最近は三日くらい拭かないと気になるらしい。寝室の中でも竈の裏側で一番暖かい場所に湯浴みの準備をして、体を拭きながらトゥーリがしみじみとした口調で言った。

「去年は何かわけのわからないことばっかりしていたマインが、今年は自分で仕事を取ってくるんだもん。なんだかビックリだよね」

「トゥーリは今年も籠を作るの？」

桶の中でタオルを洗って絞りながら、わたしはトゥーリに聞いてみた。トゥーリは三つ編みを退けて、首の辺りを拭きながら、自分の予定を話してくれる。

「わたしの仕事場の手仕事より、母さんの仕事場の方が値段高いから。これから、籠作りのための木を切ってきて、皮を剥ぐ予定なの」

「え？　仕事場の手仕事って絶対にしなくちゃいけないものじゃないの？」

工房の親方から割り振られるものではなかったのか。ベンノから聞いた話からノルマがあると思っていたわたしが首を傾げていると、トゥーリが小さく笑った。

「お小遣い稼ぎだからね。いっぱい作る人もいるし、家族の服を作る方が忙しくて、手仕事まで手が回らない人もいるから、絶対じゃないよ？」

「あぁ、それぞれ事情があるもんね」

工房のノルマが終わったら手伝ってもらおうと思っていたけれど、別にノルマというわけじゃないなら、トゥーリに最初からわたしの手仕事を手伝ってもらっても問題ないんじゃないだろうか。

わたしはちらりとトゥーリを見て、ニコリと笑った。

「わたしが冬の手仕事に作るのはトゥーリに作った髪飾りなの。あれと同じ髪飾りを一つ作ったら

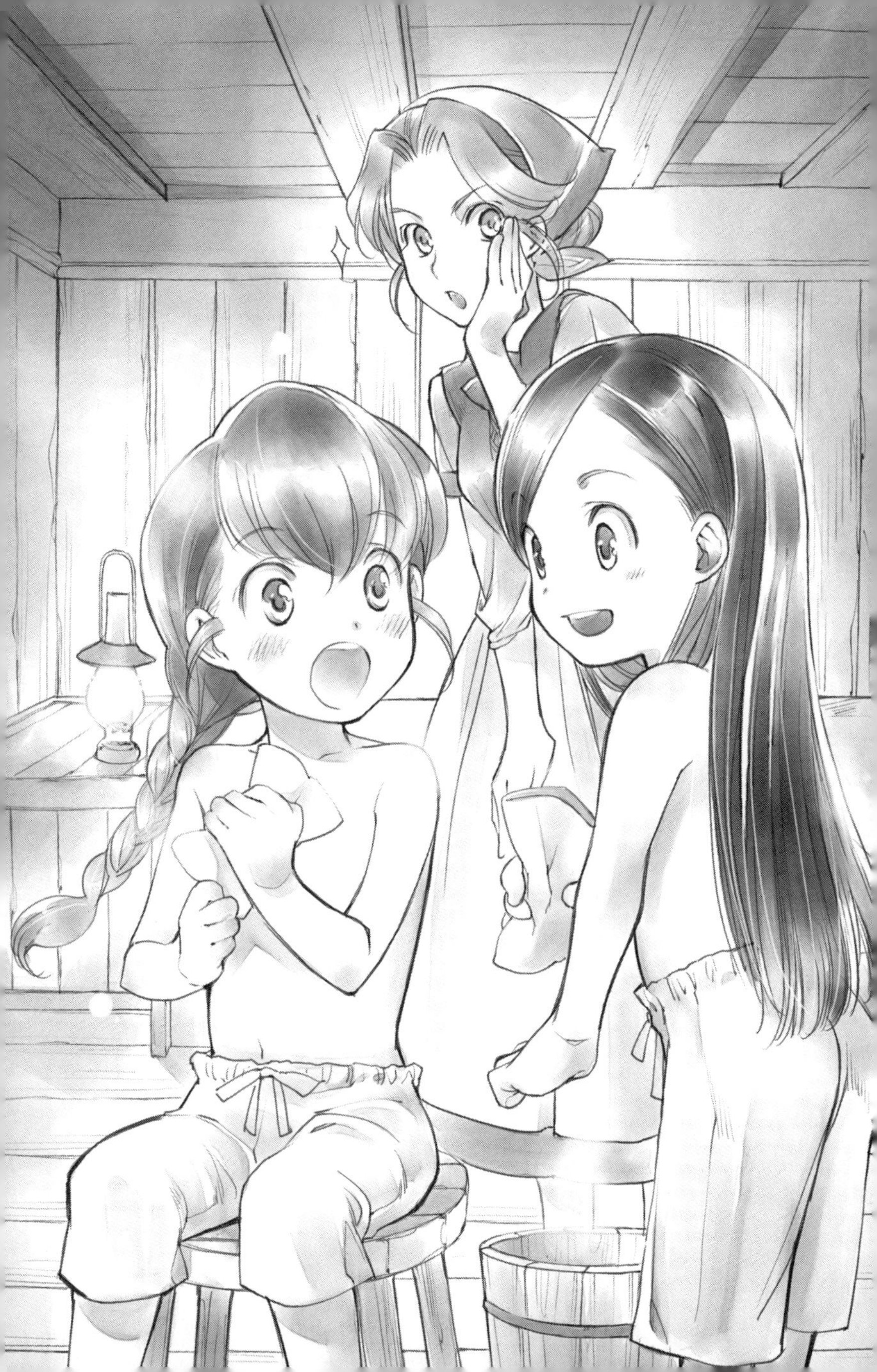

中銅貨二枚もらえるんだよ」

「え!? 何それ!? すごくお金になるじゃない。わたしも一緒にやっていい？」

「うん、一緒にやろうね」

わたしがそう言うと、トゥーリは嬉しそうにはしゃぎ始めた。いっぱい作って、お小遣いもらうんだ、と青い目を輝かせる。

「ねぇねぇ、マイン。何を準備すればいいかな？」

「ベンノさんが糸を準備してくれたし、簪部分はルッツが作るから、特に準備する物はないよ。細いかぎ針があれば大丈夫」

「下準備も必要ないなんてすごく楽だね」

うふふ、と笑っていたトゥーリが、不意に笑顔を凍らせて、目を瞬きながらわたしの背後を指差した。わたしがくるりと後ろを振り返ると、母さんが、頬に手を当てて立っていた。かなり真剣な眼差しで何かを考え込んでいる。

「ねぇ、マイン。マインの晴れ着を仕上げたら、わたしもやっていいわよね？」

……ルッツ、どうしよう？ 母さんがやる気満々になったみたい。簪部分に追加が必要かも。

ルッツの教育計画

ベッドの中でゴロゴロしているうちに、ルッツの予測通り熱が上がってきた。疲れから来る熱で、微熱くらいなので体全体がだるいだけだ。食われそうになる身食いの熱とは違うので、おとなしくしていたらそのうちに治るだろう。

そう思って三日がたった。なかなか下がらない熱に苛々してくるが、勝手にベッドを出たら叱られるので、寝すぎてだるくてもベッドの中でいるしかない。

……あああぁぁぁ、暇。

今日は豚の解体日だ。去年と違って、今年は一人で留守番させる程度の信用は得られているようで、朝早くに家族は出かけていった。お昼に食べられるサンドイッチと家族全員分のカップに水を入れて、寝室に置いてくれているので、お腹が空きすぎてどうしようもなくなることも、喉がカラカラに渇くこともなさそうだ。

シーンとしている部屋の中、動こうと思えば動けるけれど、熱が長引くだけだとわかっているので、ベッドでおとなしくしているしかない。でも、話をする相手もいないので、暇で、暇で、仕方ない。

……あぁ、本があればなぁ……。

失敗作の紙を結構大量に持って帰ってきたが、まだ手つかずで、わたしの服が入っている木箱の底に丁寧に重ねて詰めこんであるだけだ。試作品ができあがった後、忙しかったというのもあるし、第一作目となる本は気合いを入れて作りたいというのもある。

何より、失敗作の紙なので、品質はバラバラ、大きさもバラバラだ。ほぼ成功に近い紙もあれば、完全に失敗でビリビリボロボロの破片のような紙もある。向こうが見えそうなくらい薄くて、触るのが怖い紙もあれば、力を入れ過ぎると割れそうな堅い紙もある。

貼り付ける時によれてしまっただけというほぼ成功の紙はまだ使いやすいけれど、乾かした後で剥がすのに失敗して大きな穴が開いた紙は、わたしがもうちょっとナイフを上手に使えるようにならないと、使える部分だけを切りだすのが意外と難しい。刃が細くて小さくカッターみたいに扱いやすくて鋭い切れ味の刃物が欲しい。

そんな紙で本を作るためには、じっくりと向かい合う時間が必要だと思う。今年の冬はとても充実した時間が持てそうだ。

……あ！　そういえば、本はないけど、ベンノさんの木札があったね。

熱を出す前に「帰ったら目を通しておけ」とベンノに言われた木札があることを思い出した。ベッドで寝転がったまま、これを読むくらいなら大丈夫だろう。わたしはもそりと起き上がって、自分の服が入っている木箱の蓋を開けると、Ａ４サイズくらいの大きめの木札をトートバッグの中から取り出した。そして、ごろりとベッドに寝そべったままで読んでいく。

「……これ、新人教育の課程表だ」

新しく入った見習いに最低限これだけのことを教えると決められた内容がそこに載っていた。書かれている内容を大まかに分けるとだいたいこんなところだ。

身なりを整え、挨拶ができること。基本文字と数字が全部書けること。計算器が使えること。金勘定がある程度できること。取り扱っている商品を覚えること。出入りする業者の名前を覚えること。以上の六項目である。

「うーん、冬の間に二人で勉強ができるのは、文字と計算と金勘定かなぁ。下の項目は新人教育の間に、皆が覚えていくことだから、後回しでもいいと思うんだけど……」

独り言を零しながら、わたしは冬の勉強計画を立てていく。

さて、ルッツは基本文字と数字をどれだけ覚えているだろうか。教えてもらっても、使わなければ忘れるものだ。それを確認して、忘れたところをもう一度教える。例文代わりに、発注書や面会予約票の書き方を教えるのはどうだろうか？　仕事をするようになっても使う単語ばかりだから、覚えておいて損はないだろう。

正直なところ、わたしも仕事関係の単語しか知らない。ここには、辞書がないし、文字を教えてくれたのは、予算のためにわたしを鍛えたかったオットーと商人のベンノとマルクだから、仕事に関する単語は結構覚えたと思う。でも、一般名詞や動詞がわからない。

「計算器の使い方は、足し算と引き算ならわかるけど、掛け算と割り算のやり方はマルクさんにでも聞いてみないとわからないなぁ……」

石板で筆算すれば計算はできるけれど、わたしも計算器が使えるようにならないとダメだ。見習いの間で悪目立ちしないように、なるべく皆と同じようにできた方がいい。

「ルッツには小学校の一～三年くらいの算数を教えたいんだけど、教科書も問題集もなしじゃあ、教えるのは大変かもねぇ。優先順位としては、数の数え方と大きい数をお金に換算できるようにするのが一番で、一桁の足し算と引き算を徹底させる。それから、掛け算と割り算の概念だけでも……って、冬の間だけじゃ無理か」

さすがに、数字だけに内容を絞るにしても、三年かけてやることを、冬の間に全部やるなんて無理だ。ハァ、と溜息を吐くと、体の奥で熱がうごめいた気がした。身食いの熱が出てこようと圧力をかけてくる感触に、わたしはこめかみ辺りに力を入れて、歯を食いしばる。

……出てくるな、お呼びじゃないの。

きつく蓋をするイメージで押し込めて、ふぅ、と息を吐く。

それほど長い時間ではないけれど、身食いの熱と押し合いをしたせいで、お腹が空いてきた。家族が置いて行ってくれたサンドイッチを手にとってバクッと噛みつき、むぐむぐと咀嚼しながら、わたしは身なりと挨拶について考える。

「一番の問題はこれだよ。身なりを整え、挨拶ができること。身なりを整えるってどの程度なのか、商人独特の挨拶や言い回しがあるかどうかは、わたし達じゃわからないもん」

働くための服を買わなければならないのは、ベンノの店や商業ギルドの三階で働く人達を見ていればわかる。その服がどれくらいの値段なのか、ベンノに確認してみなければならない。

あと、挨拶に関しては、わたしも教えてほしい項目だ。ここで頭を下げる挨拶をしないのは知っているが、正しい挨拶の仕方を知らない。初対面の相手には笑顔で誤魔化しているだけだ。でも、ベンノもギルド長も、これといって特徴的な挨拶はしていなかった気がする。

ベンノから借りた木札を見て、考えているうちにうとうとしていたようで、次に目を覚ました時には家族が帰って来ていて、冬支度部屋に今日作った豚肉の加工品を運び込んでいた。

「おかえり」

「ただいま。起きたのね？　熱はどう？」

「……多分、下がった」

起きた時にずいぶんとすっきりしていたので、熱は下がったはずだ。明日は多分様子見のために、一日家の中で過ごすことになるだろうけれど、明後日には動けるようになるだろう。


次の日、森に行く予定だったらしいルッツが、籠を背負った出かける恰好のままでお見舞いに来てくれた。熱が下がっているのに、ベッドの中でいなければならない日なので、わたしとしてはほんの少しの時間でも話し相手ができたことがすごく嬉しい。

「よぉ、マイン。熱が下がったんだって？　トゥーリと下で会った時にそう言っていたんだ」

「うん、昨日の夜に下がったの。今日一日は様子見で、明日は動けそうだよ」

「そっか。久し振りに熱が長引いたから、心配したぞ」

ここしばらくは、何日も続くような熱を出していなかったので、家族にもルッツにもかなり心配をかけたようだ。

「マインは今年も豚肉加工に参加できなかったな」

「あ〜、この季節は仕方ないね」

肉の解体には多少慣れてきたけれど、まだ家族のように「よし、やるぜ。一年に一度の楽しみだ」なんて思えない。熱で寝込んでいる間に終わってラッキーと思ってしまったくらいだ。

「わたし、昨日はベンノさんが貸してくれた板を見て、勉強計画を立ててたの。明日はベンノさんのところに行って、この板を返すのと、計算器を買えないか相談したいんだけど」

「……そういえば、何の板だったんだ？」

ルッツはベンノに借りた木札の存在を思い出したように手を打って、身を乗り出す。完全に話を聞く体勢だ。

「見習い教育に関するものだった。ルッツは文字や数字ってどのくらい覚えてる？」

「教えてもらった分は全部覚えてるけど？」

当たり前のように小首を傾げながら、ルッツが答えたけれど、まさか全部覚えているとは思っていなかったわたしはぎょっと目を見開いた。

「え？　ホントに⁉　普段使わないのに、忘れてないの⁉」

「……オレ、そういうの、教えてもらえることって滅多にないから、せっかく覚えたことは忘れたくなくて、地面や壁に指で書いたり、石板を買ってからは石板で練習したりしてる」

「ルッツ、すごい！　えらい！　かしこい！」

ルッツは予想以上の努力家だった。いや、教育を受けるのが当たり前、欲しい情報はいくらでも手に入るのが当たり前だったわたしの考え方が甘すぎるのか。

わたしは、せっかく覚えたことを忘れたくないなんて思ったことがない。忘れたら、また本を読めばいい。どんな本に書かれていたかを覚えていれば、いつだって欲しい情報は手に入った。全ての内容を暗記する必要なんてなかった。

「別にオレはすごくねぇよ。大きな数字も全部読めるマインの方がすげぇよ」

「じゃあ、大きい数字の読み方を教えるよ。石板を取って」

一、十、百、千、万……と大きくなっていく単位を教える。百の位までは、市場でも使うので、簡単に読めるけれど、そのあとがわからなかったらしい。わたしが石板を押さえながら、位を数えていくと、ルッツも一緒になって、数え始めた。

何度か位の読み方を練習した後、わたしは石板に適当な数字を書き連ねる。

「さて、問題です。七千八百九十四万六千二百十五なら、どう読むでしょう？」

「えーと、一、十、百、千、万、十万、百万、千万だから……」

かなり真剣な顔で取り組むルッツは、あっという間に千万の位まで読めるようになった。集中力の差か、記憶力の差か、どちらだろうか。予想以上にルッツのスペックが高い。冬の勉強でかなり力を付けそうだ。

……これで頭も良かったら、わたし、ルッツに勝てる要素が全くなくなっちゃう。

内心ちょっぴり落ち込んでいると、水を汲んで上がってきたトゥーリがルッツの姿を見つけて、大きな声を上げた。

「あれ、ルッツ⁉　森に行くんじゃなかったの？　皆、出発しちゃったよ⁉」

「うわっ！　悪い、マイン。オレ、行くから。教えてくれてありがとうな」

ルッツが慌てて立ち上がって、走り出す。ルッツの走るスピードなら、門に着くまでに皆に追いつけるだろう。わたしは手を振って見送った。


次の日、家族から外出許可が出たので、ベンノに余裕ができる午後からルッツと一緒に店へ向かった。店は出入りするためのドアが閉ざされて、番人が一人立っているだけだ。

「あれ？　まだお昼休みみたい」

「中央広場まで戻って、座って待つか？　ずっと立ってるの、辛いだろ？」

「そうだね。今日は座れるところがあった方がいいかな」

二人で時間潰しの相談をしていると、番人には顔を覚えられていたようで、手招きされる。

「旦那様に通していいか、伺ってくる。ここで少し待っていてくれないか？」

「ありがとうございます」

番人が一度店の中に引っ込んで、すぐに出てきて、ドアを大きく開けて通してくれた。

窓の板戸が閉められて薄暗い店の中を門番がスタスタと歩いていき、奥の部屋のドアを開けてくれる。奥の部屋は日がさんさんと差し込んでいるので明るいし、暖炉には赤々と火が燃えている。仕事をしていたらしいベンノがインクを置いて立ち上がった。

「マイン、熱は下がったのか？」

「はい。この板、返しに来ました。それで、質問があるんですけど、いいですか？」

「あぁ、いいぞ。俺からも話があるが、先にお前達の話を聞こう」

ベンノがいつものテーブルに着くように手で示しながら、質問を促した。

「この板、ありがとうございました。おかげで冬の勉強計画がある程度形になりました」

「ほぉ？」

「えーと、読んでいて、疑問に思ったことがあるんです。身なりを整え、挨拶ができることが必要なのはわかるんですけど、身なりを整えるってどの程度なんですか？　あと、商人独特の挨拶や言い回しがあるかどうかが、わたし達じゃわからないんです」

あぁ、と言いながら、ベンノがわたしとルッツをじっと見る。

「とりあえず、お前達は南門に近い平民なのに、薄汚れた印象が全くないから、必要なのは働くための服や靴だけだ。小銀貨十枚ほどあれば、最低限は揃うから、今から金を貯めておけば、夏までには何とかなるだろう」

「小銀貨十枚……。マインの真似して、貯めててよかった」

ルッツが呆然とした顔で呟く。服と言えば、母親が糸を紡いで作る物だったルッツにとっては、小銀貨十枚の服や靴が最低限と言われれば、衝撃だろう。わたしも衝撃だけど、ここでは服の既製品なんてない。オーダーメイドなら、それくらいはするだろうと思っていた。高いことは高いけれど、春になって、頑張って紙を作れば夏までには貯められる値段だ。

「それから、マインはともかく、ルッツは言葉遣いだな。丁寧な言葉が使えるようにならないと、今のままじゃ客の前には出せん」

ベンノの指摘に、グッとルッツが言葉に詰まった。周囲に使う人がいなければ、丁寧な言葉を習得することは難しい。わたしは自分達の周りにいる人の中で、一番ルッツの参考になりそうな人を考えてみる。

「丁寧語はマルクさんの言葉遣いを参考にするといいよ」

「……う～、何か変な感じがするんだよな」

いきなり話し言葉を変えようとしたら、まるで自分が自分ではないようで、座りの悪い気持ちになるのは何となく理解できる。でも、それができるようにならなければ、客の前には立てない。特にベンノの店はこれからどんどん貴族相手に商売を広げていこうとしている店だ。上に上がっていこうとすれば、身なり、言葉、作法を覚えていかなければならない。

「大丈夫。やってみればできるよ。ベンノさんだって、普段はこういう喋り方だけど、お客様相手にはきちんとしているんだから、ルッツも相手を見て切り替えられるようになればいいの」

ギルド長を相手にしても、ベンノが丁寧な言葉を喋っているところなんて見たことはないが、やろうと思えば簡単に切り替えられるはずだ。そうでなければ、商人なんて務まらない。

「別に家族やわたしに丁寧な言葉で喋る必要なんてないんだよ？　それに、わたしだって、ルッツに使う言葉とベンノさんやギルド長に使う言葉は別でしょ？　聞いてて変に思う？」

「……そういえば、そうだな。マインは普通に喋ってるからあまり気にしてなかった」

さらっと切り替えていると、あまり気にならないものだ。最初は違和感があっても、使っているうちに、すぐに馴染むようになる。

「だから、ルッツも仕事中だけ使う言葉として、マルクさんの言葉遣いを覚えてみたらどう？　最初は、です、とか、ます、を使うところから始めると……いいと思います」

最後だけ丁寧な言葉に直してみると、ルッツは納得したように頷いた。

「あぁ、そうするです」

「違うよ！　そうします、って言うの」

「ぶはっ！　はははは！」

わたしとルッツのやり取りを目の前で見ていたベンノが豪快に噴きだして、テーブルを叩きながら笑いだした。目尻に涙を浮かべて、お腹を抱えて、馬鹿笑いしている。

「ぶふっ、冬の間にどれだけ底上げができるかは知らんが、まぁ、頑張ってみろ」

笑いを堪え切れていないベンノを軽く睨んでみても全く効果はない。絶対にビックリするくらい底上げしてやるんだ、と強い決意と共に拳を握る。それと同時に頼みごとを思い出した。

「あ、そうだ。ベンノさん」

「なんだ？」

「底上げのために計算器が欲しいんです。こればかりは練習しないと身に付きませんから」

マルクなど、頭と指が同時に動いているように計算器が使える。そこまでのレベルには到達できないだろうが、そろばんだって練習が大事だ。

「計算器か……。ウチの店の中古でよければ、大銅貨六枚で売ってもいいぞ？　二人で一つの計算器を使うのでいいのか？」

「はい、お願いします」

ベンノとギルドカードを合わせて、わたしとルッツそれぞれから大銅貨三枚分ずつ引いてもらい、計算器を譲ってもらった。

「これで計算の勉強ができるね、ルッツ」

「あぁ」

「他に聞くことや言うことはないか？」

ベンノに聞かれて、ハッと思い出した。

「あ、春までに契約書サイズの簀桁の注文をしなきゃいけないんですけど……」

「発注書だけ書いておけ。もうマルクがわかっているから、マルクに行かせる」

「え？　でも……」

発注は責任を持って自分でやらなければ、どんなトラブルが起こるかわからない、と色々なところに発注に行った時にマルクが言っていた。任せてしまうのはダメだろう。

「お前には別件で動いてもらわなきゃいけないからな。ほら、発注書だけ先に書け」

促されたので、わたしはトートバッグから発注書セットを取り出す。発注書にする木札がもうあと一つしかない。

「ベンノさん、この発注用の木札がなくなりそうなんですけど……」

「あぁ、ずいぶん注文したからな。追加を渡しておこう」

「わぁ！　ついでにインクもそろそろ切れそうなんです」

発注書を大量に書いたし、試作品を作るにはインクでの試し書きが必須だったので、かなり使った。わたしの言葉に、ベンノがひくっと頬を引きつらせる。

「……金を取りたいところだが、まぁ、いい。初期投資の方に入れておいてやる」

その言葉でハッとする。オットーは、インクは高いから、子供が使うような物ではないと言っていた。具体的な値段を聞いたことはないので、恐る恐るわたしはベンノに質問してみた。

「つかぬことをお伺いしますが、お金を取られたら、インクって、おいくらですか？」

「だいたい小銀貨四枚だ」

「ぅひっ⁉」

……今のわたしとルッツの貯金をかき集めても買えない！

「大事に使えよ」

「は、はい。もちろんです！」

自分の本作りのためにインクが欲しいなと思ったけれど、自分で買うのは諦めよう。残っている煤鉛筆を使うのが一番だ。

わたしはガリガリと発注書を書いていく。もう手慣れたものだ。木のペン先はすぐに丸くなってしまうので、ルッツに削ってもらい、ベンノに平均的な大きさの契約書を出してもらって、メジャーでサイズを測り、簀桁の発注書を書きあげた。

ベンノはわたしが書いた発注書を見て、目を丸くした。

「不備も誤字脱字も全くないな。これはマルクに回しておく。……マイン、簀桁ができなくて、紙が作れなくて困るのは俺も同じだ。責任持って作るから、心配そうな顔をするな」

ベンノが責任を持つと言ってくれたのだから、安心して待っていよう。わたしはゆっくりと息を吐いて、発注書セットを片付ける。

「……これでお前達の話は終わりか？」

「はい」

わたしが大きく頷くと、ベンノがスッと背筋を伸ばして、表情を引き締めた。商売に関係する話になることを察して、わたしとルッツも姿勢を正す。

「では、こちらの話をしたい。マイン、お前が教えてくれた髪を洗う液のことだ」

簡易ちゃんリンシャンの作り方は、紙の試作品を作っている途中で、鍵の貸し借りの時に教えたはずだ。わたしは契約魔術で完全に権利を放棄しているのに、今更何の話があるのか全くわからない。首を傾げると、ベンノが困ったような顔で口を開いた。

「お前が使う油はメリルが一番良いと言ったから、この季節まで待っていたんだが……」

「もうそろそろメリルの季節って終わりですよね？　まだ作ってなかったんですか？」

ベンノの言葉にわたしとルッツは顔を見合わせた。メリルの季節はもうそろそろ終わりだ。ウチでもメリルはたくさん採って、すでに簡易ちゃんリンシャンになっている。利益を追求するベンノのことだから、もうとっくに作って、大量に売りさばいているものだと思っていた。

「いや、収穫された物を集めて、ある工房で作らせているんだが、お前の言った通りに作っても、同じ物にならないという話が先日上がってきていてな。何か思い当たる原因がないか？」

ベンノの言葉に思わず眉根を寄せた。基本的に潰して、搾って、香りを付けるだけだ。失敗するような工程が思い当たらない。何度か作るのを手伝ったルッツも、はて、と首を傾げる。

「……同じにならないって、言われても、そんなに難しい過程なんてなかったよな？」

材料さえあれば、改善案はいくつかあるけれど、あんなに簡単なものを失敗する理由なんてわからない。トゥーリが作っても、ルッツが作っても、ちゃんと同じような物ができた。

「本当はお前の姿を出したくなかったのだが、あの液が完成しなければ、契約魔術に反することになる。悪いが一緒に工房まで来てもらっていいか？」

契約魔術は確か破った罰則がひどく厳しくて、最悪の場合、死ぬこともあったはずだ。我が身可愛さにすぐさま「はい」と返事をすると、ルッツがわたしの腕をつかんだ。

「マイン、今日は止めておいた方が良いと思うぞ。まだ本調子じゃないだろ？」

ルッツの言葉は正しいが、この季節は本調子になれることが少ない。いつ熱が出てもおかしくない季節だ。熱がないのは元気だと判断しなければ、いつまでたっても行動できない。

「でも、本調子なんていつまで待てばいいかわからないし、ぼんやりしてると雪が降り始めちゃうから、熱がないうちに行った方がいいよ？」

「それはそうだけど、でもさ……」

心配するルッツの頭をポンポンとベンノが安心させるように、軽く叩く。

「ルッツ、あんまり心配するな。マインは俺が抱えていくから、歩かせることはない。俺があの速度に耐えられんからな」

「……それなら、まぁ、大丈夫かな？」

ルッツがそう言ったことで、わたしはまたベンノに抱えられて、移動することになった。

……失敗原因って、言われても、今まで失敗なんてしたことないもんね。ちゃんと原因がわかるかなぁ？

失敗の原因と改善策

ベンノに抱き上げられて、簡易ちゃんリンシャンの工房へと向かう途中、少しばかり言いにくそうにベンノが口を開いた。

「なぁ、マイン。あの髪を洗う液のことだが……」

「はい？『簡易ちゃんリンシャン』がどうかしました？」

「長くて言いにくい。もっと別の言い方はないのか？」

確かに、音の響きだけで意味が全くわからないベンノを始めとしたこの世界の人にとっては、長く感じられるのだろう。それは、つまり、商品となっても、貴族の方々にはなかなか受け入れてもらいにくい名前だということだ。

「あ〜、トゥーリにちょっとふざけて言ったのが、定着しちゃっただけで、別に変えちゃっても問題ないですよ？」

「……そうなのか？」

驚いたように目を瞬くベンノに笑って頷いた。

ずっとかゆかった頭がスッキリした上に、バサバサだった髪がサラサラになって浮かれていたわたしが、適当に言ったのが始まりだ。特に思い入れはない。

「はい。好きな名前を付けちゃってください」

「しかし、そう言われると、なかなか困るな」

ベンノがむむっと眉間に皺を刻んで考え込んだ。新しい物に名前を付けるのはかなりセンスがいる。少しでも助けになるように、と思って、わたしはヒントを出すつもりで、言葉を重ねた。

「商品名になっちゃいますからね。言いやすくて、わかりやすいのに変えちゃえばいいと思います。洗髪液とか、汚れ落としよりは、艶を出すとか、綺麗になるとか、癒されるとか、そんな意味の言葉の方が響きはいいでしょう？」

「うむ……むぅ……」

わたしが言葉を連ねるたびに、ベンノの表情がだんだん険しく難しいものになっていく。もしかしたら、ヒントというよりはプレッシャーを与えただけの結果になったかもしれない。

眉間に深い皺を刻んで考え込むベンノに、ルッツは軽く肩を竦めた。

「オレはずっと言ってきたから、別にカンイチャンリンシャンでもいいと思うけど？」

「マイン、これを他の言い方で、何か、ないか？」

適当な言葉が見当たらないのか、ベンノが助けを求めるようにこっちを向いた。わたしは「簡易ちゃんリンシャン」で定着していたので、別の言い方と言われてもすぐには浮かんでこない。似たような言葉ならあるけれど、こちらの世界で意味が通じないことに変わりはない。

「ん～？『リンスインシャンプー』くらいしか思い浮かびませんけど？」

「……リンとシャンは必要なのか？」

「いえ、別に、ベンノさんが付ける分には全く……」

ベンノはしばらくブツブツと言っていたが、しっくりくる名前がなかったのか、頭の中では簡易ちゃんリンシャンで固定していたのか、わたしが出した第二候補の響きから決めたのか、リンシャンで決まった。

……え？　そんなんでホントにいいの？

ベンノは中央広場を西側に曲がって、歩いていく。油を搾る工房なのだから、職人通りにあると思っていたわたしは、目を瞬いた。

「工房って西側にもあるんですか？　職人通りにあると思ってました」

「もともと食品加工の工房だからな。物の行き来が多くて、市が立つ西門に近い方がいいんだ」

「メリルの実も食用ですもんね。最近は専らリンシャンに使ってたけど……」

頭がどうしてもかゆくて、洗いたくて、切羽詰まった状態でできあがった簡易ちゃんリンシャンが、まさか商品化することになるとは、作った当時は思っていなかった。

最初は米のとぎ汁もないし、海藻もないし、どうしたものかと思っていた。思い出せる限り洗髪に関して記憶をたどって、麗乃時代にナチュラル生活だとか、自然派生活という雑誌に載っていた植物性オイルに粉状の塩やオレンジの皮をスクラブとして入れて、洗髪するというものを思い出した。麗乃時代のお母さんがナチュラル生活にはまっていた時にやったことだ。

ちなみに、参考にした雑誌には、他に卵の白身をツノが立つほど泡立ててパックにするとか、梅干しと日本酒で作る手作り化粧水とか、色々あったが、今のわたしのツルプルお肌には必要ない。差し迫って必要だったのが、シャンプーの材料だった。

……油を採るまでが大変だったんだけどね。

あの時は頭のかゆさが切羽詰まっていたし、森で採集することの大変さが全くわからなかったから、トゥーリにずいぶん無理を言ったと思う。おかげで、頭はスッキリしたし、つるつるさらさらヘアを手に入れることができて、清潔な生活を送ることができるようになった。

……トゥーリ、ありがとう!

ベンノに連れていかれた工房は広い倉庫のようなところだった。食品加工の工房と聞いていた通り、雑多な臭いが混じっている。作業台がいくつも並んでいて、それぞれでしている作業が違う。壁際には道具を置くための棚が並んでいて、道具がいくつも並んでいるのが見えた。

「親方はいるか？　ベンノが来たと伝えてくれ」

工員の一人を捕まえてベンノがそう言うと、工員は「はいっ!」と慌てた様子で走りだした。

わたしがベンノに下ろしてもらって、親方の到着を待っていると、奥の方から、工員に声をかけられた少し小太りのおじさんがお腹を揺らしながら出てくるのが見えた。一目で食べ物関係の親方とわかるような感じだ。食べることが心底好きそうな体型に見える。日本なら小太りという程度だが、食糧事情があまり豊かではないこの街でこの体型はかなり太めに入るだろう。

「ベンノの旦那、わざわざ足を運んでくださってありがとうございます。……この子らは？」

「リンシャンを最初に作った本人だ。他言無用で頼む」

ベンノが目に力を込めてそう言うと、親方はコクコクと無言で何度か頷いた。

「それで、改善はしたのか？」

「いえ、道具を変えてみたり、作る者を変えてみたり、色々としてみたのですが、だんだん遠ざかっている気がします」

進展がないという報告を聞いて苛立ちを隠せていないベンノに睨まれて、困り果てている表情の親方を見ていると、まるで自分まで一緒に叱られているような気分になってしまう。

わたしは親方の袖を少し引っ張って、声をかけた。

「あの、作っているところを実際に見せてもらっていいですか？」

「あぁ。……何か気付いたことがあったら、教えてくれると助かる。工房で作った物は何故か汚れがあまり落ちないと言われたんだ」

リンシャンを作るための一角へ移動して、親方に実際に作ってもらう。

失敗するともったいないので、潰すメリルは一つだけだ。親方が圧搾用の重りを使って、一気にメリルの実を潰した。そのまま布を持ちあげて、グッと油を搾れば、器の中にポタポタと油が落ちていく。トゥーリやルッツはハンマーを使うので、かかる時間が全く違った。

「これで、油ができる。ここまでは一緒だろう？」

油を搾る工程には何の問題もないように見えた。ルッツも「間違う要素なんてないよな」と呟いているので、パッと見た限りでは、問題はなさそうだ。

「わたし達は圧搾用の重りが使えないからハンマーで潰しているんです。でも、それくらいの違いで、失敗に結び付くとは思えないんですよね」

「あぁ、子供の力ではハンマーでないと無理だろうな」

次はハンマーでしてみるか、と呟いている親方に、わたしは頼んだ。

「その油。今搾れた油をちょっと見せてもらっていいですか？」

親方が「あぁ」と言って渡してくれた器の中には、不純物が全く浮いていない、澄みきった緑の綺麗な油が揺れていた。わたし達が使う、白く濁った油とは全く違う油がある。

「……あ、わかった」

油を見た途端、わたしには原因がわかってしまった。失敗原因がわかったことは素直によかったと思うが、あまりにも悲しい理由で、少し泣きたい気分になる。

「何だ⁉　何がいけなかったんだ⁉」

食らいつくように尋ねた親方に、わたしは少しばかり肩を落としながら答えた。

「……搾る時の布です」

わたしの言葉にベンノがじろりと親方を睨んだ。親方はぎょっとしたように目を見開いて、両腕をバタバタさせながら必死に言い募る。

「布⁉　新しい事業だし、かなりいいのを使ってるぞ！」

「……だから、ですよ」

今度は親方ばかりではなく、ベンノも目を剥いてわたしを見た。軽く肩を竦めながら、わたしは油の入った器を台の上にそっと置く。

「わたし達の家の布って目が粗いんですよ。服を見たらわかるように、お金ないですから。こんなに細かい目の搾り布を使ってないので、わたし達が搾ると、潰された実の繊維や小さな小さな粉みたいな種の欠片が結構いっぱい油の中に混じるんです」

トゥーリやルッツが搾る油は澄みきった緑ではなく、白っぽく濁っていた。理由なんて簡単だ。この工房で使われている搾り布とは比べ物にならないほど、搾り布の目が粗いし、ギリギリまで搾らないともったいないので、油が濁ることなんて気にせず、最後まで搾っていた。

「その濁りが『スクラブ』……あ、髪を洗う時の汚れを落とすのに必要な物になるんです」

本来なら、工房で作られているような、澄みきって綺麗な植物油に粉末状態に潰した塩やナッツ、乾燥させた柑橘系の皮などを入れて、スクラブにする。しかし、わたし達の場合は搾った状態ですでにスクラブができていた。おまけに、それ以上、何かを加えたいと言えるような生活状況ではなかった。森で大量に採れるハーブを匂い付けに使うのが精々だったのだ。

わたしの説明に親方は呆けたように、口をポカーンと開けていた。予想外の失敗原因だったのだろう。わたしにも予想外だった。良質の油を採ろうとすればするほど、サンプルから遠ざかるのだから、胃の痛さは半端なかったと思う。ベンノも原因がわかって、ホッとしたのか、表情がかなり和らいだ。指先で搾り布を摘まんで、肩を竦める。

「まさか布が原因だったとはな。いい物を使ったからこその失敗だったとは……。俺は薬草の混ぜ方に何か秘密があるのかと思ってたぜ」

「薬草は基本的に匂い付けですね」

親方がハァと大きな溜息を吐いた。安心したような、困ったような表情でポソリと零す。

「粗い布が必要なら、今まで搾った分は使えねぇな」

「え？　使えますよ？　使わないなんてもったいない」

できることなら、不純物のない上質のオイルはわたしが使ってみたいと思う品質だ。スクラブさえ入れれば、わたしが作ったリンシャンよりよほど品質の良い物ができる。

「今搾っている油に、『スクラブ』を入れればいいんですよ。素材を厳選すれば、わたしが作った物よりよほど上質になります」

「へぇ……。嬢ちゃん、ずいぶん物知りだな？」

感心したように親方が呟くと同時に、ベンノの目が獲物を見つけたようにギラリと輝いた。

「あ……」

……しまった。調子に乗って喋りすぎた。

さぁっと血の気が引いて思わずルッツを見ると、この馬鹿、と言わんばかりの呆れた顔をしている。このままではルッツにバレた時と同じような道をたどることになる。

……あああぁぁぁ！　わたしのバカバカ！　学習能力がないの⁉

ひくひくと引きつる口元を何とか引き上げて、わたしは笑顔を貼り付けた。

……平常心、平常心、まだ何もバレてない大丈夫。

「粗い粒だと洗っている時に頭の皮膚《ひふ》を痛める可能性があるので、気を付けてくださいね」

ニッコリと笑って、すすすっとその場を去ろうとしたが、獰猛な笑みを浮かべたベンノにガッチリと押さえられた。

「マイン、お前、他にも色々知ってそうだな？」

知っているけれど、これ以上余計なことを言うわけにはいかない。これから先、わたしがここで平穏に生きていくのには、変な疑惑を持たれたら困る。どうにかベンノの追及を逃れなければならない。以前のマインを知らないベンノなら、同じようにおかしいと疑惑を持たれても、ルッツとは条件が違う。頑張れば、何とかなるはずだ。何とかしてみせる。

ベンノの眼力に負けないように踏ん張って、冷や汗で背中をしっとりさせたまま、わたしは精一杯虚勢を張って笑った。

「ここから先は有料です。情報料が必要なんです。ただでは喋りません」

「いくらだ？」

くいっと顎を上げて、ベンノがニヤリと笑ったまま値段を示せというけれど、いくら出されてもこれ以上の情報を出すつもりはない。けれど、そう言ってしまえば、そこで交渉は終わりだ。今はベンノから引き下がってもらわなければならない。

バクンバクンと唸る心臓を押さえながら、わたしは必死に頭を回転させる。

「……このままでも十分に売り物になるのに、それ以上のための情報をベンノさんは一体いくらで買うつもりですか？」

ニッコリ笑ったまま、笑顔の睨み合いがしばらく続く。ベンノの赤褐色の瞳が獰猛に光っているし、さっさと降参してしまいたい心境だけれど、今は絶対に引くことができない。何を喋っても、明らかにおかしいと睨まれることがわかっているのに、これ以上喋れない。

わたしと睨みあう視線を外さないまま、ベンノが親方に声をかけた。

「親方、商談用の部屋を借りていいか？」

「あ、あぁ、どうぞ」

返事を聞くや否や、わたしはベンノにガシッと担ぎあげられ、商談用の部屋に拉致される。

「わわわわわっ!?」

「マイン!?」

「話をするだけだ！　誰も近付くな！」

ベンノの一喝にルッツがビクッとして、その場に止まる。親方も蒼白になって頷いた。

他人様の商談用の部屋を占領したベンノはわたしを椅子の上に座らせ、その正面に自分が座った。

しばらくベンノがわたしを睨んだ後、口を開く。

「小金貨二枚だ」

「は？」

……空耳だ。空耳。今、何かすごい値段が聞こえた気がするけど、絶対に空耳だった。

思わずポカーンとしてしまったけれど、空耳だったことにして、わたしは慌てて表情を引き締め直す。引き締め直した途端、ベンノが再度、ハッキリと言った。

「小金貨二枚、出す。改良方法、他に代用できる植物、思い当たることは全部喋れ」

改良に小金貨二枚も出すなんて、リンシャンにどれだけの利益を見込んでいるのだろうか。もしかして、フリーダの髪飾りのように貴族相手にぼったくるつもりなのだろうか。

「……ベンノさん、リンシャンを一体いくらで売るつもりですか？」

わたしがじっとりとねめつけると、ベンノはわずかに目を細めて、フンと鼻を鳴らした。

「マインには関係ないことだ」

「だったら、わたしも、製造するための情報は教えたんですから、それ以上は関係ないですよね？」

これで話を切り上げられる、と心の中で安堵の息を吐きながら、わたしはテーブルに手をついて席を立とうとした。

「小金貨三枚。それ以上は出せん」

テーブルについたわたしの手をガシッとつかんだベンノが、悔しそうな表情で、さらに値段を上げた。目玉が飛び出しそうな金額に一瞬心が揺れたけれど、それ以上は出せないなら交渉はこれで終わりだ。平穏な生活のためにも、この先の追及は逃れてみせる。

「おこと……」

「受け取って貯めておけ。お前の身食いを何とかできるのは金だけだ」

お断りします、と言おうとしたら、ベンノにぎろりと睨まれた。今にも歯噛みしそうな顔で、低い声で小さく囁かれた言葉に驚いて、わたしは大きく目を見開く。

「……ベンノさん、身食いのこと、知っていたんですか？」

「もしかしたら、とは思っていたが、この間、くそじじいにハッキリと言われたからな」

ベンノの言うくそじじいとはギルド長だ。ギルド長に何を言われたのだろうか。フリーダの髪飾りを納品した後、ギルド長に対する警戒心が薄れていたことに何か関係があるのだろうか。

先程とは違った妙な焦りが心に渦巻き、立ち上がりかけた中途半端な体勢から力が抜けて、すとんと椅子にわたしのお尻が落ちた。

それが座り直したように見えたようで、ベンノはテーブルの上に伏せるように身を低くし、わたしに顔を近付ける。そして、わたしだけに聞かせるような低くて小さい声で話し始めた。ぼそぼそと囁かれる声なのに、妙にハッキリと鼓膜に刺さってくる。

「あそこの孫娘はお前と同じ身食いだったが、金と貴族へのコネがあったから助かったんだ。お前は持っている情報を売ってでも、金を貯めて、来るべき日に備えろ」

「来るべき日って……」

「体の中の熱が……抑えきれなくなる時だ」

あぁ、と納得が全身に広がった。最近少しずつ身食いの熱が活発化してきているような気がしていたのは、ただの気のせいでも、体調のせいでもなかったらしい。そのうち、この身食いの熱が大きくなって、わたしでは抑えられなくなる日が来る、とベンノとギルド長の間では結論が出たのだ。

自分の命と気味悪がられる危険性を秤《はかり》に掛ければ、呆気ないほど簡単に結論が出た。

……まだ死にたくないよ。

やっと紙が作れるようになったのだ。この冬には失敗作の紙を束ねたものだけれど、やっと本を作れる環境が整った。それに、季節が一巡したことでここでの生活に慣れて、家族とも上手く噛み合うようになってきた。役立たずでしかなかった自分が、少しだけでも役に立てる環境を見つけることができた。やっとここで生きていることが楽しくなってきたところだ。

まだ死ねないと思うのと同時に、ベンノに情報を渡して、気味悪がられた時のことを考える。

……ベンノさんがわたしを気味悪がったら、どうなる？

前のマインを知っていたルッツと違って、ベンノにとってわたしは、ものを知りすぎていて気味が悪いだけの子供だ。気味が悪いという理由だけでいきなり殺されるようなことはないだろうし、縁が深いルッツと違って、家族に「マインは普通と違って気味が悪い」と言いつけられても、それほど大した被害はない。

最悪、わたしとルッツが遠ざけられて、わたし達がベンノの店の商人見習いになれなくなるだけだ。だが、その場合もギルド長とフリーダから勧誘も受けている。ベンノと離れたところで、これから先の受け皿が全くないわけでもない。

……お金があれば生きていけるなら、わたしはまだ生きていたい。

「わかりました。小金貨三枚で手を打ちます」

わたしがベンノを見つめてそう言うと、ベンノは小さく頷いて、手を離した。そして、ギルドカードを合わせた後、わたしのトートバッグを取り上げて、勝手に発注書セットを取り出す。

「ちょ、わたしの荷物！」

「これは、ウチの備品だ」

「それはそうですけど、せめて、一言断ってくださいよ！」

「あぁ、すまんな」

全くすまなく思っていなそうな口調でそう言って、ベンノはインクとペンを持って、発注書用の木札をまるでメモ帳のように構えた。

「では、教えてもらおうか。まずは、失敗作と思われた油を売れるようにする方法だ」

「汚れを落とすための『スクラブ』を入れればいいんです。『スクラブ』にできる物は色々ありますけど、多分一番手軽なのは塩だと思います。塩を粉になるくらいにすり潰して入れると汚れ落としと消臭に効果があるんです」

「塩だと？」

わたしが読んだ記事の中で、一番簡単そうなのが、植物性のオイルと粉末状態にした塩を混ぜる物だった。あまりにも身近な物で驚いたのだろうか、ベンノが目を丸くしている。

「……それから、カラカラに乾燥させた『柑橘系』じゃなくて、えーと、フェリジーネの皮を粉状にすり潰して入れると、何も入れないよりは匂いも汚れ落ちもよくなります」

「フェリジーネの皮、な。他にもあるのか？」

ベンノはガリガリと書きながら、わたしに視線を向ける。

「他ですか？『ナッツ』……あ～、ヌーストを粉々にして混ぜてもいいですね。どれもこれもウチではもったいなくてできなかったんですけど」

ベンノは少しでも情報を得ようとするように、赤褐色の目でわたしをじっと見つめる。

「できなかったことを知っている？……マイン、お前は何者だ？」

「秘密です。これは小金貨なんかじゃ売れませんからね」

苦虫を噛み潰したような顔で、ベンノが口をへの字にした。自分に理解できない者を見るベンノの胡乱《うろん》な目に、心臓がうるさく音を立てる。こんな目でずっと見られて、平然としていられるほど、わたしは強くない。

わたしは作り笑顔を貼り付けたまま、自分の立ち位置を決めるための賭けに出た。

「わたしみたいな子供、気味が悪いから、お払い箱にしちゃいますか？　一応、それくらいの覚悟をして、情報提供したんですよ？」

ハッとしたように軽く目を見張ったベンノが、俯いてガシガシと自分の髪を掻きむしり、ハァ～、と大きく息を吐いた。その後、何度かゆるく首を振って、顔を上げる。その時には、いつものニヤリとした不敵な笑みが広がっていた。

「いや、利益になる以上、他に奪われないように囲い込むことを考えるさ。俺は商人だからな」

そう言って、ガタリと立ち上がったベンノが、ぐしゃぐしゃとわたしの頭を撫でた。今までと変わらない仕草を見せることで、現状維持という結論をベンノが出したことが伝わってくる。

わたしはホッと安堵の息を吐いた後、いつまでもぐしゃぐしゃするベンノの手をペイッと退けて、

「んべっ」と舌を出した。

トロンベが出た

朝起きて、布団から出るのが厳しい季節になった。布団の中で、寒いなぁ、とうごうごしていたら、朝番の父さんがほとんど仕事の準備を終えた状態で声をかけてきた。

「マイン、今日の体調はどうだ？」

「ん～？　いつも通りだけど？　どうしたの、父さん？」

もしかしたら、ベッドでもぞもぞしていたから、体調が悪いと勘違いされてしまったのだろうか。

わたしがむくりと起き上がると、父さんは心配そうに顔を覗きこんできた。

「オットーが冬の打ち合わせをしたいから、来てくれないか、と言っていたんだ」

「わかった。今日は熱もないし、ベンノさんに呼ばれてもないし、門に行くよ」

開門の二の鐘に向けて出勤する父さんを見送って、わたしはベッドの上で手早く着替える。

「母さん、トゥーリ。わたし、今日は門に行くから」

「そうだね。そろそろ森で採れる物も少なくなってきたし、マインはもう森へ行くのは止めておいた方がいいんじゃない？」

「トゥーリの言う通りよ。マインが熱で倒れた方が大変だから、森は止めた方がいいわね」

最近は寒くなってきて、風邪を引きやすい季節になってきて、自分でも体調があまり良くないと感じる日が増えてきた。わたしが頑張ると、周囲が迷惑を被ることが多いので、森行きは自重した方が良さそうだ。

「よぉ、マイン。今日は門か？」

トートバッグだけを持ったわたしに、ルッツがそう声をかけてきた。風邪を引かないようにたくさん着込まされたわたしと違って、他の子供達は比較的身軽な恰好をしている。あまり着込むと動きにくくなるからだ。雪が降るまでの短い期間が、薪拾いのラストスパートになる。

森に向かう子供達と一緒に、わたしは門に向かって歩き出す。最近やっと周囲の子供達にあまり離されることなく歩けるようになってきた。もうちょっと頑張ろうと思った瞬間、ルッツに釘を刺されることが多いけれど。

「じゃあ、帰りも寄るから、ちゃんと待ってろよ？」

「うん。ルッツは採集、頑張ってね」

他の皆は森に行くので、門でお別れだ。父さんの姿が門に見えなかったけれど、すでに顔見知りになっている門番のおにいさんに敬礼して、宿直室に通してもらう。

「オットーさん、いらっしゃいますか？　マインです」

ドアを開けて宿直室に入ると、壁際にある棚は、予算関係の木札ですでにいっぱいになっているのが見えた。その前にオットーがいて、整理していた。

「やぁ、マインちゃん。よく来てくれたね」

「オットーさん、お久しぶりです」

ビシッと敬礼した後、暖炉に一番近い椅子を勧められた。わたしは少し高めの椅子に、よいしょっと半ばよじ登って座った後、バッグの中から石板と石筆を取り出す。

「冬の予定なんだけど、マインちゃんはどれくらい来られそう？」

「えーと、父さんと相談したんですけど、わたしの体調が良い日で、少なくとも吹雪ではない日で、父さんが朝番か昼番の時という結果になりました」

まず、冬は体調の良い日が少ない。去年よりは体力がついているはずだから、風邪を引く回数や寝込む日数が短くなることを祈っているが、どうなるか全く予測できない。

次に、天気だ。吹雪ではない日というのもそれほど多くはない。ピカピカに晴れなくてもいい。チラチラ雪が降るくらいなら構わない、と父さんは言っていたが、実際雪が降ったら止められるのは間違いないだろう。過保護なのだ。

そして、父さんが夜番の時が冬の間の三分の一あるのだ。

「多分、門に来られるのは、春になるまでの間で両手の指の数を超えることはないと思います」

「……まぁ、そんな気はしていたけど、去年の冬に一日手伝ってもらっただけでも、かなり楽になったから、どうしても期待してしまうんだ。できるだけ来てくれると嬉しいよ」

「はい」

計算するだけで、石筆が稼げるのだから良しとしよう。今年はルッツとの勉強に去年以上の石筆が必要だと思うので、頑張って稼ぐつもりだ。

「あ、予算仕事の時に使う石筆は自腹じゃなくて、経費ですよね？」

「ぶっ、ははは。ずいぶん商人らしい思考回路になってるじゃないか。仕事中に使う石筆は経費だよ。安心して計算してくれ」

はたと思いついてオットーにそう確認すると、オットーは目を丸くした後、噴き出した。笑われてしまったが、これで安心してお仕事ができる。袖で擦れて、文字が消えないように、少しだけ袖をまくって、わたしは石筆を構えた。

「今日の仕事はこれだ」

オットーがどさどさと木札を持ってきた。お偉いさん達の部署で使った備品の集計だった。この部署の会計は全てオットーが担当しているらしい。下手に手伝われて、計算間違いを指摘する方が面倒の元だからと首を竦めて言った。わたしも計算間違いをしないように、検算をしながら、それを合計していく。

「オットー、いるか!?　至急門に立ってくれ！」

慌てた様子で一人の兵士が飛び込んできた。どこまで計算したかわかるように、木札にピッと線を入れ、計算器は誰にも触らせないように、と言い置いて、オットーが駆けだしていく。

何となく門全体が騒がしい。ドアの向こうの廊下を足音がたくさん行き交っていて、石畳で反響するせいで、その足音がやたら大きく聞こえてくる。バタバタと慌ただしい雰囲気で、とても「何があったの？」なんて、ドアを開けて、誰かに聞くことはできない。

もう何度も門にお手伝いに来ているけれど、こんなふうにざわついた雰囲気は初めてだ。一人で宿直室に残されたこともあって、じわじわとした不安が心を占めてくる。

……ここにいれば、大丈夫だよね？

ゆっくりと深呼吸するように意識して呼吸しながら、ぐるりと誰もいない宿直室の中を見回している途中で、くらりとめまいがした。ほんの少しでもわたしの心が弱った瞬間を見逃さないように、体の中の熱が暴れだそうとしている。奥の方から出てこようとする熱が、まるでわたしの心の弱さを指摘しているようだ。

わたしは苛立ちを覚えながら、グッと中心に熱を集めるように、体中に力を入れた。熱が出てくるのを防いで、蓋をするイメージで押し込める。

「……ハァ、疲れた」

身食いとの攻防に集中していたせいで、攻防が終わった後には不安はかなり薄くなっていた。

わたしが計算の続きを始めると、じきにオットーが戻ってきた。切りの良いところまで計算を手早く終わらせて、自分の分の書類を片付け始める。

「森でトロンベが出たらしい。子供が応援を呼びに来たから、兵士が半数ほど飛び出していったんだ。俺は門のところで立たなければならないけど、マインちゃんはここで計算していてくれないか？あと、紹介状が来たら、こっちへ回すから、処理を頼むね」

慌ただしかった理由がわかったことで、少し安心して計算に取り組めるようになった。

そういえば、前にルッツが、秋になると森でトロンベが出ると言っていたはずだ。もしかしたら、紙にできるトロンベが手に入ったかもしれない。

……ん？　でも、兵士が参戦するくらいだから、成長しすぎて、紙には使えなくなってるかな？　どうだろう？

前は子供だけでも刈れたので、トロンベが出た、と聞いても心配することもなく、わたしは石板に数字を並べて計算していた。すると、ガヤガヤとドアの向こうが騒がしくなってきた。

「マインちゃん、ルッツが帰って来たよ。相談があるって言ってるけど、どうする？」

「トロンベを刈ったなら、その話なので帰ります。ここからここまでは計算が終わりました」

「助かったよ。ありがとう」

兵士達と一緒にトロンベを刈った子供達も帰ってきたようで、トロンベを抱えた兵士や子供達が門のところでうろうろしているのが見える。ルッツの姿を探していると、父さんがわたしくらいの太さの丸太を俵担ぎにして、駆け寄ってきた。

「マイン！　見ろ、こんなに大きなトロンベを父さんが刈ったんだぞ！」

「うわぁ、大きいね。これ、薪になるの？」

「いや、トロンベはそう簡単に燃えないから、薪にはならん。家具にするんだ。火事が起こっても、燃えずに残っていることがあるから、貴重品を入れるのに使われるんだ」

「へ、へぇ、そうなんだ。すごいね」

……さすが不思議植物。火事でも燃えないなんて、それ、もう木じゃないから！

あまりのビックリ加減に呆れ混じりの感嘆の息を吐いていると、ルッツが父さんの後ろから手招きしているのが見えた。

「どうしたの、ルッツ？」

「なんだ、ルッツはそんな細い木しか刈れなかったのか？　どうだ、マイン。父さんの方がすごいだろう？」

父さんがルッツの籠に入っているトロンベを見て、勝ち誇ったように胸を張るが、子供相手に張り合わないで欲しい。それに、残念ながら、わたしが欲しいのは若くて細い木だ。

わたしはハァ、と溜息を吐いたが、実際、トロンベは成長するほど切るのが難しくなるため、辺りにいる兵士や子供達の間でも、太い木を切った者は英雄のような扱いになっている。周囲の皆が刈った木の太さや枝の大きさを比べあっているのが見えた。

「こんな木、使えねぇよ！」

比較されて馬鹿にされたらしい子供の一人が癇癪《かんしゃく》を起こして、トロンベの枝をべちっと投げ捨てたのが視界の隅に入った。トロンベは燃えにくいため、薪にできないのに、若くて軟らかくて細い木では火事に耐えるだけの耐火性もないし、家具にできるような強度もない。皆にとっては使えない木らしい。だが、わたしにとっては良質の紙になる素材だ。細くて軟らかいトロンベを捨てるなんて、とんでもない。

「いらないなら、わたしにちょうだい。本当にいらない？　もらっていい？」

「……い、いらねぇよっ！」

周囲の視線が集中したことにカッとした男の子がそう言い捨てて、走っていく。わたしが捨て置かれたトロンベを拾い上げると、同じようにトロンベを籠から放り出す子供達が続出した。

「オレのもやるよ。こんなん、持って帰っても困るだけだ」

「わたしのもあげるわ。いらないもの」

かなりたくさんの枝がわたしの周囲に積み上がる。

「ルッツ、いっぱい手に入っちゃったよ」

「……だな」

ルッツと一緒に積み上げられたトロンベを拾い集めて、ルッツの籠にぎゅうぎゅうと詰め込んでいく。呆然としながら、成り行きを見ていた父さんが、困ったように眉根を寄せて、トロンベの詰まった籠とわたし達を見比べた。

「……おい、マイン。こんなもん、どうするんだ？」

「わたし達が使うのは若くて軟らかい木だから、これでいいの。ルッツ、行こう」

父さんに背を向けて歩き出すと、ルッツが困ったように頭を掻きながら口を開いた。

「オレも、つい、材料だって思って、トロンベを刈っちゃったんだけどさ。紙の材料って、採ってから五〜七日くらいまでには処理しなきゃ使えなくなるんだよな？……どうする？　オレ、この時期に川なんて入りたくないし、鐘一つ分蒸すだけの余分な薪なんてないし、諦めるか？」

今の時期に森へ行っても、あまり薪がないのはわかっているけれど、それを理由にトロンベを無駄にしたら、ベンノが目の色を変えて激憤するに違いない。

「……言われることはわかりきってるけど、一応ベンノさんに相談してみる？」

「勝手に捨てたら、怒られるよな。ハァ……。こんなに寒いのに川なんか入れねぇぞ」

ぽてぽてと歩いてベンノの店へと向かったが、さすがに森から帰ったばかりの恰好のルッツを店に入れるわけにはいかないと番人に言われて、ルッツは店の外で待機することになった。

番人が声をかけてくれて、マルクが出てきてくれたので、わたしはマルクと一緒に中に入る。

わたしが店の中に入った時、ちょうどベンノの部屋から、お客様が出てきたところだった。店に不釣り合いな恰好のわたしをじろりと睨んで、フンと鼻を鳴らすのが聞こえた。

……やっぱり早目に服をあつらえた方がいいかもねぇ。

ベンノの店の品格を自分のせいで貶めるようなことはしたくない。そのためには、早くお金を貯めなければならないようだ。

奥の部屋に案内されると、ベンノが軽く目を見張った。

「どうした？　今日は会う予定はなかっただろう？」

「予定はなかったんですけど、相談があって……実は今日、森でトロンベが出たんです」

わたしの言葉にベンノがガタッと立ち上がって、身を乗り出してきた。

「トロンベだと⁉　それで、刈ったのか⁉」

「はい、結構いっぱい材料は手に入りました。でも、ですね……紙にするの、難しいんです」

「何故だ？」

ベンノが理解できないと言うように、目を細めて怪訝そうな顔になる。この後、絶対に怒られるんだろうな、と予測しながら、わたしは口を開いた。

「えーと、実は、その、鐘一つ分蒸すだけの薪がなくて、川……」

「この阿呆！」

川が冷たくて入れない、と理由の全てを述べる前に、せっかちなベンノの雷が落ちた。

「買える薪と希少なトロンベを比べるな！　原価と利益の計算もできんとは言わせんぞ！」

「……やっぱりそう言われると思ってました。薪を買いたいので、マルクさんと材木屋に行ってきていいですか？」

洗礼式が終わっている子供にさえ見えないわたしでは、薪にする木が欲しいと頼んでも、胡散臭く見られて門前払いされるだろう。

「……ルッツはどうした？」

「外にいます。森から帰ってきて直接ここに来たので、店に入れる恰好じゃなくて……」

わたしがそう言うと、ベンノは机の上のベルを鳴らしてマルクを呼んだ。

「マルク、ルッツにマインの今日の状況と材木屋に行けるかどうか、聞いて来てくれ。マイン、お前はここで発注書を書け」

ベンノが木札とインクを出してくれたので、その場でわたしは発注書を書き始める。

「ベンノさん、鐘一つ分燃やせるだけの薪が欲しいんですけど、何て書いたらいいですか？」

「そのまま書いておけ。多少、余裕を持たせて売ってくれるさ」

はい、と返事しながら、書いていると、ルッツに話を聞いたマルクが戻ってきた。

「マインはこれ以上出歩かない方が良いそうです。発注書が書けたのなら、私がルッツと材木屋に行ってまいります」

「よろしくお願いします、マルクさん」

マルクに書きあげた発注書を預けて見送ると、ベンノはわたしに木札を数枚渡してきた。

「暇なら読んでおけ」

「喜んで！」

それは商人の心得とも言うべきもので、契約に関するあれこれが書かれている木札だった。

字を読むことが嬉しくて、ふんふんふんふーん、とわたしは鼻歌混じりで目を通していたが、読んでいるうちにどんどん頭の中に疑問符が浮かんでくる。

「ベンノさん、さっきの薪代って、先行投資に入るんですか？」

無言でベンノはわたしに視線を向けただけで、何も答えようとしない。

「それに、ちょっと不思議に思ったんですけど、ベンノさんはこの間、試作品ができたから先行投資は打ち切るって言いましたよね？　でも、契約魔術では洗礼式まで、じゃなかったですか？　大きい簪桁の代金も、実は先行投資に入りません？」

ベンノがわざわざ契約に関する木札を読ませる意味を考えているうちに、一つ思い当たったのが、契約魔術の内容だった。

「……気付いたか」

「なんで騙すんですか!?」

「騙していない。試しただけだ。お前達が交わした契約内容を覚えているかどうか。相手が違反した時にどう動くか、興味があったんだ。何も言わないから、覚えていないのかと思ったぞ」

フンと鼻を鳴らして、ベンノは指先でトントンと机の上を叩きながら、わたしをじろりと睨む。

うっ、と一瞬言葉に詰まったけれど、わたしはキッとベンノを睨み返した。

「試作品を作ったから終わりだって言われて、あぁ、なるほどって思っちゃったんですよ。まさかベンノさんに騙されるなんて思いませんでしたし、契約魔術って、契約書が燃えてなくなったから、契約の内容を確認できませんでしたから」

わたしの言葉に、フンと鼻を鳴らして、嘲笑の笑みを浮かべながら、ベンノが肩を竦めた。

「契約書が燃えるから、別の何かに書き留めるか、きっちり覚えておくかどちらかしなければならなかったんだ。お前が甘い」

「……肝に銘じます」

ベンノの言い分は間違っていない。契約書の控えがなければ、自分できっちりとメモするか、記憶しておくべきだった。罰則がきつい契約魔術という言葉に甘えていたのは事実だ。

「ちゃんと追及できたから、先行投資分は払ってやろう」

「払ってやろうって、そういう契約だったじゃないですか。契約違反じゃないんですか？」

むぅっとわたしが唇を尖らせると、ベンノは勝利の笑みを浮かべて、愉悦に満ちた表情でわたしを見つめた。

「俺が払わないと言いきれば、契約違反。今回はお前の追及不足だ。追及されたので、俺は払う。払えば、契約違反には当てはまらない。商人になるなら、きっちり覚えておけ」

「……うぐぅ～」

悔しがるわたしにベンノはますます唇の端を吊り上げて、「契約に関する木札を読んでも何も気づかなかったら、遠慮なくむしり取るつもりだった」と笑った。ベンノから気付くためのヒントが与えられたのだから、わたしを商人として育てるために色々考えてくれているんだと、一応前向きに取ることにしたけれど、悔しいものは悔しい。今度は騙されないように、と木札にもう一度じっくり目を通していると、ベンノがふと仕事の手を止めて、声をかけてきた。

「あぁ、そうだ。マイン、冬の手仕事を少し前倒しでできるか？」

「ウチはもう冬支度が終わってますから、やろうと思えば何とかなると思いますけど？」

我が家の冬支度の期間は、父さんの仕事の都合に左右される。門にいる兵士全員に冬支度は必要だが、一度に全員が仕事を休めるわけがないので、交代で休んでいくことになる。

去年は冬支度休暇がかなり後の方だったので、雪が降るギリギリまで冬支度をしていたが、今年は比較的早く終わっているので、多少の余裕はあると思う。

「色合いの違う髪飾りを十～二十ほど作れないか？　ギルド長が孫娘の髪飾りを自慢しまくって、問い合わせが多いんだ。……断りきれないところもいくつかあるからな」

「冬の洗礼式で付けるのがフリーダだけって特別感がなくなるんじゃないんですか？」

ぼったくりの理由付けがなくなるようなことをしてしまっていいのだろうか、とわたしが首を傾げると、ベンノはわずかに視線を泳がせる。

「……本人に合わせて作ったのは、アレだけだ。既製の物とは全く違うから問題ない」

「問題がないなら、別にいいんですけど、急いで仕上げるので、特急料金いただけますか？」

わたしがニッコリと笑って上乗せ料金を要求すると、ベンノが目を剥いて絶句した。

「お金は取れる時に、取れるところから、取れるだけ、取っておくもの、なんですよね？　ベンノさんを見習って、商人らしさ、目指してますから」

んふふっ、と笑うと、ベンノが苦々しい顔になって、顔を引きつらせた。

「髪飾り一つにつき、中銅貨十枚だ。倍にするんだから、文句はないだろう？」

「それじゃあ、ダメです。中銅貨十一枚か十三枚で、お願いします。ルッツと決めてある花飾りと簪部分の比率を考えると、そうしないと都合が悪いんです」

花飾りは中銅貨二枚、簪部分は一枚と値段を決めて、家族にも言った。残りをルッツと山分けするので、もらえる中銅貨が偶数だと正直困る。

「仕方がない。十一枚だ。この商売上手め」

「お褒めにあずかり、恐悦至極に存じます」

「……本当に、そんな言葉をどこで覚えたんだか」

呆れたような面白がっているような表情で、ベンノがそう言って肩を竦める。

「あ、それと、髪飾り一つ分の中銅貨が欲しいです。前払いでも、わたしの貯金から出してくれてもいいんですけど……」

「それは、前払いでも構わんが、どうするんだ？」

「大急ぎの魔法をかけるのに必要なんです」

雪が降るまでに十個も作ろうと思ったら、母さんとトゥーリに協力してもらわなければできないし、協力してもらうには、やる気の元が必要だ。

特に母さんは何年も手作業をしているので、髪飾りの手仕事料金が他に比べてとんでもなく高いとわかっている。だから、騙されているのではないか、作ってても払ってもらえないのではないか、とどこか疑っている節がある。一つできるたびに、規定通りのお金が手元に入ってきたら、信頼も得られるし、やる気もぐぐんと上がるに違いない。

その時、ドアがノックされて、マルクが戻ってきた。

「ただ今戻りました、旦那様。発注した薪は、本日の閉門までに店に届きます。マイン、明日の朝、店の者に倉庫まで運ばせますね」

「ありがとうございます」

「では、寒いのでお気をつけて」

マルクに見送られて外に出ると、ルッツがほとんど空っぽの籠を背負って立っていた。材木屋に行くついでに、倉庫にトロンベを置いてきたらしい。なるほど、わたしを連れて行きたくなかったわけだ。

日が暮れるのが早くなった街並みを、二人で家に向かってゆっくり歩く。本当は寒いので、急いで帰りたいけれど、本能のまま動いたら、間違いなく熱を出して倒れるのだ。ほてほてと帰りながら、わたしはルッツに冬の手作業が前倒しになった話をする。特急料金も約束したし、家族に協力を頼んで、作ろうね、と言ったら、ルッツは一つ頷いた後、不安そうに眉尻を下げた。

「家族の協力がなくても一人で何とかなる手仕事より、オレにはトロンベの方が問題だよ」

「トロンベ？」

わたしが首を傾げると、ルッツは肩を落として、大きく溜息を吐いた。

「……なぁ、マイン。森へは行くなって言われてるのに、お前、トロンベの作業って、できるのか？　もしかして、オレ一人でやらなきゃダメなんじゃねぇの？」

「今回は倉庫前で作業するつもりだから、一緒にできるよ。鐘一つ分は外にいることになるから、家族が何て言うかわからないけど」

門の外に出るわけではないし、ベンノの店に行くとでも言えば、外出する事自体は難しくないと思う。ただ、外でいる時間が長いので、風邪を引いて熱を出す可能性が著しく高くなるのが困りものだけれど。

「倉庫って……川じゃなくていいのかよ？」

ルッツがビックリしたように大きく目を見開いた。けれど、よく考えるまでもなく、ルッツ一人で鍋と蒸し器と薪を持って、森へ行くなんて無理だ。

「前は素材と薪を採らなきゃいけなかったから、森で作業した方が効率的だったけど、今回は素材のトロンベも薪も全部倉庫にあるんだよ？　わざわざ森で作業する必要ないし、全部森まで運んで作業するなんて無理だよ」

「あ、そうか。アレ、全部運ばなきゃダメなんだ」

一人で作業することになる不安の方が大きくて、ルッツは自分が運ぶことになる荷物の量を把握できていなかったようだ。

「蒸したトロンベをさっとさらすのが川の水じゃなくなるけど、あれは蒸された木を一度冷たい水にさらして、皮を剥きやすくするためだから。今の井戸水なら十分冷たいよ。水が温くならないように、何度か井戸から水を汲んでもらうことになるけど、森へ行くより楽でしょ？」

だが、ルッツの気がかりが消えたわけではないようで、顔色がどんよりと暗い。

「そりゃ、楽だけどさ。……その後はどうするんだよ？　白皮で保存するんだよな？」

「できれば白皮まで加工してから、保存する方がいいんだけど、黒皮でも保存できないわけじゃないから、大丈夫。黒皮を剥ぐのがちょっと面倒になるかもしれないけど、この季節にわたしが森に行くのも、ルッツが川に入るのも自殺行為だし、止めとこ」

不安材料が払拭されて、ルッツは顔を輝かせた。「あぁ、よかった。ホッとした」としきりに繰り返しながら、歩く足の幅が少し大きくなっている。

……帰ったら、母さんとトゥーリにお手伝いをお願いして、明日は木を蒸す作業かぁ。

この後の予定を思い浮かべながら歩いているうちに、お腹が空いたせいか、思考が少しずつずれていく。

……蒸し器があるなら、あつあつで甘いふかし芋とか、ほくほくのじゃがバターが食べたいなぁ。サツマイモに該当する芋はないけど、ジャガイモっぽい芋なら、ここでも手に入るんだよね。芋はウチから持って行って、ルッツにはバターを持ってきてもらえば、明日はじゃがバターが食べれるんじゃない？　あぁ、いいね。心も体もあったまりそう。うん、決定。

幸せな想像にうっとりしているうちに、家の前の井戸のところまで来ていたようだ。ルッツが足を止めて振り返る。

「マイン、明日は鍵を取りに行って、薪を運んだ後で呼びに行くから、それまで待ってろよ」

「わかった。ルッツはバターの準備、忘れないでね」

わたしは大きく手を振って、建物の中に飛び込む。階段を上りはじめた時に明かり取りの窓からルッツの動転した声が響いてきた。

「え？　はぁ!?　バター!?　なんでだよ!?　何に使うんだよ!?」

……あれぇ？　言ってなかったっけ？　失敗、失敗。

早速作ってみた

夕飯を終えるとすぐに、父さんは朝番なので寝てしまう。その睡眠を邪魔しないように、台所で静かに作業ができる手仕事は、自分達が寝るまでの時間潰しにもピッタリだ。父さんが寝室へ行ったので、わたしはトゥーリと母さんに冬の手仕事の話を切りだした。

「フリーダに作った髪飾りが評判良くて、欲しいって人がいるから、冬の手仕事を前倒しにできないかってベンノさんに相談されたの。トゥーリの髪飾りと同じやつが欲しいんだって」

「……できなくはないけど」

母さんとトゥーリは一度顔を見合わせた後、疑わしそうな表情になった。できなくはないけれど、冬の手仕事を前倒しにするのは手間がかかりすぎる、と顔に書いてある。

予想通りの反応に、わたしはトートバッグに手を入れて、証拠とばかりにチャリチャリンと中銅貨を二枚、テーブルの上に並べた。

「少しだけど前金を預かって来たから、一つできたら、ちゃんと料金払うね」

次の瞬間、母さんとトゥーリがガタリと立ち上がって、少しでも明るい竈《かまど》の側に二人が無言でテーブルを寄せた。

「え？　あれ？」

わたしは、間抜けにも椅子に座ったまま取り残されて呆然とするしかない。その間に、トゥーリは裁縫箱から三人分の細いかぎ針を取ってきて、母さんは物置から糸が詰まった籠を運んでくる。あまりにも息が合った動きに、わたしは圧倒されながら、椅子から下りた。椅子をテーブルのところに移動させようとガタガタ引っ張っていると、母さんの声が飛んでくる。

「マイン、参考にする見本はどこ？」

「え？　トゥーリに返したけど？」

わたしの言葉に反応したトゥーリがササッと動いて、自分の木箱から髪飾りを出してくる。トゥーリが髪飾りを探してごそごそと動く音に「何だ？　どうした？」と父さんの声が聞こえてきたが、「何でもないわ。おやすみなさい、ギュンター」と母さんの声が台所から飛んだ。

わたしがテーブルのところに自分の椅子を移動させて、よいせっ、と座り直した時には、すっかり手仕事の準備は整っていた。

「マイン、何色で作ればいいの？」

糸の籠の中を漁りながら母さんが尋ねてきたけれど、指定された色はない。トゥーリの髪飾りとデザインを揃えろと言われているだけだ。

「お客様の髪の色や好きな色がわからないから、色違いでたくさん作ってほしいって言われてるの。トゥーリの髪飾りと同じになるように三色選んで、花の数も同じで作って」

「わかったわ。白と黄色と赤でどう？」

「可愛くて良いね」

わたしの答えを聞くと同時に母さんは猛然と編み始めた。トゥーリの髪飾りを編んでいたので、作り方も知っているから、速い、速い。わたしが作ると一つにだいたい十五分くらいかかる小花を五分ほどで編み上げるのだ。

「色々あると選べて嬉しいもんね？　わたしは白と黄色と青にしようかな？　自分の髪飾りと一緒の色。マインは何色にするの？」

たくさんある色の中から、好みの色を選り分けて、うふふっ、とトゥーリが笑う。わたしが作った髪飾りをとても気に入ってくれているようで、わたしも嬉しい。

「わたしはピンクと赤と緑にしようかな。緑の小花が葉っぱみたいになって可愛いでしょ？」

「うん。可愛い。……ねぇねぇ、マイン。どうやって作るの？」

脇目もふらず編んでいる母さんには聞けないと思ったらしいトゥーリが、ガタガタとわたしの隣に椅子を寄せてきた。見本になっている髪飾りはトゥーリのために作っていたので、トゥーリは作っていないのだ。

「そんなに難しくないよ。こうやって、こうやって……」

トゥーリに編み方を見せながら、小さな花の作り方を教えると、フリーダのバラよりよほど簡単なので、トゥーリはすぐに作れるようになってしまった。

「わかった。ありがとね」

ガタガタと椅子を元の位置に戻すと、トゥーリも静かにもくもくと編み始める。

しばらく編んでいたが、三個の小花を編み終えて、わたしが視線を上げれば、できている小花には圧倒的な差があった。母さんはもう少しで一個の髪飾りになりそうな数の小花を仕上げていて、トゥーリの前には六個の小花が転がっている。

……おおぅ、さすが、裁縫美人。

母さんもトゥーリも手の動きがわたしとは比べものにならないくらい速い。あっという間にできていく。おかんアート出身のわたしでは、スピードもできあがりの美しさも勝てるはずがない。せめて、髪飾りを二人の物と比べた時に、一日で出来が悪いと思われないように丁寧に作ろうと決めて、かぎ針を動かしていく。

普通の冬の手仕事なら、雪に閉じ込められて、暇で、暇で、仕方ない時にするので、和やかにお喋りしながらするものだ。しかし、今夜はテーブルの上に置かれた現金のせいで、お喋りが口から出ることなく、二人とも一心不乱に編んでいる。

「できた！　この後はどうするの？」

喜色を浮かべたトゥーリの声にハッとして顔を上げると、トゥーリの前には三色で四つずつ、計十二個の小花が並んでいた。これでブーケを作ることになる。

「トゥーリ、速いね。すごいよ。えーと、この後は端切れに縫い付けて……って、あ、端切れ！　原価計算に入ってない！」

「手仕事の材料なんて、自分で準備するのがほとんどなんだから、ウチのを使えばいいわよ」

母さんはすでにウチの端切れで、小花を縫い付けて、ちゃんと髪飾りの形に仕上げていた。

「……後でベンノさんに料金請求するか、布を請求するかどっちかするよ」

「これ一つに中銅貨二枚ももらえるのだから、そこまでしなくていいわよ」

……え？　普段やってる手仕事って、どれだけひどいの。

冬から本格的に始まる手仕事では、端切れの原価も入れて計算し直してもらおうと心に決めると、トゥーリが物置から取ってきた端切れを一切れ手に取った。

「母さんが作ってるから参考にして、同じ色の花が固まらないように縫い付けていってね。下の布が見えないように縫い付けていくと、小花が集まって花束っぽく見えるから」

「うん、わかった」

トゥーリが作り始めた髪飾りが完成したところで、今日は終わりにして寝ることにする。

結局、寝るまでにわたしは半分くらいしかできなかったけれど、トゥーリは一個作り上げ、母さんは二個目が八割方できていた。

「じゃあ、今日の支払いをしまーす」

「わぁい！」

わたしは二人に中銅貨を二枚ずつ支払って、できた飾りはわたしの木箱に片付ける。

「じゃあ、二人とも寝なさい。母さんはこの中途半端な物を仕上げてから寝るわ」

八割方終わっている髪飾りを指差して母さんが困ったように笑う。母さんのスピードならすぐに終わるだろう。わたしはトゥーリと二人で父さんを起こさないように気を付けながら寝室にそっと入った。

……なのに、なんで朝起きたら、テーブルの上に仕上がった髪飾りが二個も置かれているんだろう？……夜なべしたね、母さん。名残惜しい気分で寝たトゥーリが怒ってるよ。

「母さんだけ夜中にこっそりやるなんてずるいっ！」

「ごめんね、トゥーリ。気を付けるわ。さぁ、お仕事に行っておいで」

ぷくぅっと膨れるトゥーリに母さんが謝りながら、仕事に行くように促す。納得できていないような表情のまま、トゥーリは「帰ってきたら、わたしだっていっぱい作るんだから」と言って飛び出していく。トゥーリが行ったのを確認してから、わたしは母さんが作った二個の飾りを片付けて、代わりに中銅貨四枚を取り出した。

「忘れないように母さんが仕事へ行く前にお金を渡しておくね。それから、今日もベンノさんのところに行ってくる。ルッツの簪と合わせて髪飾りを完成させて、お金もらって来なきゃ二人に渡せないから」

「わかったわ。気を付けていってらっしゃい。ベンノさんによろしくね」

中銅貨を財布に片付けた母さんは、笑顔で「今夜も頑張るわ」と張り切って出かけていった。バタンとドアが閉まって、鍵が閉まる音がする。足音が小さくなるまで笑顔で手を振っていたわたしは、ハァ、と溜息を吐いた。

……まずい。現金の威力、強すぎ。ここまでスピードアップすると思わなかったよ。

母さんが夜なべまですると思わなかった。髪飾りを完全に仕上げて売って、現金の補充をしなきゃ、今夜いきなり困ることになりそうだ。

「まぁ、今日は先にトロンベの皮剥きだけどね」

ルッツがいつ迎えに来るかわからないので、いつでも出られるように準備をしておこう。まず、じゃが芋もどきのカルフェ芋を二個。それから、蒸している間に勉強できるように石板と石筆と計算器。ベンノのところに行く予定なので、発注書セットも忘れずに入れておいた。さらに、わたしが作っている途中の髪飾りを完成させるためのかぎ針と糸。できあがっている小花を七つと端切れ。それから、端切れや簪に縫いつけるための針と糸。

準備ができたので、ルッツが来るまで小花を作りながら待っていようと、ちまちまかぎ針で編み始める。小花が二つできたところで、ドンドンとドアを叩く音がして、「マイン、いるか？」とルッツの声が響いてきた。

「おはよう、ルッツ。ねぇ、簪部分って、できてる分ある？」

「一応五つ作ったけど？」

「それ、全部持ってきて。わたし、針と糸を持って行くから。蒸している間に完成させて、ベンノさんのところに売りに行かなきゃダメなの」

昨夜のうちに四つはできちゃったんだ、と呟くと、ルッツが目を見開いた。

「ちょ、速すぎないか⁉　あの花って、作るのが大変で時間がかかるって……」

「ん、まさかここまで速くなると思ってなかったから、実はわたしが焦ってる」

「……わかった。簪部分だけ持ってくればいいか？　他にいる物は？」

今日、ルッツが絶対に忘れてはいけない物は一つだけだ。

「バターは？　準備できてる？」

「聞き間違いじゃなかったのか……。取ってくる。戸締まりして下に向かっててくれ」

どうやら準備していなかったらしい。危うくじゃがバターを食べ損ねるところだった。ルッツが身を翻して階段を下りていくのを見送り、わたしは準備していた荷物を持って外に出た。

「寒いねぇ」

人の気配がない倉庫はキンキンに冷えていて、外の方が太陽の光がある分暖かいと感じるほど寒い。倉庫の中には火を使えるような場所はないので、倉庫前で鐘一つ分ほどトロンベを蒸して、黒皮を剥く作業をすることになる。

荷物を倉庫に置いて外に出ると、ルッツは石を積み上げて、鍋の準備をしていた。わたしは蒸し器にトロンベを並べていく。蒸し器の中はあっという間にいっぱいになった。

「ルッツ。蒸し器、もう一段いるみたい」

「持ってくる」

前に作った時は試作品だったので、それほど多く蒸す必要なかったが、今回はここにある材料を全部蒸してしまわなければならない。最初から二段で蒸せるような形に作っていたので、ルッツに倉庫からもう一つの蒸し器を持ってきてもらう。

「もう鍋に置いていいか？」

「うん、木を並べるのはすぐに終わるよ」

ルッツが鍋を固定している間に残りのトロンベを並べる。そして、持ってきた芋も火が通りやすいようにナイフで十字に切れ込みを入れて、一緒に並べて蓋をした。これで二十分くらい蒸せば、おいしいじゃがバター――正確にはじゃがではないけれど――が食べられるはずだ。

鍋の前で火にあたりながら、わたしは小花を作り始めた。わたしが髪飾りの小花を作るのに、大体十五分くらいかかるので、片付ける時間も考えると、じゃがバターの待ち時間に丁度いい。

「ルッツは倉庫に残ってる竹で細い竹ぐし作っててね。先を尖らせたヤツ」

「は？　なんで？」

「なんでって、『じゃがバター』ができたかを確認するのに必要だから」

「え？　マイン、お前、何やってんの？」

「蒸し器使うなら食べたいなって……ルッツはいらない？」

「食うに決まってるだろ！　ジャガバターって食い物かよ!?」

……あぁ、そうか。じゃがバターじゃ通じなかったんだ。芋のバターソテーみたいな料理はあるから、普通に食べられるだろうけど。

蒸し器の中に食べ物があるとわかった途端、ルッツが張り切って竹ぐしを作りだした。

「なぁ、マイン。そのジャガバターってうまいのか？」

「わたしは結構好きだよ。ルッツも多分食べ慣れた味だと思うけど？」

鍋が大きいので湯気が出始めるまでに予想以上に時間がかかったので、わたしは二個の小花を作り上げることでだいたいの時間を計った。そろそろ芋の様子を見てみよう。

「いいよ、ルッツ。蓋、開けて！」

ラルフが作った何かの失敗作を台にして立ち、できたての竹ぐしを右手に構え、左手には菜箸をつかんで、わたしはルッツが蓋を開けるのを待つ。

「マイン、顔をあんまり近付けるなよ！」

ルッツが蓋を開けると同時に、ぶわっと白い湯気が一気に飛び出してきた。熱くて白い湯気をやり過ごして、視界が開けると、トロンベの中に少し黄色が濃くなった芋が湯気を立てている。

わたしは右手の竹ぐしをそっと芋に刺してみる。スッと通って形も崩れないし、いい感じに仕上がったようだ。右手の竹ぐしと左手の菜箸を入れ替えて、今度は菜箸を構えた。

「ルッツ、お皿がいる！」

「そんなもん、ここにあるか！」

「そこの平たい板でいいから取って。それから、バターの準備がいるよ」

「飾りを作るより先に準備しておけよ！　段取り悪いな！」

「ぬぅ、面目ない」

芋を菜箸で取り出して板の上にのせると、すぐ蒸し器に蓋をしてもらう。

わたしは台から飛び降りると、十字の切れ込みをナイフでこじ開けて、すぐにバターを挟みこんだ。熱でとろりと溶けていくバターの匂いがたまらない。テンションの上がっていくわたしとは対照的に、ルッツのテンションは蒸し器から出てきた芋を見た瞬間から、だだ下がりだ。

「……なんだ、カルフェ芋かよ。マインの料理だから期待したのに」

食べ慣れすぎてがっかりらしい。この辺りではよく栽培されているので、カルフェ芋は食卓にはよく出てくる食材だ。食べ飽きているのだろう。手の込んだ料理ならともかく、皮までついている状態では、期待できないのはよくわかる。

「うんうん。確かにカルフェ芋をバターで絡める料理なんて、いっぱいあるもんね？　ルッツはいらないってことでいい？」

「……食うよ」

むぅっと眼れっ面のルッツは放置しておいて、わたしは上の方だけペロッと皮をめくると、手を火傷しないようにエプロンで包んで、芋を持つ。そのまま、湯気がほこほこと立っている芋に大きく口を開けて噛みついた。

外の冷気で表面だけが程良く冷めているが、中は熱くて、ほろほろと口の中で解けていく。トロンべと一緒に蒸したせいで、まるで燻製のように木の香りがついていて、それがバターの風味に合わさって、家では食べることができない味になっている。

んー、と頬を押さえて、美味しさに身悶えていると、ルッツが横で溜息混じりの白い息を吐きな

がら、カルフェ芋にかじりついた。直後、カッと目を見開いて、芋をじっと見る。騙されているような奇妙な表情でわたしと芋を見比べた後、首を傾げながらもう一口食べる。

「……うまいっ！　なんでだ⁉　家で湯がいた芋と全然味が違う！」

「蒸したからだよ。蒸すと栄養も旨みもぎゅうっと閉じ込めるからね。今回はトロンベと一緒に蒸したから、まるで燻製みたいな香りまでついて、すごく贅沢な気分になれるよね」

ほくほくうまうまカルフェ芋を食べながら、わたしは昨夜の髪飾りを作っていた時の母さんとトゥーリのことをルッツに話す。

「……そんな感じで、昨日の夜は母さんもトゥーリもすごかったんだよ。二人とも今夜もやる気満々なの。一個も仕上げられなかったわたしの役立たなさを改めて実感したね」

「そんなことで威張るなよ」

「ルッツは？　どうだったの？」

カルフェ芋を全部食べ終わったルッツは、名残惜しそうに全部の指をなめた後、渋い顔をして頭を振った。

「皆、オレのやってることに興味なんて全くなさそうで、手伝ってくれないかって、言っても知らんぷりされた」

「そっか。じゃあ、今日はルッツの家に魔法をかけに行こうか？」

「魔法？」

「そ。ベンノさんのところでお金を受け取ったら、ルッツの家に行くから楽しみにしてて」

食べ終わったので、ルッツに井戸から水を汲んでもらい、手を洗って口をすすぐ。そして、持ってきていた計算器を抱えて戻り、ルッツの前に置いた。

「えーと、今日できあがった髪飾りが四つ。昨日、ベンノさんに一つ分前払いしてもらったから、今日もらえる報酬は三つ分で、髪飾りの報酬は一つ中銅貨十一枚です。さて、いくらもらえるでしょうか？」

計算器を前に問題を出すとルッツが真剣な顔で、指を使い始めた。

「三十三枚だ！」

「はい、正解。よくできました！　じゃあ、ルッツが作らなければならない簪は二十個です。昨日五個作りました。あと何個作ればいいでしょう？」

やはり、繰り上がりや繰り下がりがある計算は、計算器を使ってもすぐにはできないようで、ルッツが困り果てている。一桁の足し算が暗算で反射的にできるようにならなければ、計算器を使うにも時間がかかるので、計算器は一度置いておいて、石板に数字を書いて、足し算の練習から始めることにした。

「これだけは覚えてね。言われたらすぐに答えが返せるように覚えなきゃダメだよ」

ルッツがブツブツ言いながら覚えている横で、わたしは髪飾りを完成させていく。わたしの髪飾りが完成した時にはもうお昼を過ぎていて、トロンベも程良く蒸し上がっていた。

「ルッツ、お水を入れたら一回退いて」

盥《たらい》に張った井戸水の中に、わたしが菜箸で一つ一つ摘まんでトロンベを入れていく。ざっと冷水にくぐらせたら、ルッツが取り上げて横の板に置いていく。川の流水ではないので、盥の水はすぐに温くなってしまう。

「水が温くなってきた。ちょっと待て」

ルッツが井戸から水を汲んで盥の水を張り直すまで、わたしは座りこんで黒皮を剥きながら待つ。水が入ったら、またトロンベを取り出す。その繰り返しだ。全部蒸し器から取り出したら、わたしは冷めないうちに黒皮をどんどん剥いでいき、ルッツはその間に鍋や蒸し器の片付けをする。倉庫の中の釘に引っ掛けるようにして黒皮を干したら、今日の作業は終了だ。

「終わったぁ！」

「よし、片付けも終わった！」

熱い黒皮を剥いでいたので、黒皮を干した後もまだ指先が熱さでヒリヒリしている。冷たい空気が心地良いほどだ。わたしは肺いっぱいに冷たい空気を吸い込んだ。

「……あ？」

何かに絶望したわけでもない。何かを不安に感じているわけでもない。仕事が終わった安堵感と解放感を覚えただけだ。それなのに、体の中で身食いの熱が暴れようとしている。わたしは反射的に身食いの熱を抑えようと、体中に力を入れた。

「おい、マイン⁉」

ルッツの前で固まったせいか、ルッツが焦ったように、わたしを揺さぶった。「集中が切れるから、揺らさないで」と言いたいけれど、歯を食いしばったままでは言葉にならない。右手を前に出して、ルッツの手をつかむとルッツは両手でわたしの右手を握ってくれる。

「何だよ、これ？　いきなり熱が上がったぞ⁉　マイン、大丈夫か⁉　聞こえてるか⁉」

きつく握られた手に集中して、何度もしてきたように熱を何とか抑え込もうとした。周りを包囲して中心に追いやっていくイメージで今までは何とかなっていたのに、今回は包囲網を突破する小さな熱が出てくる。

……さっさと戻って！

ちろちろと出てこようとする熱の全てを中心に押し込むのに、今までで一番時間がかかった気がする。熱が引いた後には口もききたくないほどの疲労感がどっと押し寄せてきた。

力が抜けて立っていられなくなって、わたしがその場に座り込むと、手を繋いだままだったルッツも引っ張られるように隣にしゃがみこんだ。

「え？　熱が下がった？　何だよ、これ？　おい！　マイン、大丈夫なのか⁉」

「……身食いだよ。フリーダが前に言ってたでしょ？」

ハァ、と大きく息を吐きながら答えると、ルッツが困ったようにわたしを見た。

「ちょっと待てよ。だって、体調が悪くなる時の前兆が全然なかったぞ？」

「急に来るんだよ。今までは結構激しい感情に左右されてたんだけど、最近は大したことがない感情の揺れにも反応するようになってきちゃって……あぁ、ビックリした」

本当はビックリしたなんて、簡単な言葉で済ませられるような衝撃ではなかったけれど、今にも泣きそうな顔で、未だにわたしの手を握っているルッツを少しでも安心させてあげたくて、わたしは目を細めて唇の端を上げる。

「それ、何とかならないのか？」

「フリーダが言ってたでしょ？　すごくお金がかかるって。ベンノさんも同じこと言ってた」

さっとルッツの顔から血の気が引いて、蒼白になっていく。

「そういうわけだから、ちょっとでも稼ぐためにベンノさんのお店に行こうか？」

これ以上威力が大きくなられると正直きついよ、という本音は胸に秘めて、わたしは笑ってみせる。ルッツはグッと歯を食いしばって、手を離すと、くるりと背中を向けた。

「店まで背負ってやる。……オレにはそれくらいしかできないから」

「それくらいしかって、ルッツはわたしに色んなことしてくれてるよ？」

「いいから、早くしろよ！」

わたしを急かすルッツの声が揺れて聞こえた。知らないふりで背中におぶさってみたものの、ルッツの肩から前に出しているわたしの腕にポツポツと滴が落ちてくる。

まいったなぁ、と心底思う。本だけに視線を向けて生きてきた麗乃時代には、こんなふうに泣いてくれる友達なんていなかった。なんて声をかければ正解なのか、あんなに本を読んできたのに、わからない。

……優しすぎるんだよ、ルッツは。どんなに役立たずで足手まといでも、一緒にいてくれるし。わたしが本当のマインじゃないって、知ってるくせに許しちゃうし。

「もし、身食いでわたしが倒れたとしても、ルッツが責任を感じることないんだからね。これ、本当に、突然来るから。……それに、まだ負けないよ。わたし、本を作ってないから」

ぐすっ、と鼻をすする音が聞こえたけれど、ルッツは返事をしなかった。


お店の前に着いた時には、心配そうなマルクと苦々しい顔のベンノが店の外に出てきていた。どうやら、わたしを背負って歩くルッツを見つけた番人が呼びに行ってくれたようだ。

「ハァ……ったく」

ベンノが溜息混じりに歩み寄ってきたかと思った瞬間、突然わたしは抱き上げられて、マルクに向かって放り投げられていた。

「うひゃあっ⁉」

「おっと⁉」

マルクがしっかりと抱きとめてくれたから良いものの、身食いの熱が暴れたせいでまだぐったりしている病人に何ということをするのだ。わたしが文句を言うよりも早く、今まで俯いて顔を上げようとしなかったルッツが顔を上げる。

「ルッツだけ奥だ。来い」

ルッツが声を上げるよりも早く、難しい顔でベンノが顎で店を示した。

気勢を削がれたようにルッツはベンノについて店の奥へと入っていく。一度だけ心配そうにわたしを振り返ったその顔は、涙と鼻水でぐちゃぐちゃだった。

「あ、ルッツ……」

「ルッツは大丈夫です。それよりも、今日は何かお話があったのではありませんか？　もう寒いですから、店の中でお伺いいたします」

マルクはわたしを抱き上げたまま、店の中へと入っていき、温かいお茶を準備してくれる。それで手や体を温めながら、わたしは先程仕上がった髪飾りの精算をマルクにしてもらった。

「あ、ルッツ。お話、終わった？　見て見て！　今日持ってきた髪飾りの精算、終わったよ」

心配しながらルッツが出てくるのを待っていたが、奥の部屋から出てきたルッツは、目が赤いものの落ち着いているように見える。わたしが差し出すお金を見て、ちょっと頬を緩めた。

「お、大金だな」

「これで、二、三日は大丈夫だと思うんだよね」

「たった二、三日かよ」

軽いやり取りができるくらい、ルッツも落ち着いたようだ。わたしはホッと息を吐く。

……どんな話をしたのか知らないけど、さすがベンノさんだ。

ルッツの後ろから出てきたベンノは何事もなかったかのように、肩を竦めた。

「店の中で喋ってないで、用が終わったならマインはさっさと帰って寝てろ。本調子じゃないってルッツが言ってたぞ」

わたし達を追い払うように手を振ったベンノが、ふと思いついたように言葉を付け足した。

「マルク、こいつらについて行ってやれ。こんな子供に大金を持たせるのは危険だからな」

「かしこまりました」

トゥーリ達に支払いがしやすいように、今日の支払いは全部中銅貨で準備されている。三十三枚もあれば、歩けばジャラジャラと大きい音がするだろう。数枚を手に握りしめているくらいならともかく、洗礼前の子供が持つには目立ちすぎる。盗まれたり、絡まれたりする危険性は高い。マルクに素直にお金の袋を預けるしかない。

ベンノと視線を交わしたマルクは、お金の袋と一緒にわたしも抱えて歩き出す。

「じ、自分で歩けます、マルクさん！」

「ルッツに背負われてきた子が何を言っているんですか？　いい子ですから、皆の心の平穏のためにおとなしくしていてくださいね」

病人は黙っていろ、と言われれば、反論できない。しょぼんと項垂れて、わたしはジタバタするのを止めた。

そして帰り道では、わたしは仕上がった手仕事の管理の方法をマルクと語り合い、ルッツにもわかるように説明する。商人になるための練習のようなものだ。

ルッツが冬の手仕事を家族に手伝ってもらう中でしなければならないことは三つ。板にそれぞれが作った簪の数を控えること。その板は見つからない場所に保管して、勝手に書き足されないようにすること。一つ簪ができれば、手数料としてルッツは中銅貨四枚がもらえるので、手数料を計算器に足していくこと。

家族を相手に金勘定をするのは気が進まない、とルッツは言ったが、家族相手に慣れ合いをしているようでは、碌な商人になれるはずがない、とマルクに諭されていた。

マイン、倒れる

トントン！

「こんにちは、カルラおばさん。ルッツ、いる？」

相変わらず家族が手伝ってくれないと言うルッツのために、わたしはルッツの家にお邪魔して、ちょっとだけ助けてあげることにした。

「あら、マインじゃないか。……ルッツ、マインが来たよ！」

カルラの声にルッツより早く出てきたのは、期待に目を輝かせたお兄ちゃん達だった。

「どうした？　新作料理か？」

「手伝うぞ。何からする？」

新作レシピを期待しているところに悪いけれど、今日はお兄ちゃん達にルッツの冬の手仕事を自主的に引き受けてもらうためにやって来たのだ。

「今日は料理じゃないの。ルッツに報酬を持ってきただけ」

「報酬？」

「そう。ルッツにわたしの手仕事を手伝ってもらったから、その報酬」

うふふん、と笑いながら、わたしはお兄ちゃんの囲いを掻き分けてルッツの前に立った。そして、お兄ちゃん達に見えるようにルッツの手のひらに一枚ずつ中銅貨を置いていく。

「簪五個だから、中銅貨も五枚ね。一、二、三、四、五。間違いない？」

ルッツの手にチャリチャリと音を立てながら置かれていく中銅貨に、お兄ちゃん達の視線が釘付けになっているのがわかる。誰かがゴクリと唾を飲み込んだ音が聞こえた。

「なぁ、マイン。手仕事の手伝いって、もしかして、この間ルッツが作ってた木の棒か？」

来た、来た、と思いながら、わたしはラルフにニッコリと笑ってみせる。

「そう。髪飾りを作るから、その簪部分をお願いしてるの。簪一つで中銅貨一枚なんだよ」

「あんなんで中銅貨一枚⁉」

ザシャが目を剥いて叫んだ後、ルッツの手の上を凝視した。ジークは軽く頭を振った後、わたしをひたりと見据える。

「……マイン、その手伝いって、ルッツじゃなくてもいいのか？　オレがやってもいい？」

ジークの質問は多分お兄ちゃん達全員の心を代弁したものだったのだろう。全員の強い視線がわたしに向かってくる。わたしはその視線を受け止め、笑顔で頷いた。

「もちろん、作るのはルッツじゃなくてもいいよ。でも、大きさも決まってるし、髪に引っ掛からないように丁寧に磨かなきゃいけないし、適当な仕事じゃダメなんだよ？」

その言葉を聞いたお兄ちゃん達は我先に口を開くと、自分の腕前を主張し始めた。

「マイン、木工細工はルッツよりオレの方が得意なんだぜ。仕事で毎日やってるんだからな」

「オレだって、ルッツよりはマシさ」

「年数で言うならオレだろ？」

手のひらを返すように胸を張って腕自慢を始めた三人に目を剥いたのはルッツだった。

「皆、ちょっと待ってくれよ。そんなくだらない棒作りなんか手伝ってやるか。一人でやれよって、言ってたじゃないか。三人ともバカバカしいって……もがもがっ！」

ルッツはザシャの手でガシッと口をふさがれて止められ、じろりと睨まれる。

「ルッツは報酬の話なんかしてなかったよな？」

「どうせ報酬を独り占めするつもりだったんだろ？」

ルッツは多分報酬の話をしたはずだけれど、今の状況を見ている限りでは、お兄ちゃん達に聞き流されたか、適当なことを言っていると思われたに違いない。

取り囲まれているルッツが可哀想で、わたしは即座に助け舟を出す。

「じゃあ、次はお兄ちゃん達が作ってくれる？　一人五個ずつね。それ以上作られても、わたしの方が間に合わないの。……三日後に取りに来るよ。皆、お仕事しているけど、できる？」

わたしの提案にお兄ちゃん達は輝く笑顔を見せて、ルッツをポイと放り出した。実にいい笑顔でドンと胸を叩いて、仕事を請け負ってくれる。

「おう、任しておけ。三日もいらねぇよ」

「すぐにできるって」

「速さより丁寧さが大事なんだよ。丁寧に作ってなかったら、使えないからやり直しだからね。そうそう、大きさとか、使う木はルッツに聞いて。じゃあ、三日後に取りに来るね」
わたしはルッツに「頑張れ」と小さく拳を握ってエールを送る。お膳立てはした。これでお兄ちゃん達は率先して手仕事をしてくれるはずだ。後はルッツが頑張るしかない。

……商人目指して頑張れ、ルッツ。

ルッツのお兄ちゃん達に簪部分を作ってもらう約束をしてから三日がたった。この三日間、わたしは家から出ずに、ちまちまと小花を作って過ごした。身食いの熱の動きが活発になっていて、体の中でぐるぐるしていて、気持ち悪いから、あまり外に出たくないのだ。夜中に突然熱に襲われて、朝方にはぐったりしていることもあって、体がだるい。正直、どこで身食いの熱に襲われて、いつ倒れるかわからない不安がある。

そんな中、引きこもっていたわたしが作った飾りは二個。前に作った分を含めても二十個の飾りのうち三個しか作れていない。それ以外は母さんとトゥーリが作った。スピードの違いにがっかりだ。母さんとトゥーリは相変わらず先を争うようにして、小花を作っている。トゥーリの速さが上がっていて、三日で二人合わせて十二個の飾りができた。今は最後の飾りを二人で手分けして編んでいる。

「母さん、トゥーリ。わたし、ルッツのところに行ってくるね。簪部分をもらってきて、お金払って来なきゃいけないから」

「いってらっしゃい」

一心不乱に小花を作っている二人はほとんど顔を上げることなく、声を揃えてそう言った。

中銅貨十五枚を巾着袋のお財布に入れて、わたしは家を出る。階段を下りて、建物を出て、井戸のある広場を突っ切って、ほぼ正面にある建物の階段を上がっていった。

ルッツの家は六階だが、二世帯分を借りて広げてある。階段が多くて、上下の行き来は大変だが、中は広いので、男の子が四人いても、それほど狭くは感じない。職人ばかりの家系で仕事道具が多いことと、作業部屋を取るために広げたので、実際の生活スペースはそれほど広くはないとルッツが言っていたけれど。

トントンとノックをして名乗ると、ドアがギギッと音を立てて開き、カルラおばさんが顔を出してきた。

「こんにちは、カルラおばさん。手仕事の引き取りに来たんだけど、お兄ちゃん達いる？」

「あぁ、朝からそわそわして待ってたよ」

笑顔でそう言った後、カルラは少し顔を曇らせて、辺りに視線をさまよわせて声をひそめた。

「……ちょっと、マイン。ルッツは本気で商人になるつもりなのかねぇ？　あんまり意地を張るから、家の中の雰囲気もずいぶん悪くてね。それなのに、あの子ったら全然折れようとしないんだ。商人なんて家族と仲違いしてまでやることじゃないよ。そう思わないかい？」

家族との関係がうまくいっていない、とルッツから聞いてはいたが、予想以上に深刻な状況らしい。ルッツが心配になるけれど、ルッツから折れることはないだろう。住み込み見習いになったとしても商人になると決意してしまっているのだから。

「わたしに聞かれても困るよ、カルラおばさん。何になりたいか決めるのはルッツだよ？」

親子の問題に第三者であるわたしが口を挟むと混乱の元になるので、首を傾げて話題を流すが、カルラは賛同されなかったのが不満なようで口元をへの字に曲げる。

「まったく、女の子なら、親の言う通りにするのに、男は全く聞かないんだ。嫌になるよ」

「男の子が四人だもん。カルラおばさん、大変だよね？」

わたしは親の言うままに生きていくつもりなんてないけどね、という心の声は隠しておく。カルラが愚痴を終わらせてくれないと、母親の愚痴の面倒さを日常的に体験している息子達は巻き込まれるのを嫌がって出てきてくれないし、中に入れてもらえない。適当に肯定して、さっさと流すに限る。雪が積もった井戸端で長話ができる母さん達と違って、寒い玄関口で立ち話をする趣味はわたしにはないのだ。

「こっちの苦労を息子達はちっともわかってくれないからねぇ。この間だって……」

……あぁ、ヤバい。すごく長くなりそうな予感。

一旦出直した方がいいかもしれないと思った時、奥からルッツの声が響いた。

「なぁ、母さん。マインは手仕事の引き取りに来たんだろ？　雪が降るまでだから、結構急ぎなんだ。それに、マインは体調を崩しやすいんだ。早く中へ入れてやってくれよ」

「あぁ、そうだった。中へお入り」

「お邪魔します」

わたしとルッツは「ルッツ、マジで助かりました。ありがとう」「ウチの母さん、話長いから、悪いな」という会話を目で交わして、小さく肩を竦める。カルラという関門を突破して、やっとルッツの家に入ることができたわけだが、やはり家の中は外に比べると暖かい。

「ルッツ、お兄ちゃん達のお仕事、終わってる？　計算の練習はちゃんとできた？」

「あぁ」

「……もしかして、マインがルッツに計算を教えているのかい？」

わたし達の会話を耳に留めたらしいカルラが背後から少し尖った声で問いかけてきた。余計なことをしてくれるな、という響きが含まれているのを丸ごと無視して、ニッコリと笑う。

「うん。わたし、門で計算のお手伝いもしてるから」

「あぁ、マインは父さんのお手伝いか。ルッツも見習って、父さんの手伝いをすればいいのに」

ここの女の子はだいたいが親の仕事を手伝いながら、親の紹介する男と結婚して、男の仕事を手伝うことになる。田舎の農村ならば、農作業を手伝って、そのまま農民と結婚して農民。

つまり、兵士の娘であるわたしは、適当な仕事に就きながら、兵士を支える妻の役割を期待されているのだ。仕事の時間が不規則な兵士の妻はなかなか大変らしく、身内に兵士がいて仕事内容をわかっているか、いないかで、適応率が違うらしい。

カルラには、父さんがわたしに門での仕事を手伝わせ、将来に向けて色々準備しているように聞こえたのだろう。残念ながら、商人見習いを目指して爆走中のわたしは、兵士の妻になるつもりなんてこれっぽっちもない。

中に入ると、ルッツのお兄ちゃん達がそれぞれ手に簪部分を握って待ち構えていた。わたしが近付いていくと、三人が一斉に簪部分を突きだしてくる。

「ほら、マイン。見てみろよ」

「これくらいすぐに終わったぞ」

「完璧だと思うぜ」

「わわっ！　並んで！　年の順！」

目の前に尖った簪部分を突きだされるのは結構怖い。わたしは自分の目の前で手をバタバタ振って回避する。わたしの言葉通り、年齢の順にザッと音が立つほど素早く並んだ三人の簪部分を、わたしは一つ一つチェックして、報酬を渡していった。手抜きなんて誰もしていない。滑らかで良い出来に自然と笑みが浮かぶ。

「全員、ルッツよりも出来が良かったみたい。さすが本職だね。ウチもわたしが作るよりトゥーリや母さんの方が上手だもん。ねぇ、お兄ちゃん達。冬の手仕事でも同じ物、お願いしていい？　冬の手仕事はお金を払うのが春になっちゃうけど、同じ値段だから」

「おぅ、任せとけ」

お兄ちゃん達は笑顔で請け負ってくれた。これでルッツは勉強に専念できるだろう。

「ルッツは計算できた？　どうなった？」

「六千リオンで、大銅貨六枚だ。……合ってるか？」

今回、ルッツのお兄ちゃん達に作ってもらった簪部分は十五個。一つにつき中銅貨四枚の手数料なので、大銅貨六枚。手数料だけで大儲けだ。

「うん、大正解！　その調子で計算の練習もしていこうね。わたし、これを持って帰って、今日中に仕上げちゃうから、明日はお店に行っていい？」

「わかった」

わたしが簪部分を持って、家に帰った時には、最後の飾りができていた。母さんとトゥーリと一緒に、簪部分に飾りを縫い付けて完成させていく。

「明日はこれをお店に持って行って、残りの分のお金をもらってくるからね。二人とも速すぎて、もらったお金じゃ追いつかなかったんだもん」

ベンノから依頼された当初は、十個仕上がればいい方かな、と思っていたが、まさか二十個もできるなんて、ビックリだ。現金を前にした母さんの本気と、慣れてきたトゥーリのスピードアップがわたしの予想以上だった。

「うふふ～、わたしも速くなったでしょ？」

「トゥーリはすごいね。冬の手仕事もいっぱいできそう」

「うん、頑張っていっぱい作るよ」

着実に裁縫美人への道を歩んでいるトゥーリに脱帽だ。わたしには無理、無理。

次の日、わたしはルッツと一緒に仕上がった髪飾りを持って、ベンノの店に向かっていた。石畳を歩きながら、ルッツが問いかけてくる。

「なぁ、マイン。他に売れそうな物って何かできないか？」

「身食い、何とかするにはお金がいるって、ベンノの旦那に言われてさ。春になったら紙を売れば、結構いい値段になるだろうけど、他にも何かないかなって……。マインが何か考えてくれたら、オレが絶対に作ってやるから」

「ルッツ？」

真面目に心配してくれているのがわかるので、わたしも身食いを何とかするための新商品について考えてみることにする。

「うーん。これまでに売った物から考えても、利益が大きいのは富豪向けなんだよね」

日常品に金をかけられる層なんて決まっている。髪飾りも糸の値段を上げて、デザインに凝ったら、全く値段が違ったし、紙だって、希少価値のあるトロンベの方が高い。だったら、たくさん稼ぐためには、富豪層が欲しがりそうな物が必要だ。

「でも、ここのお金持ちが欲しい物って見当つかないんだよね。リンシャンにしても、髪飾りにしても、紙にしても、わたしの周りにはありふれた物だったし」

「お前の世界ってすごいところだったんだな」

わたしがマインとは別の記憶を持っていることを知っているルッツは、気味悪がるのではなく、興味を示してくれるので、二人だけで話をしている時には日本での思い出をわざわざ隠しはしない。今となっては懐かしさも加わって、ものすごく良いところだったようにしか言葉にできないので、ルッツの中では理想郷のようになっていると思う。

本屋と図書館がありふれていたというだけで、わたしにとっても理想郷だった。できることなら帰りたいと未だに思う。

「いっそ『百均』や『アイデア商品』あたりをヒントに、生活必需品の改良を考えてみる？　石鹸《せっけん》を改良してみるとか、蝋燭《ろうそく》をオシャレにしてみるとか？　去年のハーブ蝋燭は物によるけど、いい感じだったんだよね」

「ハーブ蝋燭？」

ルッツが眉をひそめて首を傾げた。

「去年の冬支度の時ね、蝋燭がものすごく臭かったから、匂い消しにハーブをくっつけた蝋燭を作ったの。いい感じになったハーブもあれば、相乗効果でひどい匂いになった蝋燭もあってね。余計なことしないでって、今年は母さんに禁止されたの」

ベッドの中からハーブ蝋燭を作りたいと言ったら、即座に却下されて、ベッドから出るな、と厳命されてしまった。母さんは絶対にわたしの体調より、蝋燭の心配をしていたと思う。

「お前、オレが知らないところでも色々やらかしてたんだな」

「うっ……。何事にも試行錯誤は付き物なんだよ。他には、籠やレース編みが受けたんだから、『おかんアート』から何か使えそうな物がないかな？……うーん、『ビーズアクセサリー』も『ビーズ』がないとどうしようもないし、押し花で絵を作ったことはあるけど、売れるような物じゃないし、『トールペイント』も絵具がないとできないし、どうしようか」

「何言ってるか全然わからねぇよ。結局、何だったらできるんだ？」

何を作るにしても、紙作りと一緒で、道具作りから始めなければならない。そう考えた瞬間に一気にやる気が失せた。わたしにとっての生活必需品に直結しない物には、やる気が出ない。

「あのね、ルッツ。大変なことがわかった。新商品を考えるにあたって、自分の生活に必要ない物のために道具作りから情熱を燃やせる気がこれっぽちもないことが一番の問題点みたい」

「燃やせよ！　お前、死にたいのか⁉　自分のことだぞ！」

がーっ！　とルッツが吠えた。

「心配しなくても、わたしの必需品なら情熱もわいてくるから、次は本とかどうよ？」

「ちょっと待て！　本はわたし以外に必要とする人がいないから売れないって言ったのはお前だろ！　売れる物を考えろよ！」

興奮しすぎたのか、ルッツが涙目になっている。わたしはルッツの肩をポンポンと叩いた。

「ルッツ、興奮しすぎ。ちょっと落ち着きなよ」

「オレを興奮させてるのはマインだ！」

「うん、そうだね。ごめん、ごめん」

ルッツをなだめていると、後ろからいきなりガシッと頭をつかまれた。

「うひゃあっ⁉」

「お前ら、往来で一体何の話をしているんだ？　笑われてるが、笑いを取るつもりの会話か？」

聞き慣れたベンノの声にハッとして周りを見回してみると、確かにクスクスと小さい笑い声が聞こえてくる。恥ずかしさに赤面しつつ、わたしは八つ当たり気味にベンノを睨んだ。

「ベンノさん、なんでここに居るんですか？」

「工房の見回りに行った帰りだ。お前らはどうした？」

「髪飾りができたので、持っていくところです」

「そうか。だったら、行くぞ」

わたしをひょいっと担ぎあげて、せっかちなベンノはスタスタと歩きだす。ルッツが小走りでついて来ているのが、ベンノの肩越しに見えた。

店に入っても、わたしは下ろされることなく、そのまま奥まで連れていかれて、いつものテーブルのところで下ろされる。わたしはよいしょっと椅子によじ登るようにして座ると、トートバッグの中から髪飾りを取り出して、テーブルに次々と並べていった。

「前に納品した物と合わせて二十個です。確認してください」

「……よし、これで髪飾りも売れる。次の土の日が洗礼式だから、大急ぎだな」

家族の中に今回の洗礼式に関係する人がいないので、大して興味もなかったわたしは、へぇ、と聞き流そうとして、知らない言葉に気が付いた。

「……ねぇ、ルッツ。土の日って何？　わたし、初めて聞いたんだけど」

「はぁ!?　何って言われても……土の日は土の日だよ。なぁ？」

ルッツも説明はできないのか、話をベンノに振った。ベンノは溜息混じりに教えてくれる。

「水の日、芽の日、火の日、葉の日、風の日、実の日、土の日が繰り返しているだろう？」

……え？　だろう？　って、言われても知らないよ。初耳ですけど。曜日の名前だと思えばいいですか？

「春は雪解けの水の季節で芽が息吹く。夏は太陽が一番近い火の季節で葉が茂る。秋はひやりとしてくる風の季節で実が実る。冬は命が眠る土の季節だ。だから、土の日は安息日と決められていて、店も閉まっている」

土の日が日曜日なのは、わかった。今までも定期的に母さんが休む日があるので、曜日が存在するのはわかっていた。ただ、家の中にカレンダーもないし、父さんの仕事は不規則だし、だれも曜日の名前なんて出さなかったから、知らなかっただけだ。

……一応曜日にも名前があったのか。すっきり。

ベンノによると、洗礼式は季節の初めにある「季節の日」に行われるそうだ。春の水の季節なら水の日、夏の火の季節なら火の日となり、フリーダが参加する冬の洗礼式は次の土の日に行われるらしい。ルッツも感心したように何度か頷いた。

「ふぅん、そんな意味があったんだ。名前は知ってたけど、知らなかったぜ」

ここではゴミの日もカレンダーもないので、生活する上で仕事をしている人が安息日だけわかっていれば問題ない。わざわざ話題にするようなことではないので、知らなくても生活はできてしまう。約束するにも何日後という言い方しかしなかったし、その方がお互いわかりやすいので、曜日は普段の生活で使わないのだろう。ベンノの言い方では宗教に関係があるようだし、嫌でも洗礼式で教えられるなら、今は放置で問題なさそうだ。

「日の名前はもういいです。それより、精算を終わらせましょう」

「まぁ、普段はそれほど使わないからな」

髪飾りの精算をしてもらって、トゥーリと母さんへの未払い分である中銅貨は持って帰れるように、お財布に入れてトートバッグの中へ入れた。それ以外のお金はベンノとギルドカードを合わせて貯金に回す。

「今日もお世話になりました」

用件が終わったので、仕事の邪魔をしないようにさっさと帰ろうとしたら、ベンノにがっしりと腕をつかまれた。

「何か新しい商品を思いついたのか？　道でそんな話をしていただろう？」

どこからわたし達の会話を聞いていたのか知らないけれど、期待に満ちた目と言葉からベンノがルッツを焚きつけて新商品を作らせようとしていることがわかった。

……まぁ、お金が必要なのは間違いないんだけどさ。

ここ数日のうちにも身食いの熱の活発さがどんどん増していて、抑えるのに時間と体力をかなり消耗するようになってきた。正直、お金が貯まるまで自分の体が持つと思えない。

そんな悲観的な事を馬鹿正直に言う必要はないので、わたしは軽く肩を竦めてベンノの話に乗ってみることにした。

「ベンノさんは何が高額で売れると思いますか？　わたしはね、がっつり利益を取ろうと思ったら、富豪層を相手に珍しい物か、高品質な消耗品だと思うんですよ」

「まぁ、そうだな」

ベンノは軽く苦笑しながら頷いた。

「珍しい物は皆が持ったら珍しくなくなるから価値なくなるけど、消耗品なら使ったらまた買ってもらえるから、ずっと稼ぎ続けられるんですよね。……そう考えたら、リンシャン、イイ稼ぎになりますよね？」

「まぁな」

リンシャンの権利は全てベンノにあるので、余裕綽々の笑顔である。高品質のリンシャンも仕上がって、これから売り始めるらしい。リンシャンのような商品なら、長く稼げると思う。

「わたしの感覚で思いつく分ならやっぱり美容関係かな？　美にかける女性の情熱ってすごいですもんね」

化粧品は高い。高くても自分に合う物を求めて、少しでも綺麗になるためにお金を惜しまない女性は多い。特に貴族や富豪層なら、効果があれば喜んでお金を出してくれると思う。

わたしと同じ考えを持っているのか、ベンノが目をきらめかせて、身を乗り出してきた。

「何があるんだ？」

「えーと……個人的に欲しいのは高品質で香り高い石鹸ですね。それから、冬の間ずっと使うんですから、蝋燭に色や香りを付けてオシャレにしてみるとか？　去年のハーブ蝋燭は物によってはいい感じだったんです」

思い当たる物を指折り数えていくと、いくつか新商品になりそうな物が出てきた。ルッツも目を輝かせて、わたしを見つめてくる。

「なぁ、マイン。全部作り方はわかっているのか？」

「うーん、大体の見当はついてるよ。紙を作った時と一緒で、材料と道具を揃えるのが大変だし、細かい割合の調整で試行錯誤は必要だろうけどね……」

「よし、やってみろ」

ビシッと人差指でわたしを指して、ベンノがニヤリと笑った。脳内で利益を計算している商人の顔だ。とらぬ狸の皮算用、と心の中で呟きながら、わたしはこめかみを押さえた。

「ハァ、やってみろって簡単に言いますけど、ベンノさん。春にならなきゃ、わたしは外に出られませんか……ひあッ⁉」

正直、この身食いが春まで持つかな？　危ないんじゃないかな？　なんて考えた瞬間、封じ込めてあった蓋が弾け飛んだように、どっと身食いの熱が噴き出してきた。

……何これ⁉　いつもと違う！

まるで体の中で火柱が立ったようで、身食いの勢いが強すぎて、いつものように囲い込むことができない。わたしがあわあわと戸惑っているうちに溢れた熱がどっと広がっていく。

「おい、マイン！」

異変に気付いたルッツが顔色を変えて立ち上がった。

わたしはルッツに向かって何とか顔を上げたものの、うまく体に力を入れることができなくて、ぐらり、ぐらりと体が揺れる。全身が熱くて、熱が抑えられなくて、椅子から転がり落ちるのがわかっているのに、自分で自分の揺れを止めることもできない。椅子から自分が落ちるのを視界だけで認識していた。

「マイン、危ないっ！」

どさっと体が床に投げ出されても、体中の熱さが勝って痛みは全く感じなかった。見開いたままの視界には厚みのあるカーペットと駆け寄ってくる二人の足が映っている。

「マイン、大丈夫か⁉」

ルッツがわたしの体を揺さぶり、熱に驚いたように一瞬手を離し、また揺さぶり始める。

ベンノがドアの方を振り返り、ベルを鳴らす手間も惜しんで大声を出した。

「まずい！　マルク、すぐにじじいへ使いを出せ！」

「おい！　本を作るって言っただろ！　まだ負けないんだろ⁉　マイン！　しっかり……」

「マルク、……馬車の……も、急げ……」

二人の叫び声がだんだん遠くなっていく。

何を言っているのかわからなくなり、そして、わたしの意識はプツリと途切れた。

エピローグ

「もし、身食いでわたしが倒れたとしても、ルッツが責任を感じることないんだからね。これ、本当に、突然来るから。それに、まだ負けないよ。わたし、本を作ってないから」

ルッツの耳に、以前マインが身食いの熱を出した時に聞いた言葉が蘇る。あの時と同じように、体調不良を感じさせる予兆がないままにマインが倒れた。ルッツが何度揺さぶっても目を開けないし、手に伝わってくる体温が異常なほどに熱くなっていく。

「マイン、起きろ！　目ぇ開けてくれ！」

ルッツがいくら呼びかけても、マインの意識は完全になくなって、うんともすんとも言わなくなった。そのうえ、この間はすぐに下がった熱が全く下がらない。

「なぁ、マイン。マインはいつも、わたし、役に立たないって、言うけど、オレにとってはいなきゃ困る存在なんだ。マインがいなきゃ何もできないのはオレの方なんだよ！」

ルッツが手を握って呼びかける間にも、体が溶けるのではないかと思うくらいマインの熱はどんどんと上がっていく。おまけに、まるで体中から湯気が立ち上るように、黄色っぽい蒸気のようなものがマインから出てきた。どう見てもルッツの手に負える状況ではない。

ルッツは辺りを見回し、自分よりも明らかな強者であるベンノをすがるように見上げた。

「旅商人になりたいなんて、家族からも馬鹿にされて無視されるような自分の夢をマインは笑って肯定してくれた。旦那に紹介してもらった時だって、本当は逃げ出したいくらい怖かったのに、マインは手を握って、助け舟を出してくれたんだ。今だって、商人になるにはどうすればいいか、全部マインが教えてくれている。それなのに、オレは身食いで苦しむマインを助けてやることもできない。……頼む。ベンノの旦那、マインを助けてやって。オレじゃダメなんだ。こんな子供で、金もなくて、何もできなくて……」

「無理だ」

ルッツの必死の頼みはベンノの静かな声で、にべもなく一蹴された。

「なんでだよ⁉　旦那は大人で、金もあって、貴族相手に商売してて……」

ルッツは言葉を重ね、何とかマインを助けてもらおうと言い募る。そんなルッツを見下ろしながら、ベンノは痛そうに顔を歪める。悔しそうに歯を食いしばって、頭を振った。

「商売を広げていると言ったところで、お貴族様相手には最近出てきたばかりの新顔で、大した繋がりなんかない。まだまだ足元見られてばかりの対象だ。……俺も、お前と一緒で力不足なんだよ」

「旦那でも……ダメなのか？」

ルッツにとっては思いもよらなかった言葉だった。こんなに大きな店を持っていて、貴族と繋がりもあるベンノでさえ、マインを助けるには力不足だとはすぐには信じられない。

ならば、身食いを治すことは事実上不可能ではないのか。目の前が暗くなっていった時、ルッツは身食いを治した者がいたことを思い出した。

「でも、フリーダは治ったって……ギルド長なら！」

「交渉済みだ」

ベンノが軽く息を吐いて、髪を掻きあげる。皮肉げな笑みを浮かべて、肩を竦めた。

「金があれば、一時的な延命はできる、と言われた。孫娘を生かすために金に飽かせて没落貴族から買い漁った今にも壊れそうな魔術具がまだ残っているらしい。たった一度使えば壊れてしまうような魔術具が小金貨二枚くらいするんだ」

「き、金貨⁉」

ルッツは紙を売って得られた小銀貨一枚に、大金だと浮かれていたというのに、マインを助けるために必要なのは小金貨だとベンノは言う。手が届かない金額にめまいがした。

「だが、それで延ばせるのは半年から一年ほど。一度金を使って延命しても、すぐに次がいる。特にマインは小さい。成長するたびに身食いの症状が進んでいくらしいから、そのうちもっと頻繁に必要になる。見習い一人のためにそんな金が出せるか？　俺には無理だ」

ベンノの言葉は間違っていない。そんな金を出すことなんてできるわけがない。だが、無理だと諦めることは、マインの命を諦めるのと同じだ。

「俺にできることは少ない。マインが持っている変わった知識を買ってやって、少しでも金の足しにしてやること。今回、じじいに渡りを付けてやることくらいだ。……それで、ルッツ。お前には何ができる？」

猛獣のような鋭い目でベンノに睨まれて、ルッツは睨み返した。大人で、力も、頭も、金も全部持っているベンノにできることがほとんどないのに、自分にできることなどないはずだ。

「……オレができることなんてない。こんな子供で、力も、頭も、金も、何もなくて……できることがあるなら、教えてくれよ。マインのためにやるからさ！」

「だったら、マインに心配させるな。気を遣わせるな」

即座に言い返されたベンノの言葉にルッツはぐっと息を呑んだ。図星で何も言い返せない。

悔しさに目頭が熱くなってきたルッツを見下ろしながら、ベンノが少しばかり表情を緩めて、しかし、目だけは鋭いまま口を開く。

「あのなぁ、ルッツ。こいつは見た目通りの子供じゃない。少なくとも、自分がきつい時にお前を気遣って、笑ってみせるくらいのことはできるんだ。それに甘えたり、騙されたりしないように気を付けろ」

ルッツの脳裏に、身食いの熱が引いた後、荒い息を繰り返しながら、へらっと笑ったマインが思い浮かぶ。笑ってくれたマインに安心したことも思い出した。

「男ならマインの心配の種をこれ以上増やすな。知らなかったことにできるわけがないんだから、アイツが少しでも自分の命を買えるように協力しろ。マインが考えた物はオレが作る、なんて大層なことを言うなら、次から次へと作って売れ！　泣いている暇があるなら頭を動かせ。体を動かせ。金を稼げ！」

ベンノに強い口調でやるべきことを示されて、ルッツはグッと顔を上げる。

「……何だ、イイ面構えになったじゃねぇか」

ベンノがニヤリと唇を歪めてそう言った時、マルクが部屋に飛び込んできた。

「旦那様、ギルド長に連絡がつきました。すぐに連れてこい、とのことです。馬車の準備も整っております」

「行くぞ、ルッツ」

ベンノは高熱を発するマインを抱き上げて、マルクの準備した馬車へと駆け込んだ。ルッツもベンノに遅れないように走って乗り込む。

「できるだけ急いでくれ！」

自分に何ができるだろうか、マインを助けることができるだろうか。そんなルッツの不安に揺れる心中と同じように、ゴトゴトと馬車は揺れながら、ギルド長の家に向かって大通りを大急ぎで北上していった。

コリンナの結婚事情

「おかえりなさいませ、コリンナ様」

ブロン男爵令嬢と夏の星結びの儀式に向けた新しい衣装の話し合いを終えて、わたしが店に戻るとマルクが出迎えてくれた。

「ただいま戻りました、マルク。店の方に変わりはないかしら？」

「マインとルッツが例の髪飾りを納品するために来店していました。これからご報告に上がってよろしいですか？」

ギルベルタ商会は兄であるベンノが取り仕切っているけれど、将来の跡継ぎはわたしなので、定期的に店での出来事をマルクが報告することになっている。

「報告の時に髪飾りを持ってきてくださる？」

わたしはマルクに頼むと、三階の自宅へと帰り、服を着替えた。そして、二階の兄さんの家に残されたままになっている自分の部屋へと向かう。結婚後に三階でオットーと一緒に住むことになった今、この部屋がわたしの執務室になっている。

「失礼いたします、コリンナ様。こちらが納品された髪飾りになります。今年の冬や春に洗礼式を迎えるお嬢様方から注文が入っている分です」

わたしは早速マルクが持って来てくれた髪飾りをじっくりと眺めた。色とりどりの細い糸を丁寧に編んで作られた小さな花がたくさん縫い付けられた髪飾りだ。小さな花束のように見える髪飾りは、髪に花を飾りたくても周囲から花がなくなってしまう秋の終わりから春の初めにある洗礼式や成人式の飾りとして欲しがる女の子は多いだろう。

「こちらの髪飾りは髪の色に合わせ、好みで選べるように様々な色合いがございます。それから、できるだけ値段を下げてほしいというマインの要望により、大銅貨三枚になりました」

マインは貧しい家の子供だから、自分達の周囲でも買おうと思えば何とか手が届くような値段にしたかったらしい。大銅貨三枚のような安値をよく兄さんが許したものだ。幼いマインの発言力にわたしは少し驚いた。

「ねぇ、マルク。少し前にギルド長へ納めた髪飾りもこんな感じなのかしら？」

「いいえ、全くの別物と言っても過言ではない出来栄えでした。糸も最高級の物でしたし、花の大きさも形も全く違っていて、本当に見事でした」

この冬の洗礼式に出席するギルド長の孫娘のために作られた特別な髪飾りは、兄さんに見せに来たマインがすぐにギルド長に納品したため、わたしには見る機会がなかった。それが残念で仕方がない。

「……それにしても、マインちゃんは一体どこでこんな物を思いついたのかしら？」

貴族のお嬢様は魔術で時を止めた生花を飾ることもあるけれど、このような髪飾りは見たことがない。街の南に住む人達は貧しい人々が多くて、身を飾ることが滅多にないはずだ。そこで生まれ育ったマインがこのような飾りを作り出したことがわたしには不思議で仕方がない。

そんなわたしの呟きにマルクは小さく笑って肩を竦めた。

「それは私にも、旦那様にもわかりません。ただ、旦那様はもうマインの考える商品については、どこで知ったか、何故できるのか、考えるのを止めるそうですよ。出所よりもマインの思い付きから利益を得ることを考えるために頭を使いたいそうです」

利益になれば、それでいい。兄さんの大胆な取捨選択に少し笑った後、ハァと溜息を吐いた。

「わたしにはとても兄さんのような決断はできないわ」

ギルベルタ商会の服飾とは全く関係がない、植物から作る紙のために、継《つ》ぎ接《は》ぎだらけの服をまとう貧しい子供の言葉を信用して援助し、現物を作らせ、見習いとして抱え込もうとするなど、わたしにはとてもできない。

ギルベルタ商会は服飾工房で女が服を作り、その夫が売るところから始まったため、跡取りは自分だと決まっているけれど、工房はともかく、店の方はこのまま兄さんが続ける方がきっとうまくいくと思う。わたしの弱音にマルクが目を細めて、首を振った。

「旦那様の決断力や思い切りの良さにはいつも驚かされますが、コリンナ様の決断力もなかなかのものですよ」

「そうかしら?」

「オットー様を選ばれたことは間違っていなかったと思われませんか?」

マルクの言葉に、わたしはオットーが求婚してきた時のことを思い出して、何とも言えない笑いがこみあげてきた。

「確かにあれは大胆な選択だったと自分でも思うわ」

◆

わたしが初めてオットーと会ったのは、成人を半年後に控え、とても忙しい時だった。

それぞれの職人協会によって内容は違うけれど、工房長として認められるために必要な課題がある。それはわたしが属する裁縫協会でも同じだ。裁縫協会の課題は一年に五着以上の衣装の注文を受けること、それから、貴族の顧客を持つことと決まっている。

成人しなければ、この課題に挑戦することはできない。けれど、この課題をこなせば、今は亡き母が持っていた工房を任せてやると兄さんが約束してくれた。わたしはなるべく早く母の残した工房の工房長になれるように、必死に作品作りに励んでいた。


「今日は三の鐘の頃にオットー様が挨拶に来られます」

朝食の時にマルクが今日の予定を述べる。兄さんはそれを聞きながら、朝食を食べる。見慣れた我が家の朝食風景だ。

「オットーさんはどちらのお店の方？　あまり聞いたことがないような気がするのだけれど……」

「オットーはこの街の人間じゃない。旅商人だ。成人したばかりで若いが、商品を見る目があって、親と同じようにいい仕事をしていたんだが、旅商人は廃業するらしい」

定住するためのお金を貯めたオットーの両親がフレーベルタークに近い町で市民権を買って定住を始めたそうだ。親が住んでいれば、市民権を半額で得られる。オットーは開店資金を貯めることができたので、旅商人を廃業して、両親の住む町で店を構えることにしたらしい。

　これからエーレンフェストの街に来ることはないようで、昨日、最後の商売と挨拶に来ていたけれど、兄さんは不在だった。きちんと挨拶するために、今日もう一度出直してくれるそうだ。

「わたしも旅商人さんにご挨拶したいわ。旅のお話を聞いてみたいの」

「お茶を持って来て、挨拶するくらいならば構わないが、あまり引き留めるのは良くないぞ」

　わたしはこの街から出たことがないので、旅をしている人を少しだけ見てみたい。そんなちょっとした好奇心で、わたしはお茶を持っていって、挨拶することにした。

　三の鐘が鳴った。その後すぐにオットーがやってきた、とマルクが知らせてくれ、わたしはお茶を持って一階の店の奥にある兄さんの仕事部屋へと向かう。

「できれば、エーレンフェストで店を持って商売できれば一番でしたが、俺の金じゃあ市民権を得るだけで精一杯ですよ。とても店を持つことなんてできません」

「領主様のお膝元であるエーレンフェストは何もかもが高いからな。市民権、店の開店資金、商業ギルドへの登録料……考えただけでもとんでもない金がかかる。良い糸を運んでくれていたから、ウチとしてはオットーの廃業は非常に惜しいが、これから開く店が繁盛するよう願っている」

　扉の向こうからそんな声がしていて、わたしはそっと扉を開けた。

　兄さんと向かい合って話している若い男性が、オットーに違いない。焦げ茶の髪に茶色の瞳で、旅商人をしているせいだろうか、コリンナの周囲で見る商人達に比べると筋肉質に見えた。それでも、門にいる兵士達と並べば、細身に見えるだろう。一見誠実そうに見えるが、兄さんが気に入っている旅商人だ。きっとしたたかな面を持っているに違いない。

「お茶をお持ちしました」

わたしはできるだけ愛想よく笑顔を浮かべて、お茶を持って行く。「ありがとうございます」と言いながらオットーが顔を上げてわたしを見て、驚いたように目を見開いたまま固まった。

「オットー、妹のコリンナだ。旅の話を聞きたいから、どうしても挨拶がしたいと言ってな……。オットー、どうした？」

突然ピタリと動きを止めたオットーの目の前に兄さんが手を伸ばして左右に軽く振った。

ハッとしたように何度か目を瞬いたオットーがぶるぶると頭を振る。そして、茶色の瞳を輝かせると眩しい物を見るように目を細め、妙に甘い笑顔を浮かべた。

「コリンナ？　綺麗な響きだ。君のたおやかなその姿にとても相応しい名前だと思う」

「あ、ありがとうございます」

……変な人。

初対面の人に褒められること自体は珍しくないけれど、先程まで兄さんと話をしていた時の落ち着きが吹き飛んで、熱に浮かされているように見えるのが、少し不気味に思えた。

「ベンノさん、コリンナさんに一目惚れしました。妹さんとの結婚を許してください！」

突然の求婚に頭が真っ白になった。目の前の男が何を考えているのか、全くわからない。

商人が結婚の許しを得るとなれば、利益や結婚後の生活について色々なことが釣り合う家の年頃の娘について親から話があり、男性はその中から相手を選ぶ。そして、男性を交えた親同士の話し合いがあり、結婚に関して納得し合えたら、求婚があったことが女性に伝えられる。

その後、季節一つ分ほどお付き合いをして、周囲の噂が正しいのか、本当に契約を守ってくれそうな相手か、話し合ったことに偽りはないか、本人同士がお互いに探り合う。そして、問題がなさそうならば、結婚の準備に入ることになる。こんなふうに本人がいる前で求婚するなど、わたしは聞いたこともない。

「……オットー、コリンナは未成年だ。結婚ができるような年じゃない。ふざけているのか？」

兄さんがじろりと赤褐色の目でオットーを睨んだ。これも大事なところだが、結婚できるのは成人している者だけだ。未成年に求婚するものではない。

しかし、オットーは兄さんに睨まれても怯まずに、頭を振った。

「いいえ、真剣そのものです。俺はもうこの街を離れなければならないのだから、求婚するならば今しかない。今は婚約だけでも良いのです。成人したらすぐにでも迎えに来ます！」

オットーの目は本当に真剣で、真面目に言っているのがわかった。両親のいる町まで行って、店や新居を整えて迎えに来るとなれば、わたしはとっくに成人して他の求婚者が現れるだろう。それを危惧した求婚だったようだ。

「駄目だ。コリンナはエーレンフェストから出さん」

「何故ですか⁉」

兄さんが嫌そうに顔をしかめた。対外的に明言していないが、ギルベルタ商会は女系の店だ。わたしが未成年のため、両親が亡き後、兄さんが継いでいるけれど、本来の跡継ぎはわたしだ。それでなくても、ここで工房長となるために努力中のわたしは、店を離れて違う町に行くつもりなどない。

「あの、オットーさん、大変申し訳ございませんが、わたしはエーレンフェストで仕事をしていて、工房を持つ予定です。お仕事の縁がございますから、結婚相手にはこの街の方を望みます」

「そんな……」

絶望に染まったオットーの顔に、わたしはとてもひどいことをした気分になった。オットーの落胆ぶりを見れば、初対面の人でも胸は痛む。けれど、これは譲れない。

「そういうわけだ。残念だが、ご両親のいる町でも気に入る女性は見つかるだろう」

「コリンナさんのような素敵な女性がいるわけない！　旅商人として各地を回ってきたが、こんなに理想通りの女性は初めてだ！」

初めて男性から見初められ、驚くほど率直な求愛の言葉に、ほんの少しだけ心が動いたけれど、わたしは首を振って、オットーを退けた。

「お言葉は嬉しいのですけれど、結婚はできません」

「そうですか……」

俯いたオットーが肩を落として去っていく。

パタリと閉まった扉をしばらく見ていたわたしと兄さんがどちらからともなく顔を見合わせた。

「あんなオットーは初めて見た。本気かもしれんぞ？　あっさりと断ってしまってよかったのか？」

からかうようにニヤッと笑った兄さんが、最後にボソリと付け加える。

「まぁ、俺はお前を余所に出す気はさらさらないが」

「わたしもこの街を出る気はさらさらないもの」

そして、次の日。オットーはまたギルベルタ商会にやってきた。茶色の目を輝かせ、昨日の悄然とした姿は全く感じさせない明るい顔をしている。

「昨日、市民権を買いました。俺はもうこの街の住人です。ベンノさん、コリンナさんとの結婚を許してください！」

「……え？」

「……はぁ？」

想定外の言葉に、わたしと兄さんが固まった。エーレンフェストの市民権を買うのは、とんでもないお金がかかる。ひょいひょいと気軽に買える物ではない。

少しの間、眉間に皺を刻んで、きつく目を閉じていた兄さんが、カッと目を見開くと同時に、商売相手に向ける愛想の良い笑顔を投げ捨てて、怒鳴った。

「市民権を買った、だと？　お前の金は両親の住む町で市民権と開店資金にする金だと昨日言っていただろう⁉　何を考えているんだ、この阿呆！」

「阿呆で結構！　開店資金があっても市民権がなかったら、コリンナさんとの結婚はできないだろう⁉　どっちが大事か考えたら、答えなんてすぐに出るじゃないか！」

……信じられない。

商業ギルドのギルド長との関係や親族や店で働く従業員の反応から考えても、旅商人をわたしの結婚相手として店に入れることはできない。市民権だけあっても、結婚などできるはずがない。

「お前……ウチの店が目当てか？」

「違う。コリンナさんがこの街から出ないなら、俺がここに住むしかない。それだけの話だ」

「残念だが、旅商人をウチの店に入れることはできん。市民権のために今まで稼いだ金を使い果たしたお前は一体どうやって食い扶持を稼ぐつもりだ？　ウチに入れると思っているのか？　それとも、コリンナの稼ぎが目当てか？」

市民権で有り金を使いきった元旅商人がこの街で一体何の職に就けるというのだろうか。知り合いからの紹介もなく、仕事に就けるはずがない。オットーは結婚どころか、自分の生活さえ賄っていけないだろう。

「……失礼します」

兄さんの指摘に悔しそうに奥歯を噛みしめ、拳を握ったオットーが背中を向けて去って行く。

一途さと求婚に対する真剣さだけは嫌でも突きつけられて、昨日よりも一層後味が悪い感じで、わたしと兄さんはオットーの背中を見送った。

「コリンナ、どうする？　妙なのに好かれたぞ」

「わたしは、この店を継ぐのに相応しい人と結婚するわ」

「そうか」

そう言った後、兄さんはすぅっと表情を厳しいものにして、クイッと顎でテーブルを示した。重要な話があるので座れ、と言われているのがわかって、わたしは席に着く。

兄さんが不機嫌極まりない顔で、一枚の木札を取り出して、わたしに向かって差し出した。

求婚のため、話し合いの場を設けてほしい、と言うギルド長からの面会依頼の木札だった。

「……この騒動がギルド長の耳に入ったらしい。今朝、あそこの末息子から求婚された」

兄さんよりも更に年上で、姉さんにもしつこい求婚をしてきた末息子の顔が浮かぶ。

……嫌だわ。

そう思った。ギルド長は父が死んだ直後に自身と母の再婚話を持って来て、断ったら小さい嫌がらせをするような人だ。そして、恋人を亡くした直後の兄さんに娘との結婚話を持ってきて、激怒した兄さんに断られると、今度は姉さんに息子との結婚話を持ってきた。これまでのやりとりから姉さんは絶対にギルド長の息子と結婚するのは嫌だと言った。

「別の男と結婚すれば、ギルド長の息子との結婚は避けられるが、ギルド長に睨まれたくない商人達の中から別の結婚相手を探すのは非常に難しい。それはお前も知っているだろう？」

ギルド長の息子と結婚するのはどうしても嫌だった姉さんは、別の町へと嫁ぐしかなくなった。けれど、わたしはこの店の跡取りだ。この街から出ることはない。この街にギルド長を恐れずに求婚してくれるような相手がいなければ、わたしはギルド長の息子と結婚することになってしまう。

　ギルド長からの話があって憂鬱な気分になった次の日。オットーは全く懲りていないような笑顔で軽く手を振りながらやってきた。その姿は昨日までの旅商人らしい格好ではなく、この街の門を守る兵士の恰好になっている。

「昨日、知人の紹介を得て、門を守る兵士になりました。これで店ではなく、コリンナさん狙いだと信じていただけましたか？　コリンナさんとの結婚を許してください」

たった一日で職を見つけてきたのだ。さすがに兄さんも呆れた顔でオットーを見るしかない。

「オットー、結婚資金はどうするつもりだ？」

「コリンナさんは未成年だ。成人するまでに稼いでみせる。当てはあるんだ」

「オットーさんに諦めるという選択肢はないのですか？」

「全くない」

真っ直ぐに自分を見る目が本気だ。思わず笑ってしまった。

「わたしと結婚すれば、オットーさんは商人としてはもう生きていけません。ギルド長の息子さんからの求婚をお断りすることになって、ギルド長に睨まれることになります。いくら望まれても、ギルベルタ商会に入れることはできませんし、新しく商売を始めることもできないでしょう」

驚いたように目を丸くしているオットーと目を見開いてわたしを止めようとする兄さんがわたしの視界に映っている。わたしは軽く手を上げて兄さんを制すると、オットーに問いかけた。

「これまで旅商人として生きてきた全てが無駄になります。それでも、良いのですか？」

「無駄ではありません。私が旅商人として生きてきたからこそ、コリンナさんに出会えた。この街の商人として育っていれば、ギルド長の権力に怯んだかもしれませんが、余所から来て、商人としての生き方を選ばない私はギルド長が怖くない」

ただ、この店が睨まれるのは困るかもしれない、とオットーは呟いた。

けれど、この店自体はすでに何度も反抗的な態度を取っていて睨まれているので、今更だ。

「……仕方のない人。では、わたしが成人した時に結婚資金を持って来てください。そうですね、わたしとギルド長のご子息との結婚が決まる前に」

「えっ⁉　それって……。わ、わかりました。絶対に稼いでみせます！」

よしっ！　と喜色満面で拳を握ったオットーは、軽くわたしの頬に口付けると、勢いよく部屋を飛び出していく。昨日までの落胆した背中とは大違いだ。

オットーの予想外の行動に驚いて、わたしが自分の頬を押さえながらその背中を見送っていると、兄さんが「コリンナ」と低い声でわたしの名前を呼んだ。わたしは商売で取り引きする時の笑みを浮かべて振り返る。険しい表情の兄さんに笑ってみせた。

「兄さん、わたし、本当にオットーさんが結婚資金を貯められたら、オットーさんと結婚するわ。突然の求婚も市民権の購入も行き当たりばったりのように見えたけれど、オットーさんは旅商人をしながら就職先の伝手が持てるだけのことをしてるもの。目的のために手段を選ばない貪欲さも、自分にとって一番重要な物を瞬時に選ぶ決断力も、結婚資金を稼ぐ目途を立てられるだけの自信も、兄さんは嫌いではないでしょう？」

わたしがニコリと笑うと、兄さんはチッとお行儀悪く舌打ちをした。どうやら図星だったようだ。

「……それに、わたしのためにギルド長に睨まれることにも構わず、求婚してくれる人なんて、きっとオットーさん以外にいないもの」

わたしが軽く肩を竦めると、兄さんは険しい表情を緩めて、諦めたような、仕方がないというような顔になって、無言でわたしの頭をぐしゃぐしゃと撫でた。

◆

「あの時はギルド長の息子よりオットーの方がマシだから選んだの。今はオットーを選んで良かったと思っているわ。オットーが商人として生きる道を閉ざしたことは、今でも後悔しているけれど」

「……ここ最近忙しくなってきた旦那様は、オットー様を店に入れることも視野に入れて雑用をどんどんと任せておりますから、コリンナ様の憂いが晴れる日も近いと思いますよ」

マルクの言葉にわたしは本当に目の前が明るくなっていくのを感じた。それが本当ならば、どれだけ嬉しいか。

「わたしが結婚したら考えると言っていたのだから、兄さんもそろそろ結婚相手を探せばよいのに」

「これからはマインの持ち込む物でどんどんと忙しくなりそうですから、旦那様のご結婚はまだまだ難しそうです」

マルクがそう言って、クスと笑った。

「兄さんがお嫁さんをもらえなかったら、マインちゃんに責任を取ってもらいましょうか？」

クスクスと笑いながらわたしが提案すると、マルクは途端に真顔になって考え込み、「マインの虚弱さでは賛成いたしかねます」と答えた。

洗濯中の井戸端会議

「じゃあ、母さん。わたし、お皿を洗ってくるから」

「お願いね、トゥーリ」

トゥーリが朝食後の洗い物を抱えて、井戸へと向かう。玄関扉を開けてあげて、トゥーリを見送ると、わたしは溜息を吐きながら寝室へと真っ直ぐに歩いていく。

今日は土の日で、わたしも娘のトゥーリも仕事は休みだけれど、兵士である夫のギュンターは朝番の仕事だ。二の鐘の開門までには引き継ぎを終えていなければならないので、とっくに出かけた。

トゥーリとマインは森へ採集に行き、わたしは洗濯をしたら、昨日買い込んできた食料で冬支度のための保存食を作る予定だ。皆がそれぞれの予定に合わせて動いているのに、マインはまだ布団の中でもぞもぞとしていて、起きてこない。

「マイン、いい加減に起きなさい！　もう二の鐘が鳴ったわよ。今日はトゥーリやルッツと森へ行くんでしょう？」

「ふあぁい。行くぅ……」

まだ眠そうな顔でのそのそと起きてきたマインが顔を洗おうと動き始める。いちいち顔を洗う必要なんてないほどに、毎日体も顔もお湯で拭いているのに、まだ足りないのだろうか。ご近所の奥さん達の間で笑い話になっているくらい極端に汚れを嫌う子だ。

「マイン、顔を洗うのは後にして、先に朝食を終わらせてちょうだい」

「……わかった」

ぶぅ、と不満そうに頬を膨らませながら、マインは簪で髪を手早くまとめる。よいしょ、という掛け声付きで、竈に一番近い椅子によじ登り、「いただきます」と朝食に手を付け始めた。

マインは朝起きてくるのも遅いし、食べるのも遅い。マインの朝食が終わるのを待っていたら、いつまでたっても何も片付かない。

「トゥーリはもう洗い物を持って井戸に行ったわよ。わたしも洗濯に行くわ。水瓶の水を使ってもいいから、食べ終わったお皿くらいは自分で洗うのよ」

「はぁい」

まだ眠そうに間延びしたマインの返事を背中で聞くようにして、洗濯物を詰め込んだ籠と石鹸が入った盥を抱えると、わたしは家を出た。途端に冷たい風が吹き込んでくる。

「今年は寒くなるのが早いわね」

秋が深まり、風がとても冷たくなっている。階段を駆け下りながら、これから使う井戸水の冷たさを思って背筋が震えた。


土の日はギュンターのような兵士を除いたほとんどの人が休みだ。井戸の周りにはたくさんの奥さん達がいて、同じように洗濯をしたり、洗い物をしたりしている。

「あ、母さん」

洗い物をしていたトゥーリがわたしの姿を見つけて大きく手を振った。

「洗い物が終わったから、わたし、森へ行く準備するね。マインは起きたの？」

「今は朝ご飯を食べているわ」

「相変わらずマインは遅いね。ルッツが迎えに来ちゃうじゃない」

頬を膨らませてそう言いながら、洗い物を抱えたトゥーリは「マインを急かして、早く準備させなきゃ。ホントに手がかかるんだから」と家へと戻っていく。トゥーリが世話を焼くからマインが甘えてだらだらするのではないかと思ってしまうくらい、最近のトゥーリはマインを構う。

体調が良くなってきたおかげで、自分にできる範囲がわかったせいだろう。「トゥーリばっかりずるい」と泣いていたマインが「トゥーリは色々できてすごいね」と素直に褒めるようになってきた。トゥーリはそんなマインと一緒に森へと行けるようになったのが嬉しくて仕方がないのだろう。怒ったり、呆れたりしている口調で文句を言っていても、顔は笑っているし、足取りは軽くて弾んでいる。仲が良くて何よりだ。

「くるくるとよく働いて、病弱な妹の面倒まで見て、トゥーリは本当に良い子だね」

「そうね。トゥーリはできすぎだと思うくらい良い子よ」

ご近所さんに娘を褒められて、わたしは笑顔で答えながら、洗濯するための場所を確保する。奥さん達の間を縫って歩き、ちょっと空いている場所に籠をドンと置いた。

「おはよう、エーファ」

「おはよう、カルラ。家族が多いと洗濯も大変ね」

わたしが籠を置いた隣には、ウチの倍くらいある洗濯物をものすごい勢いで洗っているカルラの姿があった。カルラは息を吐いて、一度腕をぐるぐると回す。

「ウチはエーファのところと違って、手伝ってくれる女の子もいないからねぇ。男ばっかりじゃなくて一人くらい女の子が欲しかったよ」

カルラはルッツの母だ。四人の男の子を育てている。男の子と女の子ではどうしてもお手伝いの範囲が違うから一人くらいはトゥーリみたいな女の子が欲しかったといつもぼやいているのだ。

「トゥーリはよく働いてくれるけれど、マインみたいな女の子だったら大変よ」

そう言ってカルラの不満を聞き流し、わたしは盥だけを持って井戸へと向かった。水を汲んで盥に入れなければならない。

グッと腕に力を込めながら、井戸から水を汲んでいく。力がないマインにはまだ井戸からの水汲みはできない。小さな桶に入った水をえっちらおっちら運ぶのがやっとで、その後は動けなくなる。

……ちょっとは丈夫になってきたし、そろそろできるようになるかしら？

マインは生まれた時からよく熱を出していて、病弱で、元気なトゥーリを羨んでは「どうしてトゥーリみたいに産んでくれなかったの」と泣いていた。ごめんね、としか言えない。

マインは熱を出して眠ると、とても楽しい夢を見るようで、夢の世界の話をしている時が一番楽しそうだった。夢の中ではいくら走り回っても苦しくならなくて、好きなことが何でもできて、おいしいご飯をお腹いっぱい食べられるらしい。いつだって拙《つたな》い言葉でわけがわからないことをずっとしゃべっていた。「夢の中の方が楽しいから、ずっと眠っていたい」と言われた時には、「死にたい」と言っているように聞こえて、思わず叱ってしまったことさえあるほどだ。

……そういえば、最近は夢の話をしなくなったわね。

泣いてばかりのマインが幼い子供特有のイヤイヤ期に突入して、泣き虫から怒りんぼになった頃から、マインは夢の話をしなくなった。その代わり、わけがわからない変なことばかりするようになった。その変な行動もルッツと紙を作り始めた頃から少しずつ減ってきているように思える。

……マインもちゃんと成長してるんだわ。

三回くらいダパァッと水を盥に流し入れると、洗濯には十分な量になる。冷たい水がたっぷりと入った盥を持って、確保しておいた場所に戻り、わたしはカルラの隣に腰を下ろした。

石鹸を手に取って洗濯を始めると、井戸端会議の始まりだ。

「今日はマインも森へ行くんだろう？　ずっと熱を出しているし、本当に体が弱いから、いつ死ぬかってずっと心配していたけど、最近は調子が良いみたいじゃないか」

「ルッツがいつもマインの面倒を見てくれているからよ。本当に助かってるわ」

皆の足手まといになるマインが森へ行って、小さな籠に採集をして持ち帰れるようになったのも、商人見習いを目指して紙作りや髪飾りでお金を稼げるようになったのも、全部ルッツの助けがあったからだ。マインだけでは何もできなかったに違いない。

「あぁ、ルッツもちょっとは他人に褒められることをしてるんだね。旅商人になりたいなんて馬鹿なことを言ったり、街で商人見習いの口を勝手に探して来たり、親にとっては頭の痛いことばかりする子だから、そんなふうに褒められると変な感じがするよ」

カルラはそう言って肩を竦めた。親にとっては頭の痛い子でも、わたしにとってルッツはこんな息子が欲しいと思うくらい、とても良い子だ。

「ルッツはマインにとても優しいし、面倒見がいいわ」

「それはマインが商人見習いの口を紹介してくれたからだろ？　よくわからないけど、紙を売るんだって？　何か妙な木の棒も作っていたね。小金を稼いでいるみたいだけど、どうせなら紙を作る職人になればいいのに、なんだって商人にこだわるんだろうね。やっぱりマインがいるから？」

「さぁ？　どうなのかしら？　わたしもまさかマインが自分で商人見習いの口を探してくるなんて思わなかったから驚いたわ。元々は旅商人をしていたギュンターの部下の紹介らしいけれど、本当に採用されるなんて考えてもいなかったもの」

マインは書類仕事をするためにギュンターと一緒に門に勤めるようになると思っていたので、ルッツと一緒に街の豪商のところで見習いになることが確定した時には驚いた。

「商人なんて人を騙すような仕事に就きたがるなんて、ルッツは一体何を考えているんだか」

「髪飾りのお仕事にしても、きちんとお金を払ってくれるし、材料も準備してくれるし、心配しなければならないほど悪い商人ではないようよ」

豪華な髪飾りを作った時は、ビックリするほど料金を弾んでくれた。マインもルッツも笑顔でその日の出来事を話してくれるし、マインが倒れた時には身なりの良い人が大変恐縮して謝りに来てくれた。わたしにはギルベルタ商会がそれほど悪い商人とは思えない。

「エーファがそう言うなら、商人としてはまだマシなのかもしれないけど、心配は心配だよ。何もあんな浮き沈みの激しい職に好き好んで就かなくてもねぇ」

「男の子だもの。旅商人や吟遊詩人の話に憧れて飛び出したくなることはあるでしょうよ。ギュンターだって似たようなものだったわ。街に留まる気になったのだから、いいじゃない」

「まぁ、ギュンターが兵士になったのはまだいいさ。旅商人や商人になるのに比べればね。だいたい、大工の息子が商人になったところで、文字も計算も知らないのに仕事ができるはずがないだろう？　すぐにお払い箱になるに決まってるじゃないか。そうしたら、ルッツは他の子よりも季節一つか二つ分遅れて仕事を始めることになるんだよ」

母親としてのカルラの心配はわかる。けれど、ルッツが一生懸命なのもわかるので、わたしからはこれ以上言えない。そう思っていると、ルッツの声が聞こえてきた。

「おはよう、エーファおばさん。マインは？　もう準備できてる？」

顔を上げると、森へ出かけるための準備を終えたルッツがこちらに向かって駆けてくるのが見えた。

「あら、ルッツ。おはよう。さっきトゥーリが、マインに準備させなきゃ！　と言って家に戻ったから、そろそろできてるんじゃないかしら？」

「そっか。じゃあ、迎えに行ってくる」

「今日もよろしくね、ルッツ」

ルッツの家とウチは井戸を挟んでお向かいの建物になるので、ルッツはマインを迎えに行くためには、この奥さん方の間を縫って行かなければならない。やや怯んだ顔で突き進むルッツに周囲の奥さん達から次々と声が掛けられる。

「おや、ルッツじゃないか。あんまり母さんを困らすんじゃないよ」

「遊んでないで、家のお手伝いはしっかりするんだよ」

ルッツの母親のカルラから愚痴を聞かされている奥さん達の言葉に顔をしかめながら、ルッツが投げやりに「わかってる、わかってる。聞いてるよ」と答える。少しでも早くこの場から逃げたいのだろう、ルッツは駆けだしてしまった。

「面倒見がいい兄ちゃんが多いから、末っ子はどうしても甘えるんだよ」

「仕事見習いになって働きだしたら、ルッツだってわかるさ。大丈夫だよ、カルラ」

「そうかねぇ？」

「お兄ちゃん達だけじゃなくて、ルッツも面倒見がいいわよ。いつもマインの面倒を見ていてくれるもの。おかげで助かってるわ」

わたしがルッツを褒めると、奥さん達は軽く肩を竦めた。ルッツはマインの面倒を見るのを最優先にしていて、ご近所の子供達の面倒を見ているわけではない。子供達から話を聞くことが少ないので、どうしてもカルラの話を信じて、ルッツに対する見方が厳しくなるようだ。

「母さん、もう行くから」

「あぁ、しっかり拾っておいで」

あちらこちらの家から子供達が出てきては、集合場所へと向かっていく。そろそろ森に出発の時間らしい。ウチの建物からもトゥーリとルッツとマインが出てきた。

「母さん、いってきます」

「気を付けてね！」

マインが大きく手を振って、先頭をルッツと一緒に歩き始めた。足が遅いマインは先に出発しなければ、他の子供達に置いていかれるのだ。

子供達が出発したことで、周囲の奥さん達も肩の荷が下りたような雰囲気になった。元気なマインの姿にビックリしたようで、わたしの周りに奥さん達が集まり始める。

「滅多に姿を見ないけど、マインも森へ行けるようになってきたんだね。よかったじゃない」

「そうね、ちょっとずつ丈夫になっているみたいよ。まだ倒れて熱を出すことも多いけど、昔に比べたら寝込む回数はぐっと減ったわ」

一月《ひとつき》の間に外に出られる日が片手で数えられるほどしかなかったマインが、最近は寝込む日が両手で数えられる程度になっている。森に行きたいと言い出したけれど、門まで歩けなかった春先に比べると、マインはずっと健康になっていた。

「でもね、丈夫になった分、変なことばっかりするから、親は大変なのよ」

わたしは洗濯をしながら、奥さん達にマインの奇行を面白おかしく話して聞かせる。

部屋の掃除をすると張り切って箒を握ったら寝室を掃き終わる前に倒れた話。これで元気になると妙な踊りを始めたら十を数える前にへたり込んだ話。土をこねた物をこっそり竈に放り込んで爆発させた話。煤を欲しがって竈や煙突の掃除をしたら、竈の中で意識を失っていた話。マインは話題に事欠かない。

「去年の冬支度ではマインが蝋燭にこっそりと薬草を入れていてね、本当に大変だったの。ギエリーとサルコレロを入れた蝋燭はあまりの臭さに吹雪の中、窓を開けて換気する羽目になったわ」

あっはっは、と周囲で笑い声が巻き起こった。

「それは災難だったね。今年はよく監視しておかなきゃ」

「あぁ、でも、ルモザーとディエンブはちょっとした匂い消しになっていたわ。皆も入れるなら、ルモザーとディエンブにした方が良いわよ」

「蝋燭に薬草なんて入れないよ。どうせなら、他に使うさ」

マインの奇行で偶然成功したことも教えてあげたが、どうやら皆は蝋燭にこれ以上の手間はかけないようだ。

「エーファのところは、ギュンターだけじゃなくて、マインまで手がかかるんだから、大変だね」

「もう諦めたわ。だって、ギュンターの子だもの。マインがちょっとくらい変なことをしても仕方がないと思わない？」

わたしが軽く肩を竦めると、何とも言えない笑いが周囲から起こった。

ウチはマインだけではなく、ギュンターも話題に事欠かない。あまりご近所と付き合いのないマインよりも、ギュンターの話の方が実はよく知られている。

「ギュンターは夢と現実の区別がつかないまま、大人になったような人だからね」

吟遊詩人の語る騎士に憧れて、木工職人の息子だったギュンターは騎士を目指そうとした。ここまでは子供の憧れでよくある話だが、騎士はお貴族様にしかなれない職業である。現実を知って、子供達は落胆する。普通の子はそこで吟遊詩人の語るお話と現実の違いを知って諦めるのだ。

けれど、ギュンターは諦めなかった。親の紹介する仕事先を蹴って、独断で兵士になるために門へ突進して、「騎士になれないので、街を守れる兵士になりたい」と士長に直談判して、兵士見習いとなった。ちなみに、その時の士長がわたしの父親である。

街の周辺の魔獣退治に行けば、周囲の兵士より大きい魔獣を狩ろうと奮闘したり、その獲物を比べて本気で悔しがったり、ギュンターの中身は昔から本当に変わっていない。市民権を買ったばかりの旅商人の紹介人になって面倒を見るなんて、普通の兵士はしないはずだ。

……ルッツに頼まれて元旅商人に紹介しようとしたマインも、普通じゃないのよね。親子だわ。

親に相談もなく、ギュンターの部下にルッツを紹介することになったことにも驚いたけれど、ルッツを紹介するのだと張り切って出かけたマインが商人見習いになって戻ってくるなんて、普通は思わない。商人に交渉して、親が知らないところで勝手に商人見習いになっていたマインは、どう考えてもギュンターにそっくりだ。顔はともかく、中身はわたしには似ていないと思う。

どちらも目的に向かって猪突猛進というか、周りが全く見えていないというか、二人ともちょっと落ち着いて、と言いたくなることは日常でもよくある。

……マインが変なのは、だいたいギュンターのせいよ、きっと。

「それにしても、一体何だってエーファはギュンターなんかと結婚したんだい？　アンタの裁縫の腕前なら引く手数多《あまた》だっただろう？」

兵士の娘だったわたしは、同じように兵士を支えていく妻の役目を求められていた。求婚者はご近所さんと父の職場の兵士達だったが、言われた通り、複数人からの求婚があった。

「……色々あったのよ」

わたしが溜息を吐いて、頭を振って、その一言で話題を流そうとしたら、カルラがニィッと楽しそうに唇の端を上げた。

「わたしは知ってるよ。ギュンターがエーファに一目惚れして、そこから毎日欠かさずに口説きに行ったのさ」

「うわぁ、目に浮かぶわ」

目標を定めたら猪突猛進なギュンターは、本当にウチに日参して、父に結婚させてほしいと頼み込んでいた。その熱意と日参される面倒くささに父が呆れて、許可を出したのだ。「エーファがお前を選べば結婚を許す」と。

……あの時は「面倒だからって、こっちに話を振らないで」と思ったのよ、本当に。

「毎日毎日ギュンターに口説かれて、エーファが折れたんだよね？」

「あははは、ギュンターの勢いは止まらなそうだからね。目に見えるようだよ」

大笑いする奥さん達が、きっとギュンターはこんなことを言ったんだろう、と予想して、次々と吟遊詩人が物語の中で使いそうな口説き文句を挙げていく。面白がった奥さん達が例に出す口説き文句を耳にして、わたしは軽く肩を竦めた。

「エーファ、どれが正解だい？」

クックッと口元を押さえて笑いながら、カルラがわたしを見た。

……もう、面白がって！

皆がからかおうとする雰囲気に、わたしは頬を膨らませながら、手早く洗濯物を絞って、籠に放り込んでいく。

「あ、逃げるつもりだね?」

「逃がさないよ。こんな面白い話題は滅多にないんだから」

奥さん達の包囲網が狭まってくるのを感じながら、わたしは盥をひっくり返して、水をザパッと流した。

「エーファ、正解くらい教えておくれ」

「一つくらいは当たりがあっただろう?」

わたしは盥に籠と石鹸を放り込んで、盥を抱えてガッと立ち上がった。

「全員正解よ。全部聞き覚えがあるもの」

それだけ答えて、一目散にウチのある建物へと駆けこんだ。階段を駆け上がる途中で、奥さん達が爆笑するのが聞こえてくる。

……あぁ、恥ずかしい。

結婚の決め手になった口説き文句は出てないので、後は好きなように盛り上がればいい。


ウチに帰って、洗濯物を干していく。トゥーリの服、マインのエプロンに続いて、ギュンターの仕事服が出てきた。それを広げて干していると、あの時の言葉が脳裏をよぎる。

吟遊詩人の騎士物語に憧れていたギュンターは、求婚の時も騎士の真似事をしていた。わたしの前に跪き、魔獣を倒した後に得られる小さな魔石を捧げて言った。

「街ごと家族を守れる兵士になりたいと俺は本気で思っている。その夢を笑わなかったエーファに側にいてほしい」

そんな言葉にドキリとして、うっかりほだされてしまった辺り、実はわたしも結構夢見がちなのかもしれない。

あとがき

二ヶ月連続刊行ということで、先月ぶりのお目見えですね、香月美夜です。

この度は『本好きの下剋上　～司書になるためには手段を選んでいられません～　第一部　兵士の娘Ⅱ』をお手に取っていただき、ありがとうございます。

このあとがきを書いている時点では、まだ一巻が発売されていません。あと一週間、という時期で、非常にドキドキしながら、更新を続けている毎日です。


さて、一巻で商人との伝手を手に入れたマインは、二巻でとうとう紙作りへと着手することができました。後ろ盾となってくれる大人ができたことで、ないない尽くしの環境がガラリと変わります。本作りへの大きな一歩です。

そして、紙を作る中で「お前はマインじゃない」とルッツの糾弾を受け、「オレのマインはお前でいい」と受け入れられることで、麗乃はやっとマインとして生きていくことができるようになります。自分にとってわからないこと、ずれている部分をルッツに尋ねたり、指摘されたりすることで常識をすり合わせていけるようになったのです。

指摘されないとわからないですよね。自分がずれている部分は。特にマインは麗乃時代からちょっと、いえ、かなりずれていたので、尚更です。

この二巻では、一巻に引き続き、短編を二つ書きました。コリンナ側から見たオットーとの結婚話と、エーファ母さんから見たマイン達とギュンター父さんとの馴れ初め話です。これは「小説家になろう」の読者様からリクエストを募って決めたのですが、お楽しみいただけたでしょうか？

特にエーファ視点の短編はこれまで「小説家になろう」でも書いたことがありませんでした。そのため、リクエストされた項目がたくさんあり、なるべく多くのリクエストに応えられるように、設定としてあったネタを色々と詰めています。


二ヶ月連続刊行ということで、私もとても忙しかったのですが、各関係者の皆様はもっと大変だったと思います。ＴＯブックスの皆様、本当にありがとうございました。

そして、そんな忙しいスケジュールの中、キャラのラフや表紙イラストなどで「こんなふうにできれば嬉しいです」という細かい注文に超特急でお応えくださった椎名優様には足を向けて眠れません。本当にありがとうございました。

最後に、この本をお手に取ってくださった皆様に最上級の感謝を捧げます。

続きの三巻は初夏になる予定です。そちらでまたお会いいたしましょう。

広がる
新刊、続々発売決定!
コミックス 第四部
貴族院の図書館を救いたい! VII
漫画：勝木光
好評発売中!
コミックス 第二部
本のためなら巫女になる! X
漫画：鈴華
2023年
12/15
発売!

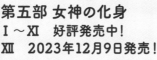

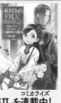

（通巻第2巻）
本好きの下剋上
～司書になるためには手段を選んでいられません～
第一部　兵士の娘Ⅱ

2015年　3月　1日　第　1刷発行
2023年 11月 20日　第17刷発行

著　者　香月美夜

発行者　本田武市

発行所　TOブックス
〒150-0002
東京都渋谷区渋谷三丁目1番1号　PMO渋谷Ⅱ　11階
TEL 0120-933-772（営業フリーダイヤル）
FAX 050-3156-0508

印刷・製本　中央精版印刷株式会社

ISBN978-4-86472-347-3